同济大学社会科学丛书
SOCIAL SCIENCE SERIES OF TONGJI UNIVERSITY

门洪华　主编

海明威之"渔"与男性气概

HEMINGWAY'S FISHING AND MANHOOD

周峰　著

中国社会科学出版社

图书在版编目（CIP）数据

海明威之"渔"与男性气概 / 周峰著. —北京：中国社会科学出版社，2020.5

（同济大学社会科学丛书）

ISBN 978-7-5203-6187-3

Ⅰ.①海… Ⅱ.①周… Ⅲ.①海明威（Hemingway, Ernest 1899-1961）—文学研究 Ⅳ.①I712.065

中国版本图书馆 CIP 数据核字（2020）第 050246 号

出 版 人	赵剑英
责任编辑	喻　苗
责任校对	闫　萃
责任印制	王　超

出　　版	中国社会科学出版社
社　　址	北京鼓楼西大街甲 158 号
邮　　编	100720
网　　址	http://www.csspw.cn
发 行 部	010-84083685
门 市 部	010-84029450
经　　销	新华书店及其他书店
印　　刷	北京明恒达印务有限公司
装　　订	廊坊市广阳区广增装订厂
版　　次	2020 年 5 月第 1 版
印　　次	2020 年 5 月第 1 次印刷
开　　本	710×1000　1/16
印　　张	15.75
插　　页	2
字　　数	235 千字
定　　价	76.00 元

凡购买中国社会科学出版社图书，如有质量问题请与本社营销中心联系调换
电话：010-84083683
版权所有　侵权必究

"同济大学社会科学丛书"
编委会名单

主编：

　　门洪华（同济大学政治与国际关系学院院长、特聘教授）

编辑委员（姓氏拼音为序）：

　　陈　强（同济大学文科办公室主任、教授）

　　程名望（同济大学经济与管理学院副院长、教授）

　　李　舒（同济大学国家现代化研究院副院长、特聘教授）

　　门洪华（同济大学政治与国际关系学院院长、特聘教授）

　　吴为民（同济大学法学院党委书记、研究员）

　　吴　赟（同济大学外国语学院院长、特聘教授）

　　朱雪忠（同济大学上海国家知识产权学院副院长、特聘教授）

目　　录

引　言 ··· (1)

第一章　海明威之"渔"的接受 ································· (6)
　第一节　海明威之"渔"在西方 ································· (6)
　　　一　宗教文化类 ··· (6)
　　　二　技术技巧类 ··· (9)
　　　三　渔猎运动类 ··· (9)
　　　四　生物生态类 ·· (11)
　第二节　海明威之"渔"在中国 ································ (12)
　　　一　抗争与斗争类 ·· (13)
　　　二　生产劳动类 ·· (16)
　　　三　渔猎运动类 ·· (17)
　　　四　生物生态类 ·· (18)
　　　五　宗教文化类 ·· (19)
　第三节　问题与反思 ··· (21)

第二章　文化记忆中的大鱼形象 ································ (27)
　第一节　古希腊神话中的克托斯 ································ (28)
　第二节　《圣经》神话中的大鱼 ································ (32)
　第三节　北欧神话中的鱼怪 ····································· (37)
　第四节　中世纪动物寓言中的大鱼 ····························· (41)
　　　一　锯鳐 ·· (42)

二　剑鱼 ………………………………………………………… (43)
　　三　雷鱼 ………………………………………………………… (43)
　　四　鲸鱼 ………………………………………………………… (44)
　　五　海胆鱼 ……………………………………………………… (45)
　第五节　大鱼恐惧与混沌之龙 ………………………………… (46)

第三章　文化记忆中的渔人英雄 ……………………………… (54)
　第一节　西方神话中的英雄之"渔" …………………………… (55)
　　一　珀耳修斯与赫拉克勒斯 …………………………………… (55)
　　二　海神波塞冬 ………………………………………………… (56)
　　三　上帝 ………………………………………………………… (60)
　　四　力士参孙 …………………………………………………… (62)
　　五　托尔 ………………………………………………………… (63)
　第二节　英美文学中的英雄之"渔" …………………………… (66)
　　一　贝奥武甫 …………………………………………………… (67)
　　二　海华沙 ……………………………………………………… (74)
　第三节　艺术史中的渔神崇拜 ………………………………… (78)

第四章　"渔"行为与海明威现实世界的男性气概 ………… (83)
　第一节　时代危机 ……………………………………………… (83)
　第二节　现实困境 ……………………………………………… (88)
　第三节　身份建构 ……………………………………………… (105)
　第四节　屠龙精神 ……………………………………………… (119)

第五章　"渔"行为与海明威文本世界的男性气概 ………… (137)
　第一节　太阳为何照常升起 …………………………………… (137)
　　一　"食日之龙"勃莱特 ……………………………………… (138)
　　二　渔夫使徒巴恩斯 …………………………………………… (147)
　　三　驯龙母题与男性气概的建构 ……………………………… (167)

第二节　老人之"渔" ································ (172)
　一　关于大鱼的文化记忆 ························ (173)
　二　非同寻常的"渔"行为 ······················ (182)
第三节　尼克·亚当斯之成长 ······················ (200)
　一　《印第安营地》之"渔" ···················· (200)
　二　"双心"之"渔" ···························· (208)
　三　"渔"行为与某件事之真相 ·················· (220)
第四节　其他文本之"渔" ·························· (227)

结　语 ·· (233)

参考文献 ·· (237)

引　言

厄内斯特·海明威（Ernest Hemingway）不仅是文学领域的研究对象，也是社会科学领域的讨论话题。

哈佛大学政治哲学教授哈维·曼斯菲尔德（Harvey C. Mansfield）在《男性气概》（*Manliness*）一书中26次提及海明威，并针对海明威的"男性气概"展开讨论，却始终未提及"渔"行为对于海明威"男性气概"的建构意义。

无独有偶，美国社会学研究专家麦克尔·基梅尔（Michael S. Kimmel）在《美国男性气概文化史》（*Manhood in America: a Cultural History*）一书中谈及海明威时，认为"拳击比赛、斗牛、打猎和战斗"[①]是海明威用来展示和检验人物男性气概的手段。基梅尔教授在此文中列举了多项行为，却略去了海明威之"渔"。如果可以从列举省略的角度理解的话，海明威之"渔"似乎与其他行为无太大差别，也可以成为一种手段，用来展示和检验海明威的男性气概。

曼斯菲尔德教授的未提及和基梅尔教授的忽略却与海明威在现实世界以及文本世界里刻意强调的"渔"行为形成巨大反差。仅以方便量化研究的海明威文本为考察对象，我们就不难看到比比皆是的海明威之"渔"。

以《老人与海》（*The Old Man and the Sea*）的英文原版为例，单是"鱼"（fish）一词的使用就高达290次。与《老人与海》二万七

---

① Michael S. Kimmel, *Manhood in America: a Cultural History* (2nd edtion), Oxford: Oxford University Press, 2006, p. 141.

千多的单词总量相比,"鱼"(fish)一词的出现比例高达百分之一。加上小说直接提及的鲨鱼(shark,66次)、海豚(dolphin,27次)、金枪鱼(tuna,12次)、枪鱼(marlin,6次)等各种各样的具体鱼名,"鱼"一词的实际比例高于百分之一。此外,小说12次提及"大鱼"(great fish),26次提及"渔夫"(fisher),5次直接提及"渔"(fishing)。

《太阳照常升起》(The Sun Also Rises)虽大篇幅描写斗牛场景,却有专门章节描述主人公的"渔"行为。其中,"鱼"(fish)一词的重复使用达13次,"渔"(fishing)一词为18次。

《伊甸园》(The Garden of Eden)则在开头部分就描写了主人公的"渔"行为。其中,42次提及"鱼"(fish),6次使用"渔人"(fisher)。

《岛在湾流中》(Islands in the Stream)的涉"渔"文字集中在小说的第一部分。其中,"鱼"(fish)一词的出现高达260次,5次特别提及"大鱼"(great fish)。此外,小说38次直接使用"渔"(fishing);29次直接提及"渔夫"(fisher)。

再以海明威的短篇原版为例。在八千多字的《大双心河》(Big Two-Hearted River)中,除去专门描述钓鱼动作的文字以及鱼的专有名称外,作者14次直接提及"鱼"(fish)一词,4次提及"渔"(fishing)。在其他短篇小说中,海明威也是频繁地提及人物的"渔"行为。例如:《某件事的结束》(The End of Something)中的尼克(Nick)与女朋友玛乔丽(Marjorie)在钓鱼过程中分手。即使在《弗朗西斯·麦康伯短暂的幸福生活》(The Short Happy Life of Francis Macomber)中,海明威也见缝插针,抓住机会,用"渔"(fishing)行为矮化了弗朗西斯·麦康伯(Francis Macomber)的男性气概。

除了文本世界中的海明威之"渔",海明威在现实世界中的"渔"行为也贯穿他的一生。我们不禁发问:反复出现的海明威之"渔"的目的在哪里?在《美国男性气概文化史》中,迈克尔·基梅尔教授虽然忽略了海明威之"渔",却用海明威的其他行为给出了答案——男性气概。

严格意义上说,男性气概的提法只是当代男性气质研究的一部分。国内学者隋红升综合了 R. W. 康奈尔（R. W. Connell）、大卫·吉尔默（David D. Gilmore）、麦克尔·基梅尔、哈维·曼斯菲尔德等西方主流男性研究学者对 manhood、manliness、masculinity 三个词的不同理解，针对这三个词在中国的翻译做了相应的区分。他指出"男性气质"（masculinity）是个大概念，涉及的内容"超出人们对男人特性的常识性理解"①，相比较而言，"男性气概"（manliness）或"男子气概"（manhood）的语义"则比较明晰和集中"②，"更强调男性的内在精神品质和美德"③。本书认同"男性气概"（manliness）或"男子气概"（manhood）语义明晰，意思相近的提法。为了行文方便，本书统一使用"男性气概"，意指"渔"行为所表征的男性精神品质和美德。但西方男性气概的内涵不是本书的重点，毕竟曼斯菲尔德、基梅尔等学者已经对此做了具体的讨论。本书的重点是：海明威之"渔"为何能建构他及其笔下人物的男性气概？海明威之"渔"又如何建构了这些人的男性气概？

为此，本书先要从理论角度解释"渔"行为与男性气概建构的关系。

首先，坎德斯·韦斯特（Candace West）和唐·兹莫曼（Don H. Zimmerman）的"Doing Gender"④一文较早谈及行为对性别身份的建构作用，成为性别社会建构论的代表性观点之一，也为本书建立"渔"行为与男性气概的关系提供了思路，使后续部分论述海明威之"渔"，建构海明威男性气概成为可能。

其次，朱迪丝·巴特勒（Judith Butler）的性属行为的操演理论（a performative theory of gender acts）⑤也为本书提供了灵感。在巴特勒看来，"性属行为需要重复操演"⑥，才能成就个体的性属身份。用

---

① 隋红升：《跨学科视野下的男性气质研究》，浙江大学出版社2019年版，第7页。
② 同上。
③ 同上。
④ Candace West and Don H. Zimmerman, "Doing Gender", *Gender and Society*, Vol. 1, No. 2, 1987, pp. 125–151.
⑤ Judith Butler, *Gender Trouble*, New York: Routledge, 1999, p. xxxi.
⑥ Ibid., p. 178.

其原话来说，"性属并非一种事实。不同的性属行为创造了性属的概念，没有这些行为，也就根本谈不上性属的概念了"①。虽然巴特勒的这些观点是从解构的角度，指向性属主体的不确定性，有别于传统的建构论，但其中性属行为的观点对本书讨论"渔"行为还是有不少启发与借鉴意义的。

再次，本书中的"渔"行为概念主要受到麦克尔·施瓦尔贝（Michael Schwalbe）的男性气概行为（manhood acts）概念的影响。在2005年发表的论文中，施瓦尔贝提出：一个男性要成为一个男子汉，需要呈现一种令人信服的"男性气概行为"②。在2009年施瓦尔贝与道格拉斯·斯洛克（Douglas Schrock）合作发表的论文中，作者做了更清晰的表达："男性气概行为"是"一系列依照惯例习俗的有意指功能的实践"③。这个概念虽与巴特勒一些观点有类似之处，但其更清晰地指出"男性气概行为"的"行为"特点，更清楚地强调了这种行为对男性气概个体身份（a masculine self④）的社会建构功能。因此，也更适合本书对于海明威之"渔"行为的讨论。

在施瓦尔贝提出的概念的基础上，本书还要从理论角度思考"渔"行为能成为"一系列依照惯例习俗的有意指功能的实践"的"男性气概行为"的原因所在。为此，本书主要参考了德国学者扬·阿斯曼（Jan Assmann）及其夫人阿莱达·阿斯曼（Aleida Assmann）在20世纪90年代提出的"文化记忆"理论⑤。该理论为本书从文化历史层面解读西方"渔"行为对海明威之"渔"的影响提供了有力的理论视角。

---

① Judith Butler, "Performative Acts and Gender Constitution: An Essay in Phenomenology and Feminist Theory", *Theatre Journal*, Vol. 40, No. 4 (Dec., 1988), p. 213.
② Michael Schwalbe, "Identity Stakes, Manhood Acts, and the Dynamics of Acoountability", *Studies in Symbolic Interaction*, Vol. 28, 2005, p. 76.
③ Douglas Schrock and Michael Schwalbe, "Men, Masculinity, and Manhood Acts", *Annual Review of Sociology*, Vol. 35, 2009, p. 279.
④ Ibid., p. 280.
⑤ 代表作是［德］扬·阿斯曼《文化记忆：早期高级文化中的文字、回忆和政治身份》一书。

引 言

法国社会学家莫里斯·哈布瓦赫（Maurice Halbwachs）曾提出集体记忆理论。阿斯曼夫妇在哈布瓦赫的基础上进行细分研究，认为哈布瓦赫的集体记忆只是建立在集体范围的一种"交往记忆"，"排除了各种传统、传播和迁移的领域的集体记忆"。① 这部分被排除的集体记忆正是阿斯曼夫妇所强调的"文化记忆"。在扬·阿斯曼眼里，"文化记忆"指的是"一种机制。它被外化、对象化并以符号的形式储存，不像言语的声响或手势的视觉，这些符号形式是稳定的、超越情境的：它们可以从一种情境向另一种情境迁移，并从一代传递给另一代"②。换言之，这种记忆不是"个人记忆"，而是一种文化体系内的共享的共同记忆，标志着一个民族的文化身份。③ 用中国学者王霄冰的话来说，"文化记忆的内容通常是一个社会群体共同拥有的过去，其中既包括传说中的神话时代，也包括有据可查的信史"④。用中国学者金寿福的话来说，"文化记忆多以久远的过去发生的重大事件为对象，这些事件的见证者和最初的载体可能不复存在，但是它们借助神话、传说、史诗、民谣、塑像或图画等形式保留下来，形成了不断出现在一个集体的各种回忆中的不同形象，构成相关的集体安身立命的基石"⑤。由此可见，"文化记忆"理论能帮助本书更科学地梳理西方文化语境中频繁出现的"渔"行为，为本书从西方神话、艺术品图像、塑像、文学文本中寻找"渔"行为所承载的共同记忆提供可靠的理论框架，为回答海明威之"渔"为何能建构他及其笔下人物的男性气概，提供了更好的答案。

---

① ［德］扬·阿斯曼：《交往记忆与文化记忆》，管小其译，《学术交流》2017年第1期。
② 同上。
③ Jan Assmann, "Collective Memory and Cultural Identity", trans. John Czaplicka, *New German Critique*, No. 65, 1995, pp. 125–133.
④ 王霄冰：《文化记忆、传统创新与节日遗产保护》，《中国人民大学学报》2007年第1期，第41页。
⑤ 金寿福：《扬·阿斯曼的文化记忆理论》，《外国语文》2017年第2期，第39页。

第一章 海明威之"渔"的接受

第一节 海明威之"渔"在西方

西方学者涉及海明威之"渔"的研究可以分为四种类型：（1）宗教文化类①。（2）技术技巧类。（3）渔猎运动类。（4）生物生态类。

一 宗教文化类

所谓"宗教文化类"指的是从宗教文化的角度解释海明威之"渔"的评论群体。这些评论多从《圣经》文化或希腊神话的角度阐释海明威之"渔"。主要代表人物有：马尔科姆·考利（Malcolm Cowley）、小威尔森（G. R. Wilson Jr.）、凯瑟琳·摩根（Kathleen Morgan）、路易斯·罗沙达（Luis Losada）、艾格里·克鲁皮（Agori Kroupi）、杰弗里·赫里希（Jeffrey Herlihy）等。

马尔科姆·考利以《大双心河》为例，认为：海明威作品中的"渔"行为不是简单的"休闲运动"，而是一种具有宗教内涵的仪式。他将这种仪式等同于原始民族祛妖除魔的仪式："许多所谓的原始民族都有一套极为繁复的信仰体系，这种体系要求几乎接连不断地举行各种仪式，甚至他们祭酒神的狂欢饮宴也受到传统规则的约束。有些在森林栖居的部落相信每一块石头、每一棵树或每一只动物都有它自己附身的神灵。他们每杀死一只动物或砍倒一棵树，都必须重复一套赎罪的程式以求它的宽恕，否则它的神灵就会骚扰

---

① 本书所用的"类"并非指学界公认的分类，而是为了便于本书分类所使用的一个词。

他们。由于他们是短暂地生存在一个充满敌对势力的世界里，他们相信，只能通过魔法才能保全自己。海明威的作品中也有某种属于同样气氛的东西。"① 马尔科姆·考利的发现令人钦佩，但他只是抽象地将"渔"行为喻为原始部族祛妖除魔的仪式，并未具体解释"渔"行为成为祛妖除魔之手段的文化成因。这也为本书的写作留下充足的发掘空间。

1977年秋季，英国评论家小威尔森发表了《〈老人与海〉中的道成肉身与救赎》②（Incarnation and Redemption in The Old Man and the Sea）。该论文主要从道成肉身与救赎两个角度，讨论了小说的象征问题；其对"渔"行为的涉及依然与老人的身份有关。该文章强调了老渔夫与耶稣基督的相似性，批驳了准则英雄的观点。该文认为：在准则英雄的背后，隐藏的是关于耶稣基督的象征性描述。小说中的老人不仅具有个体英雄的意义，还具有宗教神学层面的意义。与前几位学者类似，该文作者意识到小说中的宗教文化，也注意到老人的渔夫身份，却只是谈论老人与耶稣的相似性，对"渔"行为的讨论只是顺便提及。

此后，又有学者从古希腊文化角度谈论海明威的《老人与海》。凯瑟琳·摩根及路易斯·罗沙达在1992年发表的《〈老人与海〉与圣蒂雅各③：一个荷马式的英雄》（Santiago and The Old Man and the Sea: A Homeric Hero）一文④就是一例。该文分析了主人公圣蒂雅各与《伊利亚特》及《奥德赛》中的英雄的相似之处。具体而言，该文作者将老人圣蒂雅各与荷马史诗中的阿喀琉斯（Achilles）以及奥

---

① 马尔科姆·考利：《海明威作品中的噩梦和宗教仪式》，载董衡巽主编《海明威研究》，中国社会科学出版社1980年版，第124页。
② Wilson Jr. and G. R., "Incarnation and Redemption in The Old Man and the Sea", Studies in Short Fiction, Vol. 14, Issue 4, 1977, pp. 369–373.
③ 许多中文译本将老人名字译为"圣地亚哥"或"桑提亚哥"，并没有体现老人名字的真正内涵。本书拟用李锡胤的版本"圣蒂雅各"。因为这一译法真正体现了老人名字的宗教内涵。参见［美］海明威《老人与海》，李锡胤译，四川人民出版社1987年版。
④ Kathleen Morgan and Luis Losada, "Santiago and The Old Man and the Sea: A Homeric Hero", Hemingway Review, Vol. 12, Issue 1, 1992, pp. 35–51.

德赛（Odysseus）进行比较，列出他们之间的相似点。在谈及老人圣蒂雅各与阿喀琉斯的相似点时，作者认为：两个都是英雄人物，使命天成——阿喀琉斯注定要在战场上杀掉赫克托尔（Hector），老人也注定要做最优秀的渔夫。而后，文章还比较了老人圣蒂雅各与奥德赛之间的相似：他们都有很大的手劲，身上都留有历尽艰辛的疤痕；他们在战胜对手时都显示了各自的智慧。但该论文只是将"大鱼"抽象化为强大的对手，并没有深入"大鱼"形象的文化记忆进行讨论。因此，在作者的眼中，老人之"渔"只与阿喀琉斯的骁勇善战类似。

2008 年，在《海明威评论》（*The Hemingway Review*）上，艾格里·克鲁皮发表了《海明威作品中捕鱼与斗牛的宗教含义》（*The Religious Implications of Fishing and Bullfighting in Hemingway's Work*）[①]。在论文中，克鲁皮反对将海明威的"渔"行为解释为一种运动，提出海明威小说中的"渔"行为与斗牛一样，是宗教救赎的一种隐喻。但他对"渔"行为宗教救赎的解释有些主观。例如：其认为"鱼"象征着宗教层面的灵魂；"渔"也就因此成为一种捕获灵魂的行为。而且，克鲁皮对鱼的解释过于依赖宗教，一定程度上忽略了西方"大鱼"形象。因此，克鲁皮所提出的捕鱼之宗教含义并没有从宗教文化的角度全面考察"渔"行为的特殊内涵，对人物捕鱼行为的讨论也显得不够充分。

2009 年，同在《海明威评论》上，杰弗里·赫里希发表了《眼睛与海水同色：海明威〈老人与海〉中的圣蒂雅各从西班牙流亡以及种族他者》（*"Eyes the Same Color as the Sea"*：*Santiago's Expatriation from Spain and Ethnic Otherness in Hemingway's The Old Man and the Sea*）一文[②]。赫里希从流亡以及他者文化的角度，讨论了老渔夫的西班牙

[①] Agori Kroupi, "The Religious Implications of Fishing and Bullfighting in Hemingway's Work", *The Hemingway Review*, Vol. 28, No. 1, 2008, pp. 107 – 121.

[②] Jeffrey Herlihy, " 'Eyes the Same Color As the Sea': Santiago's Expatriation from Spain and Ethnic Otherness in Hemingway's *The Old Man and the Sea*", *The Hemingway Review*, Vol. 28, No. 2, 2009, pp. 25 – 44.

背景。在这一论文中,"渔"只作为人物的普通行为,融入作者关于人物流亡生活的讨论。换言之,论文作者虽然也从文化层面进行分析,却忽视了老人之"渔"行为的文化记忆。

二 技术技巧类

"技术技巧类"的评论较少,却也因稀缺而显得独树一帜。约瑟夫·比佛(Joseph Beaver)就是这类评论的代表人物。在"海明威的'技巧'"("Technique" in Hemingway)一文①中,他将海明威对"渔"行为的描写视为海明威对"正确技巧"(correct technique)(326)的偏爱。比佛认为:使用这些"正确技巧",能让海明威笔下诞生伟大的英雄,海明威的作品也因此而变得伟大。而且,这些技巧的精准能使海明威笔下的人物获得一种"无法描述的内心的满足感"(indescribable inward sense of satisfaction)(328)。对海明威而言,这种满足感也体现了男人的"荣耀与尊严"(glory and dignity)(328)。为此,他还将海明威的两部作品《跨河入林》(Across the River and Into the Trees)及《老人与海》进行比较,提出:《跨河入林》的失败在于海明威缺乏对"技巧"的描述;《老人与海》的成功则在于老人之"渔"技巧。由此可见,约瑟夫·比佛只是将老人之"渔"视为一般的人物动作;他所感兴趣的只是海明威关于动作描述的精准性。

三 渔猎运动类

"渔猎运动类"的评论者多将"渔"行为视为一种竞技运动或者户外休闲,将鱼视为生物意义上的鱼。主要代表有:F. W. 杜皮(F. W. Dupee)、罗伯特·维克斯(Robert P. Weeks)、格里高利·索加卡(Gregory Sojka)、马克·勃朗宁(Mark Browning)、尼克·莱恩斯(Nick Lyons)。

1953年,F. W. 杜皮在《评论:揭示海明威》(*Review:Heming*

---

① Joseph Beaver, "'Technique' in Hemingway", *College English*, Vol. 14, No. 6, 1953, pp. 325-328. 若同段引用该篇文章的内容,则直接标注页码。下同。

way Revealed）一文①认为：海明威的《老人与海》延续了梅尔维尔（Melville）及福克纳（Faulkner）以来的美国文学之"狩猎文学"传统。在杜皮眼中，老人之"渔"行为只是一种狩猎运动，鱼只是老人的一般猎物，《老人与海》也自然成为一个普通的渔猎故事。

罗伯特·维克斯在1962年发表的《〈老人与海〉中的伪造》（*Fakery in The Old Man and the Sea*）一文②中也将"渔"行为视为一般意义上的户外活动。不仅如此，维克斯还十分认真地引用鱼类学专家以及海洋学专家的话，证明海明威对大鱼的水下活动以及生理性别所进行的伪造。罗伯特·维克斯也将大鱼视为一种实实在在的生物，以至于无法忍受海明威的虚构，而异常认真地与之计较大鱼的生理性别。维克斯的观点有理有据，确实令人相信《老人与海》讲述的是"一条虚假的超级大鱼与一个虚假的超级渔夫间的对决"③，但维克斯的观点拘泥于大鱼的自然属性，忽略了"渔"行为的特殊文化内涵。

1985年，格里高利·索加卡在《钓鱼者海明威》（*Hemingway, the Angler*）一书④中，专门讨论了海明威之"渔"，但只将"渔"行为视为一种竞技运动，一种体现海明威竞争美学思想的运动。换言之，垂钓活动成就了海明威的竞争美学观：其笔下的尼克·亚当斯（Nick Adams），托马斯·哈德森（Thomas Hudson），以及圣蒂雅各等人体现了这种竞争意识。格里高利·索加卡虽专题讨论了海明威之"渔"，却不意味着其对海明威之"渔"进行了终结式的讨论。索加卡的研究只从海明威之"渔"的表面现象出发，将其理解为一种竞技形式，并没有涉及"大鱼"形象的文化记忆以及"斗鱼英雄"的性属表现。因此，索加卡的研究虽开了先河，却忽略了西方"渔"行为所承载的文化记忆及其性属表征的功能。

---

① F. W. Dupee, "Review: Hemingway Revealed", *The Kenyon Review*, Vol. 15, No. 1, 1953, pp. 150 – 155.

② Robert P. Weeks, "Fakery in *The Old Man and the Sea*", *College English*, Vol. 24, No. 3, 1962, pp. 188 – 192.

③ Ibid., p. 190.

④ Gregory Sojka, *Hemingway, the Angler*, New York: Peter Lang Publishing Co., 1985.

第一章 海明威之"渔"的接受

1998年，马克·勃朗宁在《北美文学中的假饵钓鱼》（*Fly Fishing in North America Literature*）[1] 一书中，以"假饵钓鱼"作为文本选择标准，罗列了从《圣经》文本到北美文学作品中出现的假饵钓鱼的相关文字。其中，马克·勃朗宁也谈及海明威的《老人与海》。但他只是将"钓鱼"视为文学中的运动主题。即使谈及《圣经》中的"渔"行为，也只是为该运动主题追根溯源而已。因此，勃朗宁虽提及《圣经》的"渔"情节，却忽略了其真正的文化内涵。

2004年由美国斯克里布纳（Scribner）公司出版的《海明威论渔》（*Hemingway on Fishing*）一书对海明威作品中的涉"渔"文字进行了"集大成"式的处理。但该书主编尼克·莱恩斯只是将海明威的涉"渔"作品重新编排到一块儿，而且无意对海明威之"渔"做具体分析。他在该书序言部分就告诉读者："这是一本收录海明威涉渔作品的集子。我想本书能为渔钓爱好者以及普通读者展示海明威对渔钓活动的热情，以及他书写其喜好运动的高超技艺。"[2] 由此可见，尼克·莱恩斯也是将海明威之"渔"视为海明威对运动主题的表现。他所编的这本书只看到海明威"渔钓爱好者"的一面，对于"渔"背后的西方"大鱼"形象以及英雄文化显然处于忽略的状态。

四 生物生态类

所谓"生物生态类"指的是：评论者将海明威作品中的"鱼"理解为自然的一部分，同时也将"渔"行为看作人与自然之间的关系问题。这一类的主要代表有：列奥·哥科（Leo Gurko）、莱恩·黑吉尔（Ryan Hegiger）、戴伊奇·苏盖（Daichi Sugai）等。

列奥·哥科1955年在《大学英语》（*College English*）上发表的《老人与海》（*The Old Man and the Sea*）一文[3] 就将大鱼视为自然的一

---

[1] Mark Browning, *Haunted by Waters: Fly Fishing in North American Literature*, Athens: Ohio University Press, 1998.

[2] Ernest Hemingway, *Hemingway on Fishing*, ed., Nick Lyons, New York: Scribner, 2004, p. xxix.

[3] Leo Gurko, "The Old Man and the Sea", *College English*, Vol. 17, No. 1, 1955, pp. 11–15.

部分,认为小说中的"渔"行为体现了人与自然的交流,反映了人与自然的和谐。例如,他略去老人与大鱼之间的生死搏斗情节,刻意强调老人将大鱼拉到船舷,一同航行的细节,并以此为据,指出这是人、鱼和谐关系的一种体现。

从 20 世纪 90 年代中期开始,生态批评开始大规模影响海明威研究。1996 年在美国爱达荷州举行的第七届国际海明威研讨会的主题就是"海明威与自然界"。人们开始对海明威作品的研究表现出更多的生态关注。遗憾的是,这些研究虽从生态意义上迎合了时代的需求,却有简单化处理海明威之"渔"的嫌疑。

莱恩·黑吉尔在《海明威〈老人与海〉、〈非洲的青山〉、〈乞力马扎罗山下〉中的狩猎、捕鱼以及道德之痛》(Hunting, Fishing, and the Cramp of Ethics in Ernest Hemingway's The Old Man and The Sea, Green Hills of Africa, and Under Kilimanjaro)一文①中认为:在海明威的后期作品中,猎物的大小、数量已不再是其关注的焦点,道德经历倒是占据了更重要的位置。例如,在《老人与海》中,鱼只是一种自然界的生物;"渔"行为则反映了人对这种自然界生物(象征着自然环境)的一种道德意识。

戴伊奇·苏盖 2017 年在《海明威评论》发表论文,将作家布洛提恩(Brautigan)的作品和海明威小说中的渔情节进行了对比分析,认为海明威笔下的"渔"行为依然是充满田园生态味的一种活动,体现了人与自然的互动。②

第二节 海明威之"渔"在中国

国内学界在讨论海明威之"渔"的论文中,出现了不少涉及

---

① Ryan Hegiger, "Hunting, Fishing, and the Cramp of Ethics in Ernest Hemingway's *The Old Man and The Sea, Green Hills of Africa, and Under Kilimanjaro*", *The Hemingway Review*, Vol. 27, Issue 2, 2008, pp. 35–59.

② Daichi Sugai, "Pastoral as Commodity: Brautigan's Reinscription of Hemingway's Trout Fishing", *Hemingway Review*, Vol. 36, No. 2, 2017, pp. 112–123.

"渔"行为的观点。这些观点可以分为以下五种：抗争与斗争类、生产劳动类、渔猎运动类、生物生态类、宗教文化类。

一 抗争与斗争类

所谓"抗争与斗争类"，主要指评论者跳过"渔"行为本身的西方文化内涵，直接将这种行为升华为人与困难或某种势力的抗争与斗争。在这种直接升华与抽象处理的背后，遗失的是西方文化语境中的"渔"行为。

例如，1954年张爱玲为自己翻译的《老人与海》作序时，曾对该作品做了简单评述。在该评述中，张爱玲将"渔"行为解释为人与海洋的搏斗："老渔人在他与海洋的搏斗中表现了可惊的毅力——不是超人的，而是一切人类应有的一种风度，一种气概。"[①] 张爱玲基本忽略了"大鱼"形象，直接将"大鱼"理解为"海洋"的象征，让大海直接淹没大鱼的存在。因此，在张爱玲的眼里，老人之"渔"只是一种极度抽象的斗争或抗争行为。

朱海观则从社会斗争的层面，对老人之"渔"进行了更为抽象的升华与拔高。他在《译文》1956年第12期上发表的"《老人与海》译后记"中，认为《老人与海》"反映了作者思想上的矛盾。一方面有超乎寻常的毅力，一方面又感到胜利的渺茫。这是在资本主义制度下一个正在探索中的有良心的知识分子的苦闷心情"[②]。在朱海观眼里，"渔"行为只是介于抗争与无望之间的无奈之举，是知识分子与资本主义制度冲突的体现。

1979年8月，刁绍华在《学习与探索》上发表了《漂浮在大洋上的冰山——试论海明威作品的艺术特点》一文[③]。他将海明威笔下的"渔"行为解释为一种"角斗"活动："这些角斗活动在海明威笔下都具有象征性的意义，成为资本主义社会人与人关系的缩影"

---

① 陈子善：《张爱玲译〈老人与海〉》，《文汇报·笔会》2003年9月8日。
② 邱平壤：《海明威研究在中国》，黑龙江教育出版社1989年版，第35页。
③ 刁绍华：《漂浮在大洋上的冰山——试论海明威作品的艺术特点》，《学习与探索》1979年第4期。在以下同段引用该文时只标页码。

（104）。由此可见，刁绍华与朱海观英雄所见略同——他们都在特定的时代背景中，从社会斗争的角度解释了海明威笔下的"渔"行为。

关少锋在1982年发表的《试谈硬汉子桑地亚哥——读海明威的〈老人与海〉》一文①中否定了"渔"行为与捕鱼活动的等同性，指出"渔"行为的复杂性与抽象性。他认为：《老人与海》"通过一个普通老渔民的捕鱼遭遇，热情歌颂了壮健奋发、顽强不屈的英雄主义精神"（68）。关少锋所谓的"壮健奋发""顽强不屈"自然也意味着抽象化的抗争与斗争。

吴然在1989年发表的《海明威：现代悲剧意识的探寻者》一文中②对"渔"行为做了如下解释："这篇具有高度抽象意义的小说把大千社会的万般不幸以及人们对待不幸的态度全部浓缩在桑地亚哥捕鱼的故事里。它的悲剧意义并不在于老人为了捕获马林鱼而付出的巨大代价，实际上，海明威所认定的是，强者对于命运的抗争乃是亘古以来最具永恒意义的悲剧。"（61）

柳鸣九先生在1995年发表的《性格描写中的"冰山"艺术与象征艺术——海明威〈老人与海〉》一文③中也强调了该作品的象征含义："小说所要表现的，远远不仅是一个简单的老渔人，而是人的硬汉精神，是人的'打不垮精神'。这就是小说的象征意味。而人物身上若干限定性的简略与空旷寂寞的大海画面，正是这种象征意味的补佐。"（12）由此可见，柳鸣九先生眼中的老人之"渔"也意味着人与"困难"的斗争。

1997年，徐劲在《〈老人与海〉与海明威之死》④一文中，同样肯定了"渔"行为的斗争特点："我们每一个人都是在人生的海洋中

---

① 关少锋：《试谈硬汉子桑地亚哥——读海明威的〈老人与海〉》，《郑州大学学报》（哲学社会科学版）1982年第1期。在以下同段引用该文时只标页码。
② 吴然：《海明威：现代悲剧意识的探寻者》，《外国文学评论》1989年第2期。以下同段引用该文时只标页码。
③ 柳鸣九：《性格描写中的"冰山"艺术与象征艺术——海明威〈老人与海〉》，《名作欣赏》1995年第6期。在以下同段引用该文时只标页码。
④ 徐劲：《〈老人与海〉与海明威之死》，《外国文学研究》1997年第2期。以下同段引用该文时只标页码。

独自捕鱼的渔夫,我们都试图捕获最大的鱼,以此向海洋展示我们的力量。"(114)言下之意,老人之"渔"依然象征着人与困难的斗争。与之同期同杂志发表的周保国的《海明威式主人公的天路历程》一文①也认为老人之"渔"象征着人与厄运的斗争:"这是一个寓意深刻的故事。老人桑提亚哥在同象征着厄运的大鱼的斗争中,完美地表现了'重压下的优雅风度'的他经过巨大的努力,终于制服了大鱼。"(112)

肖四新在 2002 年发表的《解救之途的追寻——论海明威创作的潜在主题》一文②则将《老人与海》中的"渔"行为视作人与异己力量的斗争:"《老人与海》表面上描写的是人与自然的斗争,但其象征意蕴是明显的。大海和鲨鱼无疑是异己的生存世界的象征,而老人可以说是现代社会中人类的象征。作品通过对强大凶残的暴力世界、异己世界的描写,表现人注定要失败的悲剧命运。"(41)

张国申在 2003 年发表的《死亡与升华——析海明威小说悲剧思想》一文③则更为强调"渔"行为作为斗争手段的象征意义:"老人是抽象人类的象征;大海寓意人生的角斗场;鱼类象征自然界的各种力量;鲨鱼则象征着复仇之神。这一连串的象征组合构成了一个极富寓言的悲剧的背景。"(74)

邓天中在 2008 年发表的《〈老人与海〉中圣地亚哥与老人的区别》一文④中,从"胜"与"败"的角度,将"渔"行为解释为人在追寻生命意义过程中的抗争:"老人并非完全是为了那一条鱼的世俗价值——尽管一条大鱼会大大改变他的生活状况。他追求的是在捕获马林鱼的过程对生命意义的印证,而不是俗世的胜利与失败。"(86)

---

① 周保国:《海明威式主人公的天路历程》,《外国文学研究》1997 年第 2 期。以下同段引用该文时只标页码。
② 肖四新:《解救之途的追寻——论海明威创作的潜在主题》,《四川外语学院学报》2002 年第 6 期。以下同段引用该文时只标页码。
③ 张国申:《死亡与升华——析海明威小说悲剧思想》,《外国文学》2003 年第 2 期。以下同段引用该文时只标页码。
④ 邓天中:《〈老人与海〉中圣地亚哥与老人的区别》,《国外文学》2008 年第 1 期。以下同段引用该文时只标页码。

二 生产劳动类

所谓"生产劳动类",指的是将"渔"行为解释为"生产劳动"的评论群体。不可否认,"生产劳动类"的观点一定程度上带有明显的时代烙印。

例如,1962年,董衡巽在《海明威浅论》[①]一文中认为:该小说描写的是"劳动者的生活"(54);老人"桑提亚哥是一个与同行互不往来的劳动者,一个孤独的劳动者"(54),而鱼则是这个劳动者"赖以生存的劳动对象"(54)。他还对老人进行了三个特点的归纳:首先,他"是个与同行互不往来的劳动者,一个孤独的劳动者"(54);"第二个特点在于这个劳动者用不着日常生活的物质需要"(54);"第三个特点在于多少带有忘形忘我的悠闲心情"(56)。显然,董衡巽在此文中强调了老人的现实"渔夫"身份;"渔"行为也自然是与之相应的一种劳动形式。

万培德在1980年发表的《海明威小说的艺术特点》[②]一文中,也肯定了海明威之"渔"的劳动属性。他认为:"捕鱼"是"劳动者与自然进行斗争";"海明威除掉说了一个故事以外,更重要的是他歌颂了劳动者与自然进行斗争的英勇顽强的品质。他肯定了作为劳动者的人,肯定了劳动,也肯定了劳动过程中的斗争"(78)。万培德的观点其实也可以视为"斗争抗争类"的观点。但他强调的是"劳动斗争",对"社会斗争"以及"人生抗争"等象征性内涵的强调偏弱。因此,其观点还是归在"生产劳动类"名下更好。

1981年,曾卓在《文汇月刊》1981年第3期中,也暗示了老人之"渔"的生产劳动属性:"老人是一个真实的劳动者的形象。"[③]

1983年,李启光在《外国文学研究》上发表《〈老人与海〉赏

[①] 董衡巽:《海明威浅论》,《文学评论》1962年第6期。以下同段引用该文时只标页码。

[②] 万培德:《海明威小说的艺术特点》,《文史哲》1980年第2期。以下同段引用该文时只标页码。

[③] 转引自邱平壤《海明威研究在中国》,黑龙江教育出版社1989年版,第40页。

析》一文①，也将"渔"行为理解为一种谋生的手段："对这位以捕鱼为生的老人来说，海的魅力与残忍，一一都是通过种种色色的鱼体现出来的。老人在海上的寻求和搏斗，反映出他在环境中求取生存的努力。"（84）

戎林海在1986年发表的《海明威作品中的存在主义思想——兼论海明威的人生哲学》一文②中提出的观点则有些特别。他提出"渔"行为象征着"人与世界、生与死的搏斗"（109），却同时强调了"渔"行为的劳动属性："桑提亚哥是个饱经风霜、年老体迈的孤寡老人。但由于生存的需要，他不得不到深海去捕鱼。"（111）由此可见，该文作者徘徊在关于"渔"行为之现实性及象征性解释的两难困惑中。

三 渔猎运动类

国内的"渔猎运动类"评论一般将"渔"行为解释为一种休闲运动。这些评论主要集中于国内一些钓鱼类杂志。文学评论较为鲜见，但也有例外。

例如，樊锦鑫在1986年发表的《海明威在西方文学发展中的历史地位》一文③中指出："海明威的作品，我们甚至可以把它当作'狩猎指南'或'捕鱼指南'来读。在《大二心河》和《老人与海》中的钓鱼和捕鱼的场面里，在《弗朗西斯·麦康勃短促的幸福生活》中的捕猎的场面里，我们清楚地看到人物的一举一动。"（33）

又如，郑孝萍在《海明威小说的情节结构》一文④中这样评述海明威短篇《大双心河》中的"渔"行为："钓鱼的活动又是被按着顺

---

① 李启光：《〈老人与海〉赏析》，《外国文学研究》1983年第4期。以下同段引用该文时只标页码。
② 戎林海：《海明威作品中的存在主义思想——兼论海明威的人生哲学》，《南京师范大学学报》（社会科学版）1986年第1期。以下同段引用该文时只标页码。
③ 樊锦鑫：《海明威在西方文学发展中的历史地位》，《长沙水电师院学报》（社会科学版）1986年第1期。以下同段引用该文时只标页码。
④ 郑孝萍：《海明威小说的情节结构》，《齐齐哈尔师范学院学报》1987年第1期。以下同段引用该文时只标页码。

序机械地、细致地叙述的。做早饭、准备好午饭、来到河边抛线、上饵……这就是这篇小说的'情节',可以称得上是钓鱼的示范动作的讲解,而《大二心河》则成了'钓鱼旅行记'。这样,就使作品带有很强的随意性,从结构这一角度来看是十分松散的,情节与情节之间没有联系。"(57)郑孝萍的观点一定程度上忽视了海明威之"渔"的重要文化内涵。因为对于惜墨如金的海明威而言,尼克之"渔"不太可能是一种敷衍文字的兴趣使然。

覃承华在2018年发表的《论海明威对文艺的批判:从两部核心作品说起》一文①中,虽着重讨论海明威的创作技巧,出发点却是作为运动技能的"渔"行为:"海明威表面上给读者展示的是如何斗牛和如何捕鱼的技巧,其真实目的却是通过斗牛和捕鱼来讲述创作技巧。"(135)

四 生物生态类

生物生态类评论集中出现在21世纪初以后。这类评论主要从生态视角关照海明威文本世界中的"渔"行为。

例如,朱蔓在2000年发表的《〈老人与海〉:生命活力与自然法则的对话》一文中②将老人的"渔"行为理解为:"人与自然的对话"(91)。该文作者将鱼视为自然界的一般生物;"渔"行为也就因此意味着人与自然的关系。

刘一红在2006年发表的《从捕鱼情节看海明威自然观的两面性》一文③中"选取作品中的捕鱼情节,运用生态批评的有关方法审视海明威自然观的两面性"(80)。该文所谓的"两面性"指的是人与自然和谐共处,又相互对抗的矛盾关系。文章批驳了"一个人可以被毁

---

① 覃承华:《论海明威对文艺的批判:从两部核心作品说起》,《国外文学》2018年第3期。以下同段引用该文时只标页码。
② 朱蔓:《〈老人与海〉:生命活力与自然法则的对话》,《辽宁大学学报》(哲学社会科学版)2000年第28卷第3期。以下同段引用该文时只标页码。
③ 刘一红:《从捕鱼情节看海明威自然观的两面性》,《大庆师范学院学报》2006年第4期。以下同段引用该文时只标页码。

灭，但不能被打败"（82）的说法，认为："它设置了一个错误的前提，即人与自然是对立的。它隐含着自然规律的运作是人的敌对力量。这种对自然怀有敌意的倾向最终将导致人类自己的灭亡！人最终是无法战胜自然，在与自然的斗争中，所谓的人的尊严只是虚妄的自尊心在作祟。"（82）

张军在2007年发表的《一场没有胜负的战斗——海明威〈老人与海〉新析》一文①中认为："从生态视角进行观照，则可发现老人圣地亚哥与大马林鱼、大马林鱼与鲨鱼、老人圣地亚哥与鲨鱼、老人圣地亚哥与社会、海明威与社会之间的等等战斗，都是没有胜利者的战斗。"（86）由此可见，该文作者将把鱼视为自然的一部分，"渔"行为也就意味着人与自然的关系。

马云霞等在2009年发表的《从〈老人与海〉看海明威生态观的矛盾性》②一文也是从自然的角度来理解"渔"行为的。有例为证："当大鱼被鲨鱼毁掉时，老人悲伤到了极点，不仅仅是因为对经济收入的绝望，还有他对大鱼——自然中的兄弟的深爱。在这里，人不再是独立于自然之外的生物，自然里的其他生物也不再是与人类相对立的客体，天人融为一体，共存共荣。"（133）

五　宗教文化类

国内的宗教文化类也从宗教文化的角度来解释海明威的作品。这其中的宗教文化主要为《圣经》文化，也有中国本土的道家文化。

吴劳在1986年发表的《〈老人与海〉的多层次涵义》③一文间接涉及"渔"行为的宗教内涵。他首先指出"鱼"的两层象征意义：一、基督的化身；二、文学创作中的伟大作品。由此，我们可以推断：该文作者眼中的"渔"行为要么是人与基督发生关系，要么就

---

① 张军：《一场没有胜负的战斗——海明威〈老人与海〉新析》，《贵州社会科学》2007年第3期。以下同段引用该文时只标页码。
② 马云霞、郝佩宇：《从〈老人与海〉看海明威生态观的矛盾性》，《世界文学评论》2009年第1期。以下同段引用该文时只标页码。
③ ［美］海明威：《老人与海》，吴劳译，上海译文出版社1999年版，第1—14页。

是文学创作的象征。此外，该文章认为鱼是基督的化身的同时，也认为老人象征着基督。两个基督的说法不禁令人困惑，文章对"渔"行为的确切解释也因此更显模糊。

1993年李兵在《南京社会科学》上发表的《〈老人与海〉原型分析》一文①从中国文化的视角解读了海明威作品中的"渔"行为。他认为"大鱼（以及海龟）其实是大海化身"（109），因此，小说中的"渔"行为其实体现了"一种阴阳对抗"（109）。李兵关于"阴阳对抗"的解读颇具新意，却忽视了"渔"行为在西方的特殊文化内涵。

邹溱在1993年发表的《〈老人与海〉中的圣经隐喻》一文②，从渔夫身份问题的角度，间接涉及老人之"渔"。其研究主要从"Santiago"的译介问题入手："在英译本《圣经》及各类英文工具书中，这位门徒的名字被译为James（詹姆斯），成圣后即为St. James，在西班牙语中则被译作Santiago（圣地亚哥），而在汉译本《圣经》中却被译为雅各，成圣后为圣·雅各。这三个名字实际上指的是同一位圣徒。汉译本《老人与海》中，把老人的名字译作桑地亚哥，使读者无法领会老人与圣徒同名这一层意思。本书将老人的名字（Santiago）按原意、原音译作圣地亚哥，以传达作者以圣徒的名字给老人命名的独到匠心。"③言下之意，老人不是一般的老人，其"渔"行为也就因此带有宗教文化的意蕴，但该文作者并未就此深入到"渔"行为的具体文化内涵，而是更多地停留于老人与耶稣之间的比较。

从国内研究的总体情况看，持"抗争与斗争类"观点的国内学者占据了多数。这一点正如陆建德研究员所指出的："我国在接受海明威的过程中往往强调一往无前的拼搏精神，强调'人生战场上的厮杀

---

① 李兵：《〈老人与海〉原型分析》，《南京社会科学》1993年第4期。以下同段引用该文时只标页码。

② 邹溱：《〈老人与海〉中的圣经隐喻》，《国外文学》1993年第4期。以下同段引用该文时只标页码。

③ "Santiago"中的"San"应译为"圣"而非"桑"或其他词，否则就无法表达"San"中"圣人"之意。Santiago是一个西班牙词，源于希伯来文名字雅各Jacob，最初指大圣人Saint James the Great。

是残酷无情的'。"

除了中国学者的观点外,我们有必要特别提及日本的海明威研究者庆一原田。乍看之下,他的论文《马林鱼与鲨鱼》①似乎专门讨论《老人与海》中的"大鱼"。细读之余,我们却发现:与多数中国读者一样,庆一原田的结论也是直接将大鱼与鲨鱼视为人生困难的象征。这一结论体现了异质文化语境所共有的一种误读现象:在阅读《老人与海》时,大部分人都能感受"大鱼"的抽象性,却因为自己对西方"大鱼"文化的生疏,只能将"大鱼"理解为自然或困难的象征。庆一原田的解读也是众多中国读者的困惑。造成这种困惑的主要原因便是东西方文化的差异与异质文化的隔阂。

第三节 问题与反思

从海明威之"渔"在西方的接受情况看,大部分的研究讨论都停留于"渔"行为的世俗形态:技术技巧、渔猎运动、生物生态三个方面,即使是涉及宗教文化的,也大多沉浸于古典文化的典故以及形象类比,并没有充分意识到"渔"行为的"男性气概行为"的内涵所在,或者说,这是人们对"渔"行为所承载的文化记忆的一定程度的忽略。这种忽略正如中国古诗所言——"不识庐山真面目,只缘身在此山中"。长期沉浸于"两希"文化中的西方人,也有可能忽略"大鱼"形象以及"渔"行为的男性气概表征在海明威世界中的系统解读。

对于中国的接受者而言,异质文化的隔阂使海明威之"渔"的特殊文化内涵无法清晰传播到每个人的研究视野。对"大鱼"形象研究的缺乏,使身处异质文化环境中的中国读者,大多时候只能将西方小说中的鱼视为一种"普通生物"或"自然的象征"或"困难的象征",将"渔"看作一般意义的劳动或是休闲娱乐的运动。这些源于文化缺失的主观臆想,往往使中国读者与经典文本背后丰富多彩的西

---

① 董衡巽主编:《海明威研究》,中国社会科学出版社1980年版,第295—300页。

方文化擦肩而过。

除《老人与海》外，我们不难在西方文学中找到类似的"渔"类名作。美国作家梅尔维尔的《白鲸》（*Moby Dick*）、英国诗人叶芝（William Butler Yeats）的《鱼》（*The Fish*），苏联作家维·阿斯塔菲耶夫（Астафьевв. п.）的《鱼王》（*царь-рыба*）都以清晰的线索叙写了"人"与"鱼"的故事。遗憾的是，现有的文献依然大多将"鱼"视为一般的自然界生物，或者直接上升为大自然的化身；评论文章也多局限于对"人"与"自然"关系的社会学以及生态学解读。笔者很难找到关于"鱼"以及"渔夫"形象背后的文化原型解读。这种文化符码缺失的不断累积，不可避免地造成我们对西方鱼文化的认识盲区。

首先，以《中国鱼文化》一书为例。在该书第六章第一节"现实遗存"中，作者这样写道："所谓交流型，即中外文化交流的产物，表现为中国鱼文化因素对一些舶来品的渗透、改造与化合。例如，著名的圆明园海晏堂，俗称'西洋楼'，具有巴洛克式的建筑风格，其兽头喷泉后的露台栏板望接头有显眼的双鱼雕塑，从而使'西洋景'中犹存'中国情'，这是中国鱼文化因子揳入'罗马风'的成功案例。"① 对此，笔者心生疑问：海晏堂的双鱼一定是"中国鱼文化因子"吗？我们不妨仔细观察现存的这对石鱼（如图1所示②）。其有三个特点：庞大的体型、夸张的大嘴、粗壮卷起的尾巴。这些特点也容易让西方人想起他们的上帝派去威慑约拿与大鱼（Jonah and the Big Fish）（如图2③），这一对翻尾石鱼也就可能表达着当时的设计者借西方上帝的威严象征中国君王地位的意思。因此，从西方大鱼文化在中国的接受角度看，关于双鱼雕塑属于中国文化的判断还有一定的商榷空间。

---

① 陶思炎：《中国鱼文化》，东南大学出版社2008年版，第245页。
② "西洋楼大水法石鱼回归圆明园"，https：//www.sohu.com/a/203072124_660430，2017年11月7日。
③ "Jonah & the Whale"，available at https：//www.ancient.eu/image/7835/，October 23，2019.

第一章 海明威之"渔"的接受

图 1 圆明园海晏堂大水法石鱼

图 2 约拿与大鱼（Jonah & the Whale）——
Pieter Lastman（1583—1633）的画作

其次，以《英雄与太阳》一书为例。作者在该书中提及"战马英雄"，并用以下这幅古罗马国家大浴场中的壁画①（如图3）来证明战马英雄崇拜。

笔者认为：图中的马不是一般的马，一旁的英雄也非一般的英雄。以图4②为例，我们看看另一幅同样出自古罗马浴场中的马图：

---

① 叶舒宪：《英雄与太阳》，陕西人民出版社2005年版，第24页。
② "Hippocamp", available at http://en.wikipedia.org/wiki/Hippocamp, September 2, 2018.

图3　战马英雄

图4　Hippocamp

以上这幅图是古罗马Aquae Sulis温泉浴场地面上的马赛克图。图中的马不是一般的马，而是海马。海马是腓尼基人（Phoenician）以及希腊神话中的一种神话动物，同时也是古希腊伊特鲁里亚（Etruscan）神话中的动物。其典型的形象通常是：前半部像马，后半部交缠，带鳞的部分像鱼。换言之，在古希腊罗马神话中，马是鱼尾形的海兽，一种水怪，一种"大鱼"的概念。在古罗马温泉浴场以及公共浴场中，海马形象作为一种装饰物被人们广泛使用。

再看以下这幅《海神凯旋》（*Triumph of Neptune*）（图5）①。图中的马不是一般的马，因为它们的尾巴是鱼尾，而且它们能行于水上。中间驾驭它们，手持鱼叉的就是海神波塞冬（尼普顿）。

图5　Neptune

既然《英雄与太阳》中所引用的马图也是罗马浴场中的画，其中的马就有可能也是海马。统管海马的是海神，海神同时也是马神（Poseidon Hippios）。因此，《英雄与太阳》中所出现的这幅马图，画的也有可能是海神和他的海马。海马作为一种海兽，也可视为一种广

---

① "Neptune", available at http://www.greek-gods-and-goddesses.com/pictures-of-neptune.html, September 2, 2018.

义的大鱼；驾驭这只大鱼的海神当然也可以被称为渔神。由此可见，《英雄与太阳》中的"战马英雄"一说，虽然言之有据，却也有可能忽略了古罗马浴场中的马图背后的大鱼文化。在此，笔者只是想从西方大鱼文化的角度提出一种设想型的补充，即对上图提出另一种诠释的可能性，并由此说明研究西方"大鱼"形象以及"渔"行为的重要性。

  最后，我们不妨看《白鲸》汉译中的一段插曲。在成时翻译的《白鲸》一书中，有这样一句话："我采取的是老派的立场，认为鲸鱼是鱼，要求神圣的约拿来支持我。"① 译者对这句话的评注是："梅尔维尔当然是错的，鲸鱼是海中的哺乳动物。"② 译者从自然的角度肯定了鲸鱼的自然属性，却可能忽视了梅尔维尔所说的鱼与译者所说的鱼是两个层面的东西。译者所说的鱼只是自然界的鱼；梅尔维尔所说的"鲸鱼是鱼"，则指的是西方文化中的"大鱼"，因为他让"神圣的约拿"③ 来支持他的观点。言下之意，梅尔维尔认为自己说的这种鲸鱼是《圣经》神话中的大鱼，当然不同于一般意义上的鱼。译者从鱼的自然属性来理解梅尔维尔这句话中的文化鱼的概念，虽不乏自己的道理，却未能真正与梅尔维尔说到一处。这一现象也正常地反映了异质文化的语境下，国内读者对西方"大鱼"文化及"渔"行为可能存在误解与略读。

  为此，我们有必要从文化记忆的角度重新梳理一下西方文化语境中的"大鱼"形象以及经典的"渔人"英雄故事。

---

① ［美］赫尔曼·梅尔维尔：《白鲸》，成时译，人民文学出版社2001年版，第151页。
② 同上。
③ 同上。

第二章　文化记忆中的大鱼形象

瑞士心理学家卡尔·荣格（Carl Jung）曾说："每一个原始意象中都有着人类精神和人类命运的一块碎片，都有着我们祖先在历史中重复了无数次的欢乐和悲哀的一点残余，并且总的说来始终遵循同样的路线。它就像心理中的一道深深开凿过的河床，生命之流在这条河床中突然奔涌成一条大江，而不是象先前那样在宽阔然而清浅的溪流中漫淌。"① 在以上叙述中，荣格关于"原始意象"的论述为本书寻找西方文化长河中的"大鱼"原型提供了有力的理论支持，也为笔者解答海明威现实生活以及文本世界中频繁出现的"鱼"形象提供了可靠的研究思路与启发。

西方文化传统中的"大鱼"不是一般的鱼，而是海中的大型怪物，俗称海怪。美国著名民俗研究专家斯蒂思·汤姆森（Stith Thompson）在《民间文学母题分类》（*Motif-index of Folk-literature*）一书中，就将海怪利维坦（Leviathan）列为母题 B61，并将其定义为"大鱼（Giant Fish）"②。斯蒂思·汤姆森的这一分类从概念上为我们展现了西方文化记忆深处的大鱼原型。此外，我们还可以从加拿大著名学者诺斯若普·弗莱（Northrop Frye）那里寻找大鱼原型的影子。在"作为原型的象征"一文中，弗莱指出："一个象海洋或荒原这样的象征

---

① ［瑞士］荣格：《心理学与文学》，冯川、苏克译，生活·读书·新知三联书店1987年版，第121页。

② Stith Thompson, *Motif-Index of Folk-Literature: A Classification of Narrative Elements in Folk Tales, Ballads, Myths, Fables, Medieval Romances, Exempla, Fabliaux, Jest Books and Local Legends* (CD-ROM), Bloomington: Indiana University Press, 1993.

不会只停留在康拉德或哈代那里；它注定要把许多作品扩展到作为整体的文学的原型性象征中去。白鲸不会滞留在麦尔维尔的小说里：他被吸收到我们自《旧约》以来关于海中怪兽和深渊之龙的想象性经验中去了。"①弗莱在文中所提及的"白鲸""海中怪兽""深渊之龙"的原型都指向了"大鱼"。

为深入探讨西方大鱼文化，本节拟从古希腊神话、《圣经》神话、北欧神话以及中世纪动物寓言等四个最能代表西方文化传统的神话、传说中提取"大鱼"的形象，并辅以流传于后世西方的大鱼画像，说明大鱼在西方人脑海中的文化记忆。

第一节 古希腊神话中的克托斯

在希腊神话中，克托斯（Ketos）是一种长牙利齿的深海怪物。它们通常听从海神波塞冬的调遣。公元10世纪左右的古希腊语专家苏伊达斯（Suidas）对克托斯的定义是这样的："克托斯又名海怪、大鱼、鲸鱼，是一种海兽，有多种形态：狮子样，鲨鱼样，豹子样，以及河豚样。这种海兽也可以是一种叫作 malle 的锯鳐，很难对付，也可以是公羊模样，一种面目可憎的动物。"②

克托斯在希腊神话中的形象是令人恐惧的。在珀耳修斯（Perseus）与安德洛墨达（Andromeda）的传说中，克托斯就是横亘在英雄与美女之间的魔怪。具体故事如下：埃塞俄比亚王后卡西俄珀亚（Cassiopeia）因吹嘘女儿安德洛墨达的美貌得罪了大洋深处的海仙女（Nereids）。海神波塞冬（Poseidon）决定替海仙女们出气，发大水淹没了埃塞俄比亚王国的土地，又派海怪克托斯袭扰埃塞俄比亚王国，并要国王塞弗斯（Cepheus）将女儿献给克托斯以免除灾难。塞弗斯无奈，只好照办。正当海怪要吞食安德洛墨达时，英雄珀耳修斯恰好经过。塞弗斯向珀耳修斯求助。珀耳修斯答应帮忙，但要求塞弗斯在

---

① 叶舒宪主编：《神话——原型批评》，陕西师范大学出版社1987年版，第153页。
② "KETEA"，available at http：//www.theoi.com/Ther/Ketea.html，May 2, 2019.

自己杀掉克托斯后，将女儿嫁给他。塞弗斯不仅愿意，还答应将整个王国送给珀耳修斯。珀耳修斯随即腾空而起，俯冲下去，用剑猛刺死了海怪克托斯，珀耳修斯赢得江山美人归。

这个故事在后世西方世界的流传很广。许多艺术作品都以此为题表现英雄斩妖、救美的故事。我们不妨以下面这幅公元前1世纪左右的古罗马壁画（图1）① 为例，看一看克托斯在西方人记忆中的恐怖形象：

图1　Perseus

---

① "F47.4 PERSEUS, ANDROMEDA & THE CETUS", available at http://www.theoi.com/Gallery/F47.4.html, May 2, 2019.

画中的珀耳修斯持剑俯冲，营救被缚的安德洛墨达。左下方则是前来吞食安德洛墨达的克托斯。画中的克托斯鱼尾蛇身，张着大嘴，露着长牙利齿，似乎在咆哮喷水，一副狰狞的面目。因此，这幅画除了表现英雄救美的古典主题外，也渲染了西方文化记忆深处的大鱼恐惧。

再看图2①。在这幅公元前520年左右的古希腊瓶②画中，克托斯海怪也是鱼尾蛇身。它张着大嘴，露着长牙利齿，欲吞食手持鱼钩的赫拉克勒斯（Herakles）③。画中的海豹、海豚以及章鱼以各自的小身形衬托出克托斯的庞大。画中的故事是这样的：海神波塞冬为特洛伊国王拉俄墨冬（Laomedon）建造了特洛伊城墙，但拉俄墨冬却未按原先的承诺给予酬劳。波塞冬发怒，派大鱼怪"克托斯"袭扰特洛伊城，并劫走公主赫西俄涅（Hesione）。拉俄墨冬向赫拉克勒斯求助。赫拉克勒斯答应帮忙，就在赫西俄涅葬身鱼腹之际，跳进克托斯的肚子，用刀割碎其内脏，又在克托斯身上挖了一个洞，爬了出来。

图2　Heracles

---

① "P28.1HERACLES & THE TROJAN CETUS", available at http://www.theoi.com/Gallery/P28.1.html, May 2, 2019.

② 该瓶指的是古希腊器皿 Hydria，是一种大身细嘴、有两个小提环及一个大手柄的提水罐。

③ 罗马神话中称为 Hercules，对应的中文译名通常为赫尔克勒斯。

第二章 文化记忆中的大鱼形象

在下面这个收藏于美国波士顿美术馆（Museum of Fine Arts, Boston, Massachusetts, USA）的巨爵（Krater）①上，我们看到这样一幅瓶画（图3）②：克托斯依然长牙利齿，冲着公主赫西俄涅咧开了大嘴，面目狰狞。赫拉克勒斯用力开弓，对着克托斯众箭齐发。由此，我们不难想象克托斯在画家以及其他西方人记忆中的恐怖形象。

图3 Heracles 2

公元3世纪左右的希腊诗人欧皮安（Oppian）在其《捕鱼诗集》（*Halieutica*）中，这样描述克托斯的狰狞："与那些掠杀成性的地上的野兽相比，它们有过之而无不及，而且它们的力量更大，体型面貌更为可怕。它们生活在大海中，数量繁多，体型巨硕。因为重的缘故，它们不经常浮出海面，而是待在海底。它们为食物不断地咆哮狂吼，是一种一直处于饥饿状态的暴食动物。有什么食物能填满其贪得无厌的胃口呢？不仅如此，它们还互相吞噬。勇猛强大的屠杀弱小的，一方是另一方的口粮和美餐。它们还时常危及在西部伊比利亚海

---

① 巨爵（Krater）是古希腊和古罗马时代用来混合酒和水的一种大酒杯，口部很宽，且有两个把手。

② "P28.2 HERACLES, HESIONE & THE CETUS", available at http://www.theoi.com/Gallery/P28.2.html, May 3, 2019.

过往的船只。"①

第二节 《圣经》神话中的大鱼

与古希腊神话类似,《圣经》②中的大鱼也处在"人"的对立面。

最为人熟知的例子便是《约拿书》中的大鱼故事:耶和华让先知约拿去尼尼微城劝善弃恶,但约拿认为亚述才是罪恶深重的地方,便违背上帝的意志,乘船前往他施躲避耶和华。上帝见约拿不从,就在海上大兴风浪,使约拿乘坐的小船面临颠覆的危险。惊恐万分的水手通过抽签的方法得知约拿是祸源,便在其同意下,将他抛进大海,平息了风浪。上帝耶和华则让一只大鱼,将抛入水中的约拿吞入腹中。而后,因处鱼腹的约拿不停地向上帝祷告祈福,三天三夜后才得以脱身。从此,约拿发誓忠诚于耶和华,照办了尼尼微之行的任务。

在约拿的故事中,我们看到了大鱼与人(约拿)的对立:大鱼代言了上帝的愤怒;对约拿而言则是一种令人不安的惩罚,一种来自异己力量的威慑。约拿对上帝的臣服首先源于他对海怪大鱼的恐惧与屈从。

除了吞食约拿的大鱼,《圣经》中令人印象深刻的大鱼还有利维坦③。利维坦是一种象征邪恶的海怪。流传西方的多个版本的英文《圣经》大都将这种"大鱼"称为"serpent(蛇)""monster of the sea(海怪)"或者"dragon(西方龙)"。我们不妨以《以赛亚书》(Isaiah)第二十七章第一节为参照点,在九个版本④的英文《圣经》中寻找相关的"利维坦"词汇。结果发现:九个版本都一致认为利

---

① "KETEA", available at http://www.theoi.com/Ther/Ketea.html, May 2, 2019.
② 本文的圣经文本参见 http://www.o-bible.com/gb/, 2017 年 12 月 2 日。
③ 有学者认为吞食约拿的大鱼就是利维坦。
④ 这九个版本分别是 1. 新国际版(New International Version); 2. 美国标准版(American Standard Version); 3. J. N. Darby 版(J. N. Darby Version); 4. 世界英语版(World English Bible); 5. 詹姆斯国王版(King James Version); 6. 诺亚韦伯斯特版(Noah Webster Bible); 7. 修订标准版(Revised Standard Version); 8. YLT 直译版(Young's Literal Translation); 9. 简单英语版(Bible in Basic English)。

第二章 文化记忆中的大鱼形象

维坦是一种蛇形的动物（serpent）；其中，又有四个版本将利维坦称为"海怪"（monster of the sea, monster that is in the sea,），另外五个版本的《圣经》则都将利维坦称为"海龙"（the dragon that is in the sea, the dragon which is in the sea）。

具体如下表所示：

表1

序号	版本	相关文字
1	新国际版［NIV］	In that day, the LORD will punish with his sword, his fierce, great and powerful sword, Leviathan the gliding serpent（蛇）, Leviathan the coiling *serpent*（蛇）; he will slay the monster of the sea（海怪）
2	美国标准版［ASV］	In that day Jehovah with his hard and great and strong sword will punish leviathan the swift*serpent*（蛇）, and leviathan the crooked serpent（蛇）; and he will slay the *monster that is in the sea*（海怪）
3	J. N. Darby 版［JND］	In that day Jehovah, with his sore and great and strong sword, will visit leviathan the fleeing serpent（蛇）, and leviathan the crooked serpent（蛇）; and he will slay the monster that is in the sea（海怪）
4	世界英语版［WEB］	In that day Yahweh with his hard and great and strong sword will punish leviathan the swift serpent（蛇）, and leviathan the *crooked serpent*; and he will kill the monster that is in the sea（海怪）
5	詹姆斯国王版［KJV］	In that day the LORD with his sore and great and strong sword shall punish leviathan the*piercing serpent*（蛇）, even leviathan that crooked serpent（蛇）; and he shall slay the *dragon that is in the sea*（海龙）
6	诺亚韦伯斯特版［NWB］	In that day the LORD with his keen and great and strong sword will punish leviathan the*piercing serpent*（蛇）, even leviathan that crooked *serpent*（蛇）; and he will slay the *dragon that is in the sea*（海龙）
7	修订标准版［RSV］	In that day the LORD with his hard and great and strong sword will punish Leviathan the fleeing*serpent*（蛇）, Leviathan the twisting serpent（蛇）, and he will slay the dragon that is in the sea（海龙）

续表

序号	版本	相关文字
8	YLT 直译版 [YLT]	In that day lay a charge doth Jehovah, With his sword -- the sharp, and the great, and the strong, On leviathan -- a fleeing serpent（蛇）, And on leviathan -- a crooked serpent, And He hath slain the *dragon that is in the sea*（海龙）
9	简单英语版 [BBE]	In that day the Lord, with his great and strong and cruel sword, will send punishment on Leviathan, the quick-moving snake（蛇）, and on Leviathan, the twisted *snake*（蛇）; and he will put to death the *dragon that is in the sea*（海龙）

通过对以上九个英文版《圣经》的比较，我们发现：在《圣经》文化中，斯蒂思·汤姆森所定义的"大鱼"利维坦，主要呈现为"蛇"与"龙"这两种恶兽的形象。若按加拿大学者弗莱在《伟大的代码》(*The Great Code*)① 中的分类看，大鱼作为一种异己力量，显然是与福音意象（Apocalyptic Imagery）相对的魔鬼意象（Demonic Imagery）。以《圣经》为例，"大鱼"利维坦让人想起《以赛亚书》中的"拉哈伯"（Rahab）。《约伯记》第41章则对"大鱼"利维坦的恐怖形象进行了这样的描述：

41：25 它一起来，勇士都惊恐，心里慌乱，便都昏迷。
41：26 人若用刀，用枪，用标枪，用尖枪扎它，都是无用。
41：27 它以铁为干草，以铜为烂木。
41：28 箭不能恐吓它使它逃避。弹石在它看为碎秸。
41：29 棍棒算为禾秸。它嗤笑短枪飕的响声。
41：30 它肚腹下如尖瓦片，它如钉耙经过淤泥。
41：31 它使深渊开滚如锅，使洋海如锅中的膏油。
41：32 它行的路随后发光，令人想深渊如同白发。
41：33 在地上没有像它造的那样，无所惧怕。

---

① 弗莱将整个《圣经》中的意象统分为两类：福音意象、魔鬼意象。参见 Northrop Frye, *The Great Code*: *The Bible and Literature*, New York and London: Harcourt Brace Jovanovich, Publishers, 1990.

41：34 凡高大的，它无不藐视。它在骄傲的水族上作王。（《约伯记》41：25—34）①

作为水族之王，利维坦威力巨大，令人望而生畏。在航海业鼎盛时期，欧洲水手将利维坦视为一种巨大的类似鲸鱼的海怪，或是一种海蛇。这种怪物时常在船只周围游动，制造漩涡，进而将整条船吞没。

霍华德·华莱士（Howard Wallace）在"利维坦与启示录中的兽"（Leviathan and the Beast in Revelation）一文②中的研究成果，为我们理解"大鱼"利维坦的魔怪形象提供了更有力的理论支持。华莱士认为：利维坦的形象之源是迦南神话中是一种叫洛唐（lotan）的七头怪物。这种七头怪物是一种海蛇或水中的龙；在希伯来文中，"lotan"的拼写就是"leviathan"。《圣经》学者约翰·代伊（John Day）在其著作《上帝与龙与海的冲突》（God's Conflict with the Dragon and the Sea）一书中，也指出"大鱼"利维坦的魔怪形象。他认为：利维坦是与上帝作对的一种水中恶龙，一种混沌怪兽（chaos monster）③。英国著名作家威廉·布莱克（William Blake）在《天堂与地狱的联姻》（The Marriage of Heaven and Hell）一书中，也将"大鱼"利维坦描述成"浑身长鳞的巨型蛇怪（the scaly fold of a monstrous serpent）"④。

在《圣经》中，还有一处关于大鱼的间接描写。那就是大鱼怪大衮（Dagon）。据《圣经》记载，大衮是异教徒非利士人（Philistines）

---

① 本文的《圣经》文本（中、英文）摘自 http：//www.edzx.com/bible/，2018 年 8 月 3 日。下同，不再另外标注出处。另：本文所引的英文《圣经》都是詹姆斯国王版（King James Version）；所引用的中文来自和合本。下同。

② Howard Wallace, "Leviathan and the Beast in Revelation", The Biblical Archaeologist, Vol. 11, No. 3, 1948, p. 63.

③ John Day, God's Conflict with the Dragon and the Sea, Cambridge：Cambridge University Press, 1985, p. 48.

④ "William Blake the Marriage of Heaven and Hell", available at http：//www.levity.com/alchemy/blake_ma.html, May 6, 2019.

膜拜的一种鱼人同形的怪物（见图4①）。

图 4 Dagon

在《圣经》的文字记载中，大鱼怪大衮显然以异教魔怪的形象，处在上帝耶和华的对立面。例如，《撒母耳记》就记载了一段大衮与

---

① "Dagon the Fish-God", available at http：//www.bible-history.com/past/dagon.html, May6, 2019.

耶和华对峙的故事：非利士人打败以色列人后，掳走了耶和华的约柜，并把约柜抬进大衮庙，放在大衮的旁边。"次日清早，亚实突人起来，见大衮仆倒在耶和华的约柜前，脸伏于地，就把大衮仍立在原处"（《撒母耳记上》5∶3）；"又次日清早起来，见大衮仆倒在耶和华的约柜前，脸伏于地，并且大衮的头和两手都在门槛上折断，只剩下大衮的残体"（《撒母耳记上》5∶4）。

从以上《圣经》文字中，我们看到大衮与耶和华之间的冲突。这种矛盾其实也是异教与基督教文化之间的矛盾。值得注意的是：大衮是一个大鱼怪。因此，《圣经》的这段描述其实也可理解为耶和华神与大鱼之间的矛盾。这种矛盾与《圣经》学者约翰·代伊所指出的上帝与混沌"大鱼"利维坦之间的矛盾颇为相似。

《圣经》对大鱼怪大衮的反面呈现也对后世英美人的文化记忆产生了一种负面影响。例如，1954 年的美国电影《黑湖妖谭》（*Creature from the Black Lagoon*）的开头部分就出现了亚马孙丛林的一种史前鱼怪，杀死几个男科考队员，掳走女人的恐怖场面。2001 年由斯图尔特·戈登（Stuart Gordon）导演的恐怖电影《异魔禁区》的英文原名其实就是"Dagon"（大衮鱼怪）①。这部电影讲述了主人公保罗误入西班牙渔村英波卡镇（Imboca），惊恐地发现当地人都膜拜大衮鱼怪；不信鱼怪的外乡人都要成为大衮异魔的祭品。男人被剥皮，女人则献给大衮鱼怪，为其繁衍半人半怪兽的后代。图 5 是这部电影的海报封面。② 其中异常恐怖的人像也正好揭示了英美文化背景中的人群对大鱼怪的恐惧心理。

第三节　北欧神话中的鱼怪

分析了古希腊神话以及《圣经》神话中的大鱼之后，我们有必要

---

① 改编自恐怖作家 H. P. Lovecraft 1932 年的作品 *The Shadow Over Innsmouth*。该作品妖魔化了大鱼的形象。
② 引自 http：//www.mtime.com/my/181729/blog/1968326/，2017 年 11 月 12 日。

海明威之"渔"与男性气概

图 5　Dagon 2

关注影响后世另一个重要神话源头——北欧神话（Norse Mythology）。所谓"北欧神话"，指的是："整个日耳曼民族，包括斯堪的纳维亚人、德语民族和盎格鲁—萨克逊人的最古老的神话"①。

---

① 桂敏海：《世界文化史知识》第五卷3，辽宁大学出版社1996年版，第3—4页。

第二章　文化记忆中的大鱼形象

下面，我们看一看北欧神话中的大鱼——米尔加尔德巨蟒（Midgard Serpent）。

据维基百科记载："在北欧神话中，米尔加尔德巨蟒是一条海蛇。""主神奥丁将其抛在环绕米尔加尔德城堡的大洋中。这条巨蟒长得很大，能够将地球环绕并咬住自己的尾巴。当它一放开尾巴时，世界就将面临末日。结果，它也被称作米尔加尔德巨蟒或尘世巨蟒。"①

从以上解释中，我们得到以下的信息：米尔加尔德巨蟒是一种海怪，即一种大鱼。在北欧神话中，这种巨蟒是邪恶的力量，残害了许多水手和渔夫。雷神托尔曾经有两次想杀死米尔加尔德巨蟒。因此，这条海中巨蟒在西方人的文化记忆中也是一种可怖狰狞的海怪形象。

再看"克拉刚"（Kraken）。"克拉刚"一词源于古挪威语，意思是令人恶心的兽（sick beast）②。这种身形巨大的海怪有时也被人描述为大乌贼鱼的模样，主要出现在北欧传说中。后世的人也将其称为"北海巨妖"。

根据维基百科③的记载：克拉刚其实是一种出没于挪威及冰岛海域的大章鱼。卑尔根主教（Bishop of Bergen）厄里克·彭托皮丹（Erik Pontoppidan）在《挪威自然史》（*Natural History of Norway*）一书中，曾将克拉刚的身形描绘成一座浮岛的大小；其沉入水中时所产生的巨大漩涡会对水手的生命造成威胁，而且还能将世上最大的战船卷入海底。此外，当一个挪威渔夫捕获一条大鱼时，别的人就会说他一定是抓到克拉刚了。

1830 年，英国著名诗人阿尔弗雷德·丁尼生（Alfred Tennyson）所发表的《海中怪兽》（*The Kraken*）一诗④，也为我们呈现了克拉刚

---

① "Midgard", available at http://en.wikipedia.org/wiki/J%C3%B6rmungandr, December 11, 2017.
② "Kraken", available at http://www.alien-ufos.com/Kraken-t18190.html, December 11, 2017.
③ "Kraken", available at http://en.wikipedia.org/wiki/Kraken, December 11 2017.
④ 丁尼生：《丁尼生诗选》，黄杲炘译，上海译文出版社 1995 年版，第 4 页。

的魔怪形象：

> 在深邃天穹的万钧雷霆之下，
> 在海底沟壑最深最深的地方，
> 这海中怪兽千古无梦地睡着，
> 睡得不受侵扰。幽微的阳光
> 飘忽在它影影绰绰的身躯边，
> 在它上方巍然是千年大海绵；
> 而在极其悠远的暗淡光线中，
> 从许多奇特岩穴和隐蔽洞窟，
> 无数硕大无朋的章鱼住外涌，
> 来用巨腕扇这酣睡的绿怪兽。
> 它已睡了多少世纪，但它还要
> 边睡边靠大海虫把自己养胖，
> 直到末日的烈火烧烫了海洋；
> 这时它咆哮着升到水面死亡；
> 就这么一次被人和天使看到。

这首诗的英文原题是"克拉刚"，译者将其翻成"海中怪兽"。这种处理体现了译者对克拉刚文化内涵的良好把握。诗人丁尼生在描绘克拉刚时，用大量文字铺陈渲染了"最深最深的"的神秘，"黯淡"又"奇特"的巢穴。这些描绘为读者营造出这样一种景象：克拉刚是一种源于黑暗的神秘海怪。诗末三行诉说了《圣经》的末日审判。虽然仍以克拉刚为名，实际却不禁让人想起《圣经》中利维坦的形象。因此，来自北欧传说的克拉刚在丁尼生的笔下其实已经异化成大鱼"利维坦"。

1870年，法国作家凡尔纳（Jules Verne）在《海底两万里》第18章中也专门描述了大章鱼克拉刚对"鹦鹉螺号"的袭击。在"鹦鹉螺号"船员的眼里，这是一种身形巨大、令人恐怖的海怪。于是，尼莫船长带领船员与大章鱼克拉刚展开了殊死搏斗。他们用斧头，鱼叉将大章鱼杀得血流成河。由此可见,克拉刚在《海底两万里》中呈现给读者的形象也是狰狞可怖的。

1953年,约翰·乌埃顿(John Wyndham)在英国出版了《克拉刚觉醒》(*The Kraken Wakes*)一书。同年,该小说以《深海崛起》(*Out of the Deeps*)为名,在美国出版。这部预言未来灾难的科幻小说以主人公麦克·沃森(Mike Watson)的视角讲述了外星生命的入侵、海平面的上升以及伦敦被淹没。小说并没有直接涉及克拉刚的描述,但该书作者在书名中使用克拉刚的形象暗示了大海怪的破坏力。

在西方电影中,克拉刚也时常以狰狞的面目出现。

由艾蒂芬·索莫斯(Stephen Sommers)导演,1998年上映的电影《极度深寒》(*Deep Rising*)就是一例。该片以克拉刚为原型,为观众呈现了一种硕大的吸血章鱼。这种大章鱼掀翻船只,吸干船员与乘客的血液和骨髓。而后,一场与大章鱼搏斗以及逃生的场面随之而来,令人又不禁想起凡尔纳《海底两万里》中人与大章鱼的搏斗。这部电影后半部的场面极为血腥,从恐怖形象的角度为我们展示了克拉刚这种大鱼怪在英美人眼中的狰狞面目。在2000年的美国电影《史前大章鱼》(*Octopus*)中,观众看到的又是令人恐怖的克拉刚形象:大章鱼吞噬了商船,引发了海啸。不仅如此,2001年,《史前大章鱼2》(*Octopus 2:River of Fear*)中,克拉刚再度以狰狞的面目登台:大章鱼将人一个个拖入水中。甚至在2006年上映的电影《加勒比海盗2:聚魂棺》(*Pirates of the Caribbean:Dead Man's Chest*)中,海盗船长杰克的对手也是一个大章鱼怪。影片大肆渲染了大章鱼的恐怖:流着绿色的黏液,长长的触须,吞噬一艘大船和观众深爱的杰克船长。

第四节　中世纪动物寓言中的大鱼

中世纪动物故事中也有丰富的大鱼形象。由于纸质资料的匮乏,本书主要参考了中世纪动物寓言的互联网材料(http://bestiary.ca/)。

一 锯鳐

中世纪动物故事中的锯鳐是一种背上带锯齿状的突起,长有大翅膀的海怪。当它看见海船,就会张开翅膀,追逐海船。由于背上有锯齿状突起,因此锯鳐能在海船航行时,从下往上将船体划破,导致海船沉没。水手往往对其望而生畏。在中世纪动物画中,锯鳐的形象一般是一种巨大的龙形怪物,长着翅膀,或与海船竞逐,或猎食其他鱼。图6①就是这样一幅中世纪锯鳐画。其中一只锯鳐潜入水底捉鱼,另一只则跃出水面,阻断海船的航行,令船上的水手惊恐万分。

图6 Sawfish

① "Sawfish", available at http://bestiary.ca/beasts/beast147.htm, May 11, 2018.

二　剑鱼①

图 7　Swordfish

除了锯鳐外,剑鱼也是一种令水手万分惊恐的鱼怪。公元 7 世纪的西班牙人伊西多尔(Isidore)在《语源学》(*Etymologies*)一书中认为:"剑鱼的嘴很尖,常常刺穿船体。"② 值得注意的是,中世纪人对剑鱼与锯鳐的描述十分相似。同在《语源学》中,伊西多尔也提及了锯鳐。其认为锯鳐背上的锯齿状突起,能将船体割破。③ 两种鱼威胁海船的方式也很相近:一种是"刺穿",另一种是"割破"。笔者以为:这些相似性的背后,是古代西方对大鱼的恐惧心理。

三　雷鱼④

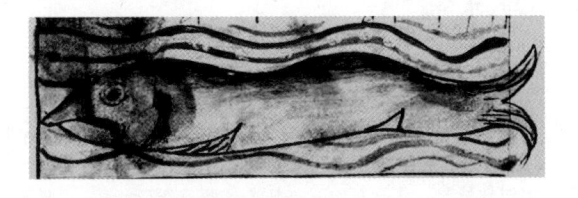

图 8　Torpedo

---

① "Swordfish", available at http://bestiary.ca/beasts/beast1966.htm, May 11, 2018.
② Ibid.
③ "Sawfish", available at http://bestiary.ca/beasts/beast147.htm, May 11, 2018.
④ "Torpedo", available at http://bestiary.ca/beasts/beast285.htm, May 11, 2018.

上图的雷鱼（Torpedo）也被后人称为电鳐（Electric Ray）。据说，人一碰电鳐，身体就会发麻。即使离此鱼较远，或用长竿触碰，也会感觉全身麻痹。甚至有说法称这种鱼呼出的气也会使人肢体麻木。由此看来，这又是一种令人心生恐惧的鱼怪。与锯鳐、剑鱼相比，雷鱼的威力似乎更大。在未触及人体的情况下，就可能危及人类的生命。

四　鲸鱼

鲸鱼在西方古人眼里也是一种令人恐惧的鱼怪；它常常欺骗水手，将船与人卷入水底。因此，鲸鱼时常被西方古人视为魔鬼的象征，鲸腹也自然成为地狱的代名词。伊西多尔在《语源学》一书中就是这样描述鲸鱼的："鲸鱼令人望而生畏，因此也被称为怪物。吞噬约拿的鲸鱼就有着地狱一般的肚子。"①

此外，13世纪的诺曼底修士纪庸（Guillaume le Clerc）在《神圣动物寓言》（*Bestiaire*）中也为我们描述了鲸鱼的恐怖："在广阔无边的大海上，有各种各样的鱼，诸如大比目鱼、鲟鱼、海猪等。其中，有一种怪物，奸诈又危险。在拉丁语，这种鱼叫作 Cetus。它是水手的冤家。它的背部表层看上去像沙地。当它从水中崛起，水手都会以为是小岛。因此，当暴风雨来袭时，水手就会驶向这种鲸背岛屿。他们抛下锚，登上鲸背，生火做饭。为了拴住船只，他们还会在误以为是沙地的鲸背上打桩。当鲸鱼感受到背上火的炙烤，它就会沉入水里，连船带人卷入水下。"②

---

① "Whale", available at http://bestiary.ca/beasts/beast282.htm, May 11, 2018.
② 同上。另：辽宁师大教授王立在《东亚海中大蛇怪兽传说的主题学审视》一文中曾提及东方也存在类似的故事。其原文如下：葛洪《西京杂记》载："昔人有游东海者，既而风恶船破，补治不能制，随风浪莫知所之。一日一夜得一孤洲，共侣欢然下，石植缆，登洲煮食，食未熟而舟没，在船者砍断其缆，船复飘荡。向者孤洲，乃大鱼也。吸波吐浪，去急如风。在洲上死者十余人。"萧绎《金楼子·志怪》载巨龟背生树亦与此类似："巨龟在沙屿间，背上生树木，如渊岛。尝有商人，依其采薪及作食。龟被灼热，便还海，于是死者数十人。"由此可见，东方对西方的大鱼认识还是有一定的接受基础的。参见王立《东亚海中大蛇怪兽传说的主题学审视》，《唐都学刊》2003年第1期，第12页。

在以下这幅藏于英国图书馆的中世纪动物画图9①中,我们看到的景象正如纪庸的描述:水手在鲸背上泊船,生火做饭;丝毫未察觉到即将来临的死亡威胁。

图9　Whale

五　海胆鱼

公元1世纪的罗马诗人卢坎(Lucan)是这样描述海胆鱼(Echeneis)的:"这种有吸力的鱼,即使东风劲吹也能让船纹丝不动。"② 同样是公元1世纪的古罗马博物学家老普林尼(Pliny the Elder)在《自然史》(*Natural History*)中也提及海胆鱼:"海胆鱼是一种常常在礁石上能看到的鱼。它能依附在船体,使船速减缓。"③ 在《语源学》

---

① "Whale", available at http://bestiary.ca/beasts/beast282.htm, May 11, 2018.
② "Echeneis", available at http://bestiary.ca/beasts/beast422.htm, May 11, 2018.
③ Ibid.

中，伊西多尔也说到类似的现象："它能紧紧附在船底，不论风吹雨打都能纹丝不动。这种鱼也被人称为'延迟鱼'。因为其能让船静止不动。"① 在以下这幅中世纪动物画（图10）② 中，一只海胆鱼紧紧附在海船上；海船无法动弹，船主一脸无奈。

图10　Echeneis

第五节　大鱼恐惧与混沌之龙

从上节的讨论中，我们不难感知西方人在描述大鱼形象时所共有的一种心态——恐惧。颇有意思的是：在西方文化中，鱼确实有令人恐惧的一面。至少"鱼恐惧"（Ichthyophobia）本身就是由西方学者论证成立的一种说法。

---

① "Echeneis", available at http://bestiary.ca/beasts/beast422.htm, May 11, 2018.
② Ibid.

第二章 文化记忆中的大鱼形象

1898年，美国学者华盛顿·马修斯（Washington Matthews）提出了"鱼恐惧"的概念。他在自己的研究中强调了"鱼恐惧"的特殊含义——"我在这里提及的恐惧来源于迷信，那种将鱼从食谱中去除的想法，总之，那是一种鱼禁忌。"① 为了进一步说明这种"鱼恐惧"，华盛顿·马修斯以美国最大的印第安部落纳瓦霍人（Navaho）为例，说明了这个部落的鱼禁忌。他发现纳瓦霍印第安人不仅对鱼有忌讳，甚至对包括水鸟在内的与水有关的所有动物都存在恐惧感。他在实地的田野访谈中了解到：有一个纳瓦霍印第安武士，任劳任怨，几乎什么活都肯干，唯独清理鱼以及吃鱼两件事让他无法接受。有一次，雇佣他的主人想跟他开个玩笑，就将一锅腌过鱼的水倒到他头上，这位印第安奴仆立刻尖声惊叫，将身上的衣物全部除尽，还进行沐浴、用药，想以此涤清身上的污浊。而且，从此以后，该印第安仆人再也没回这个主人家。

在论文《鱼恐惧》（Ichthyophobia）中，马修斯还分析了与纳瓦霍印第安人一样不吃鱼的祖尼人（Zuni）的鱼禁忌。文章认为："由于居住在沙漠地带，祖尼人将水视为格外神圣的东西。因此，所有真正属于水以及表面上属于水的东西，尤其是水中的生命被视为神圣的。鱼，因为吃水，将水吸进吐出，而显得尤为神圣，进而形成一种禁忌。"② 此外，祖尼人还认为："鱼和一些水蛇一样，是所有水中动物里最神圣的。"③ 华盛顿·马修斯认为：祖尼人将鱼视为最神圣的动物是鱼崇拜的一种表现，但这种鱼崇拜其实也是一种对鱼的敬畏感，一种建立在鱼恐惧基础上的崇拜。因此，马修斯在该论文中所强调的"鱼崇拜"与"鱼恐惧"其实是相伴相生的。由此可见，马修斯在论文题目中所提出的"鱼恐惧"的确切意思应该是人们对鱼有"畏"有"敬"，因"畏"而"敬"的复杂情感。其中，"畏"构成了这种恐惧情感的核心。

---

① Washington Matthews, "Ichthyophobia", *The Journal of American Folklore*, Vol. 11, No. 41, 1898, p. 105.
② Ibid., p. 110.
③ Ibid.

海明威之"渔"与男性气概

　　1934 年，美国宾夕法尼亚学院（Pennsylvania College）的学者 S. W. 弗罗斯特（S. W. Frost）的研究进一步证明了这一点。在发表于《科学月刊》（*The Scientific Monthly*）上的《古代的鱼崇拜者》（*Ancient Fish Admirers*）一文中，弗罗斯特将"鱼恐惧"的概念缩小到欧美文化语境中，深入分析了古代西方人对于鱼的复杂心理："从有人类以来，鱼就吸引了人的眼球，而且上了人类的餐盘。原始时代，人的房子沿海或沿水道而建，这样原始时代的人就可以轻易捕到很多的鱼。人类在早期就与鱼类为邻以至于他们对鱼既崇拜又恐惧。"① 弗罗斯特认为古代西方人对鱼的崇拜其实根源于人们对鱼的恐惧。为了强调此点，弗罗斯特还特意讨论了鱼在西方人脑海中的形象："自公元以来的早期时代，当人们首次向大海冒险进军时，鱼在人们脑海中就是一种可怕的怪物，长得奇形怪状，藏在深水里，随时都可能将不幸的航海者拽入水底。阿尔伯特斯·马格尼斯（Albertus Magnus）在 1545 年写的'Thierbuch'一书中，就描述了许多种这样的海底怪兽。Erinus 及 Zedrosus 就是这样两种长着其他兽头的鱼。"②

　　弗罗斯特（S. W. Frost）的这段话将鱼与水底的怪物相联系。他告诉我们：西方古人脑海中的鱼其实是一种令人敬畏的海怪。无怪乎，在德国学者汉斯·比德曼的著作《世界文化象征辞典》中，我们也能找到类似的说法："鱼在古代神话中普遍被视为一种神秘的动物；人们对其充满了恐惧与迷恋。"③ 汉斯·比德曼所说的"恐惧与迷恋"其实也意味着一种恐惧与崇拜夹杂的复杂情感。

　　在上文关于大鱼形象的梳理中，我们发现：西方神话传说中的大鱼以及中世纪动物寓言中的大鱼都是可能危及人生命的海怪。从这些关于大鱼的描述中，我们感受到西方人关于大鱼的文化记忆。在这种文化记忆中，大鱼留给西方人一种神秘的敬畏感。若按心理学的说

---

① S. W. Frost, "Ancient Fish Admirers", *The Scientific Monthly*, Vol. 38, No. 6, 1934, p. 574.
② Ibid., p. 577.
③ [德] 汉斯·比德曼：《世界文化象征辞典》，刘玉红等译，漓江出版社 2000 年版，第 432 页。

第二章 文化记忆中的大鱼形象

法，这种敬畏感日积月累，则会形成荣格所说的心理原型，深深影响后世的西方文学与文化。本书拟将这种复杂的敬畏感原型称为"大鱼恐惧"。其中，恐惧是主导，与之相伴相生的崇拜在本质上也是一种畏惧。

既然"大鱼恐惧"是一种原型，我们就能在后世的记忆中找到这种原型的重现与变形。

首先以英国文学的开山之作《贝奥武甫》（*Beowulf*）为例。在这部英雄史诗中，作者为我们描述了英雄贝奥武甫的对手格兰道尔和他的母亲。在诗中，格兰道尔和他的母亲都可以视为一种大鱼怪。它们时常上岸到王宫里吃人。王宫中的人为此生活在惊恐之中。这一恐惧也成为英雄贝奥武甫后来出场的主要原因所在。换言之，贝奥武甫的使命就是为王宫消除这种"大鱼恐惧"。

美国作家梅尔维尔在 1851 年发表的小说《白鲸》更是一部关于"大鱼恐惧"的经典史诗。小说中的白鲸咬断过船长亚哈的一条腿，还曾经将许多追捕它的人葬身海底。对许多船员来说，白鲸就是他们的噩梦。而且，在这部小说的英语原版中，我们看到梅尔维尔一直将"大鱼""鲸""利维坦""海怪"这几个词轮流换用，用来指代白鲸莫比·迪克。因此，我们有理由认为《白鲸》讲述的就是莫比·迪克这只大鱼的恐怖故事。

再看英国作家路易斯·卡罗尔（Lewis Carroll）。卡罗尔在 1874 年创作的诗歌《猎蛇鲨记》（*The Hunting of the Snark*）中杜撰了一个奇特的词"蛇鲨"（snark）。这个词由英文的蛇（snake）加上英文的鲨鱼（shark）缩写构成。蛇与鲨鱼这两种令人恐怖的动物自然为"蛇鲨"一词染上了恐怖的神秘色彩。1887 年，卡罗尔对《猎蛇鲨记》做了这样的解释："一个明媚的夏日，我在山坡上独自行走。突然间一句诗行蹦入我的脑海，只有一句，即'你知道，蛇鲨是一种可怕的怪物'。我当时也不知道此句何意，只是将它记了下来。后来，其余的诗节陆续在我的头脑涌现。"[①] 在《猎蛇鲨记》一诗中，猎手

---

① Lewis Carroll, "The Hunting of the_ Snark", available at http://en.wikipedia.org/wiki/The_ Hunting_ of_ the_ Snark, December 11, 2017.

贝克尔（Baker）的叔叔曾警告他：一旦发现蛇鲨这种可怕的怪物，就得悄无声息地立马避开。由此可见，卡罗尔笔下的蛇鲨形象其实也正体现了西方文化记忆中的"大鱼恐惧"。

著名诗人叶芝（William Butler Yeats）在诗歌《鱼》（*The Fish*）①中，也描述了令人恐惧的鱼：

> 纵然月亮沉落，潮色惨淡
> 你在潮涨潮落间四处躲藏
> 后人却将知晓
> 我曾撒网
> 你又如何几度疯狂
> 跃过小小的银线网
> 后人还将想起你那时的凶悍
> 并对你诅咒不断

诗中的"凶悍（hard and unkind）"以及"对你诅咒不断（blame you with many bitter words）"提醒我们：诗中的鱼显然不是一般生物意义上的鱼，而是带有宗教色彩的"大鱼"利维坦。能征服这种大鱼的只有旧约中的上帝；凡人在这种大鱼面前唯有恐惧与敬畏。此外，诗句"月亮沉落，潮色惨淡"所营造的大鱼出没的昏暗环境也不免为诗中的"鱼"形象平添几分恐怖感。

此外，我们在欧美国家的新闻报道中也能找到"大鱼恐惧"的例子。2005年4月6日美国CNN的一则新闻就充分证明了这一点。该新闻的标题为"沙特：基地组织大鱼被杀"（Saudis：Al Qaeda "big fish" killed）②。在这个标题中，我们一眼就能找到"大鱼恐惧"的影子——"大鱼"显然指基地组织的骨干分子；基地分子又显然是恐怖

---

① William Butler Yeats, "The Fish", available at https：//www.poemhunter.com/poem/the-fish-3/，May16, 2019. 汉语为笔者自译。
② "Saudis：Al Qaeda 'big fish' killed", available at http：//www.cnn.com/2005/WORLD/meast/04/06/saudi.shootout/index.html，May16, 2019.

第二章 文化记忆中的大鱼形象

分子。因此，这条新闻在潜意识中早已将"大鱼"与"恐怖"画上等号。

至此，我们有理由相信：作为一个重复出现的母题，西方文化中的"大鱼恐惧"已经形成一种集体无意识的记忆，沉淀在欧美社会的文化心理中。因此，我们也不难理解马尔科姆·考利在"海明威作品中的噩梦和宗教仪式"一文①中所说的"祛妖除魔"的深层文化内涵了。

所谓"大鱼非鱼"，指的是大鱼不是一般意义上的鱼。首先，这种鱼在体型上至少要比一般的鱼大；其次，这些鱼不是一般的脊椎生物，更多情况下是一种如《圣经》所述的那些海兽或海怪。在本章的大鱼形象罗列中，我们已经领略了西方文化记忆中的几类大鱼。这些大鱼也正以其庞大、狰狞的面目出现在西方文化的风景线上。而且，西方文化中的"大鱼非鱼"现象还体现在"大鱼"与"龙"的模糊界限上。换言之，"大鱼非鱼"也表现为一种"鱼""龙"混杂的现象。

英国学者杰奎琳·辛普森（Jacqueline Simpson）的研究成果就为我们提供了理论依据。在1978年发表的《关于五十个英国龙故事的分析》(*Fifty British Dragon Tales: An Analysis*)一文②中，杰奎琳·辛普森曾经对英国民间传说中的"龙"做过系统的分类研究。其研究结论是：大部分英国民间传说中的龙都栖息于水系。这一结论很好地解释了《圣经》文本中出现的"龙"（dragon）与"海怪"以及"大鱼"的混用现象。在《以西结书》中，就有这么一段："从前你在列国中如同少壮狮子，现在你却像海中的大鱼。你冲出江河，用爪搅动诸水，使江河浑浊。主耶和华如此说：我必用多国的人民，将我的网撒在你身上，把你拉上来。"（《以西结书》32：2）又如："埃及法老啊，我与你这卧在自己河中的大鱼为敌。"（《以西结书》29：3）值

---

① 引论部分提及此篇的出处。
② Jacqueline Simpson, "Fifty British Dragon Tales: An Analysis", *Folklore*, Vol. 89, No. 1, 1978, pp. 79 - 93.

得注意的是：以上译为"大鱼"的地方在英文《圣经》中对应的字眼其实是"monster"（海怪）、"Dragon"（龙）。例如，"从前你在列国中如同少壮狮子，现在你却像海中的大鱼"中"大鱼"的英文就是"great monster"，而这种海怪对应的又是一种"龙"（Dragon）。又如，"埃及法老啊，我与你这卧在自己河中的大鱼为敌。"这句中的"大鱼"在英文版中就是"dragon"①。

由此可见，大鱼非鱼。西方文化中的大鱼是一种怪兽、一种龙。

梅尔维尔的《白鲸》就为我们诠释了"大鱼非鱼"以及"大鱼"与"龙"的互通性。

在该小说第82章中，梅尔维尔指出："与珀耳修斯和安德洛墨达的惊险故事相仿佛的（甚至有些人认为下面的故事是间接从这一故事生发出来的），是圣·乔治和龙的著名故事；而我则认定那条龙其实是头鲸鱼，因为在许多古代史话中，鲸鱼和龙常奇怪地混淆在一起，彼此互相替代。'你如同水中一头狮子，如同海中一条龙'，以西结如此说；他在这里显然指的是鲸鱼。事实上，《圣经》的各种译本中有的干脆就用鲸鱼这个词。再说，如果说圣·乔治只是在陆地上遭遇一条爬行动物，而不是与深海中的巨怪作殊死战斗，那会使他彪炳青史的英雄业绩大为减色。谁都能宰一条蛇，可只有珀耳修斯，只有圣·乔治，只有考芬才有一往无前地迎战一头鲸鱼的胆量。"②

既然"大鱼"与"龙"是互通的，那么勇斗大鱼者自然也就成了屠龙英雄。只不过渔人所要面对的大鱼是一种水中的混沌之龙而已。而且，渔人斗鱼的目的不是将鱼钓上钩，捕进网，而是与一种特殊力量的较量。这种力量就是混沌。《圣经》学者约翰·代伊（John Day）在其著作《上帝与龙与海的冲突》（*God's Conflict with the Dragon and the Sea*）一书中，就将利维坦这只大鱼视为一种恶龙，一种

---

① 以上《圣经》原文引自和合本。和合本译者都是当年的西方传教士。他们将"Dragon"（龙）、"海怪"（monster）译为"大鱼"。这也提醒我们：在西方文化记忆里，"大鱼"即"龙""海怪"，因此，"大鱼"非"鱼"。

② [美]赫尔曼·梅尔维尔：《白鲸》，成时译，人民文学出版社2001年版，第378页。

"混沌怪兽"（chaos monster）①。因此，上帝与利维坦之间的矛盾也就变成上帝与"混沌之龙"之间的冲突。换言之，《圣经》中上帝与大鱼之间的矛盾只是一种表面现象。这种矛盾深层次的内容其实是上帝与混沌力量之间的较量。上帝只有厘清了混沌，才能还世界以秩序。因此，上帝斗鱼其实是治乱、平乱的英雄行为。丹纳德·米尔斯（Donald H. Mills）在《英雄与海：古代神话中混沌的形式》（*The Hero and the Sea: Patterns of Chaos in Ancient Myth*）② 中也提出了类似的观点。他认为英雄与海的斗争其实是英雄与"混沌对手"（chaotic adversaries）之间的冲突。

由此可见，在西方文化中，"勇斗大鱼"的背后其实潜藏着"英雄屠龙"的主题。换言之，西方文化中的"斗鱼"与"屠龙"的相通及相关为"渔"行为的男性气概表征奠定了坚实的文化基础。

---

① John Day, *God's Conflict with the Dragon and the Sea*, Cambridge: Cambridge University Press, 1985, p. 48.
② Donald H. Mills, *The Hero and the Sea: Patterns of Chaos in Ancient Myth*, Wauconda, IL: Bolchazy-Carducci Publishers, 2002.

第三章　文化记忆中的渔人英雄

从前文关于西方大鱼文化的论述中，我们发现大鱼不是一般的鱼，而是一种原型。这种原型在西方文化中形成了一个潜在的关于大鱼恐惧的记忆。因此，面对大鱼是需要勇气的。与此相关的勇斗大鱼的"渔"行为也自然充满男性气概。

在文化记忆的层面上，大鱼恐惧之下的"渔"行为（捕鱼或斗鱼行为），与同样需要勇气的西方屠龙故事具有诸多相似之处。在西方，屠龙故事往往是表现男性气概的一种必备情节；西方古典文化影响之下的"渔"行为也是一种"智慧"与"勇气"兼备，彰显男性气概的一种英雄主义行为。西方文化记忆中的大鱼恐惧使大鱼往往处于人的对立面。因此，在遭受大鱼威胁时，能挺身而出，勇斗大鱼者自然就成了西方文化中的神或英雄。美国学者斯蒂思·汤姆森（Stith Thompson）的研究就为此提供了例证。他在《民间文学母题索引》（*Motif-index of Folk-literature*）中，曾提到一个涉及大鱼与英雄的母题。该母题号为 A972.7[①]。其中的内容是"大鱼被英雄所杀，切成 16 片"[②]。汤姆森将"英雄勇斗大鱼"当成一个永恒的叙事母题。他的研究成果说明：西方人的记忆深处沉淀着一个与"大鱼恐惧"相伴而生的，彰显男性气概的"渔"行为母题。为更充分地说明这一点，我们不妨漫溯西方神话的长河，寻找更多的相关例证。

---

① S. Thompson, *Motif-index of Folk-literature: a Classification of Narrative Elements in Folktales, Ballads, Myths, Fables, Mediaeval Romances, Exempla, Fabliaux, Jest-books, and Local Legends* (CD-ROM), Bloomington: Indiana University Press, 1993.

② Ibid.

第三章 文化记忆中的渔人英雄

第一节 西方神话中的英雄之"渔"

一 珀耳修斯与赫拉克勒斯

希腊神话中的英雄珀耳修斯与赫拉克勒斯之间有不少相同之处：他们都具有神奇本领；都救了一位公主；他们救公主的办法都与"渔"行为有关——勇斗大鱼克托斯。这些类似之处提醒我们：在英雄塑造方面，这两个希腊神话故事存在一定的情节互文；而这种情节互文又都体现于神话故事中的"渔"情节。珀耳修斯勇斗海怪的故事还被载入星座的传说①中；赫拉克勒斯最有名的十二项英雄伟绩（Twelve Labours of Hercules）中就包括"杀死勒耳那的水蛇"（The Lernaean Hydra）②。

公元1世纪左右的古罗马作家塞内加（Seneca）为此还在作品中，歌颂了赫拉克勒斯消灭大鱼怪克托斯时的勇气与决心："现在，来吧，来自广袤大海之深处的凶残怪兽，不论海神将你藏于多深的海底深处，我迫不及待要下到深潭征服你。"③ 在塞内加的眼里，赫拉克勒斯显然是一个值得歌颂的斗鱼英雄。

19世纪美国著名作家赫尔曼·梅尔维尔（Herman Melville）在其代表作《白鲸》的第82章中，特别将珀耳修斯与捕鲸人做了类比："朱庇特的儿子，英勇的珀耳修斯当是捕鲸人的鼻祖，而且说起来真可称得上是咱们这一行的永久的光荣，咱们的同行初次攻击、宰杀鲸鱼并非有什么卑劣的企图。那是咱们这一行的行侠仗义的骑士时代，当时我们拿起武器只是为了扶难济困，而不是为了添满人们的灯油壶。"④ 这段文字中所强调的"行侠仗义""扶难济困"指的就是珀耳

---

① 例如，仙后星座（Cassiopeia）其实就讲述了珀耳修斯杀克托斯救美的故事。
② 赫拉克勒斯的第二项任务是到阿尔戈斯平原中的一个名叫勒尼安的沼泽中，杀死一头长着九个头的大蛇。那蛇名叫许德拉（即水蛇），它中间的那个头是不死的。其实，说它长了一百个脑袋也不过分。赫拉克勒斯与其侄子兼车夫罗拉乌斯在勒尼安沼泽中，杀死了许德拉水蛇，成就了第二项伟绩。许德拉水蛇也可以视为一种大鱼怪。
③ "KETEA", available at http://www.theoi.com/Ther/Ketea.html, May 2, 2019.
④ [美]赫尔曼·梅尔维尔:《白鲸》，成时译，人民文学出版社2001年版，第377页。

修斯在救安德洛墨达的过程中"斩妖除魔"的英雄事迹。梅尔维尔认为捕鲸人初次捕鲸的动机正是这种"斩妖除魔"式的英雄情结。在该小说第28章,船长埃哈伯出场的时候,作者还曾用"切利尼雕刻的《珀耳修斯》像"①来形容埃哈伯"整个高大魁伟的形象"②。由此可见,《白鲸》诉说的不仅是捕鲸者的劳动生活,还蕴藏着深层次的勇斗大鱼的原型母题。在这一章的末尾,梅尔维尔还同时引用珀耳修斯、赫拉克勒斯等英雄的名字来歌颂捕鲸人的伟大:"珀耳修斯、圣乔治、赫尔克勒斯、约拿和毗湿奴。这就是为你们准备的一份同行名录!除了捕鲸人俱乐部之外,又有什么别的俱乐部开得出这样一张名单列在榜首呢?"③这一段文字恰好可以用来例证一些评论所语焉不详的《白鲸》的"史诗气派"④。《白鲸》中的史诗特质不正体现在它对一群斗鱼英雄的歌颂吗?

二 海神波塞冬

希腊神话中的海神波塞冬也是一个勇斗大鱼的英雄。欧洲国家现存的许多海神雕塑中,处处留有海神"渔"行为的文化记忆。有例为证:

在罗马著名的纳沃那广场(Plazza Navona)北端有一座海神喷泉(Fontana del Nettuno)(见图1⑤),表现的是海神与一条大章鱼的战斗。雕塑上的波塞冬目光严厉,彪悍无比,手持鱼叉刺向一条硕大的章鱼。

再看图2⑥。图中的雕塑是位于英国城市布里斯托(Bristol)的海神像。这座神像的主题依然是"渔"行为:海神一手持着鱼叉,另

---

① [美]赫尔曼·梅尔维尔:《白鲸》,成时译,人民文学出版社2001年版,第140页。
② 同上。
③ 同上书,第380页。
④ 同上书,前言部分第3—4页。
⑤ 摘自http://images.google.cn/,2008年12月3日。
⑥ "neptune", December 16, 2009, available at http://www.travelpod.com/travel-photo/pumpkinqueen/4/1240459260/neptune.jpg/tpod.html.

第三章 文化记忆中的渔人英雄

图 1 海神喷泉

一手紧握一条大鱼。面目狰狞的大鱼无法反抗，一副驯服的样子。当然，这座雕塑中的大鱼也可以视为传说中海神波塞冬的圣兽海豚。即便如此，整座雕塑所体现出来的海神的力之美依然是"渔"行为所体现出来的、关于征服的一种英雄气概。

再看图3①。图中的雕塑是位于波兰南部城市格里维斯（Gliwice）

---

① "Fontanna Neptunem", available at http：//en. wikipedia. org/wiki/File：Gliwice_ -_ Fontanna_ z_ Neptunem_ 02. JPG，November 6, 2015.

海明威之"渔"与男性气概

的一座海神像。雕塑中的海神仍然手持鱼叉。海神的身下骑着一条大鱼或者是海神的圣兽海豚。大鱼（或海豚）体型庞大，咧着大嘴，也是一副驯服的样子。

图2 布里斯托海神

第三章 文化记忆中的渔人英雄

图3 格里维斯海神

以上这些雕塑虽然异中有同、同中有异,却都离不开"渔"行为这个主题。雕塑家为了表现海神的英雄气概,都不约而同地在三座雕塑中，使用了同一类型的动作——"渔"。由此可见，在西方人的文化记忆中，"渔"行为往往与他们心目中的英雄偶像相联系。换言之，英雄偶像的塑造一定程度上离不开"渔"行为。

三　上帝

《圣经》关于上帝伟力的描述也涉及"渔"行为。根据旧约的说法，唯一能征服大鱼的就是上帝。因此，旧约频繁地使用上帝对大鱼的"渔"行为来描述上帝的伟大形象。我们在旧约部分的《约伯记》中就能找到证据。《约伯记》的作者用一系列反问的语气强调上帝耶和华才是唯一能够征服大鱼的神："你能用鱼钩钓上鳄鱼吗？能用绳子压下它的舌头吗？"（《约伯记》41：1）"你能用倒钩枪扎满它的皮，能用鱼叉叉满它的头吗？"（《约伯记》41：7）"人指望捉拿它是徒然的。一见它，岂不丧胆吗？"（《约伯记》41：9）

以上这些话都是上帝为显示自己的无敌气概，对约伯提出的质问。其答案当然只有一种：你当然不能，只有我（上帝）能。而上帝所能的，正是对鳄鱼（大鱼）[①]所进行的"渔"行为。这种"渔"行为是凡人难以企及的："人若用刀，用枪，用标枪，用尖枪扎它，都是无用。"（《约伯记》41：26）这句经文中的"它"指的是大鱼利维坦。《约伯记》显然以这句话否定了"渔"行为的凡人属性。

此外，在《以赛亚书》第27章的开篇，《圣经》作者又一次颂扬了耶和华"勇斗大鱼"的"渔"行为："到那日，耶和华必用他刚硬有力的大刀，刑罚鳄鱼，就是那快行的蛇，刑罚鳄鱼，就是那曲行的蛇。并杀海中的大鱼。"[②]（《以赛亚书》27：1）

以上引文两次提及的"刑罚"（英文原文是 punish）不禁让人想起大鱼的"罪"。因为"罪"，大鱼才会招来上帝的"罚"。《圣经》作者以"渔"行为（勇斗大鱼）构建了上帝惩罪除恶的英雄形象。

[①] 在英语原版圣经中，"鳄鱼"所对应的原文都是"Leviathan"（利维坦）。我们已在前文讨论过利维坦与大鱼的密切关系。因此，此处的"鳄鱼"即大鱼。圣经作者试图借用约伯与上帝的这段对话颂扬上帝勇斗大鱼的神力；而这种力恰恰是凡人约伯所不具备的。

[②] 此处引文中的"鳄鱼"的英语原文即利维坦（Leviathan）。

第三章 文化记忆中的渔人英雄

不仅如此,同在《以赛亚书》中,《圣经》作者在第51章第9节再次颂扬了上帝耶和华的斗鱼伟绩:"耶和华的膀臂啊,兴起,兴起,以能力为衣穿上,像古时的年日,上古的世代兴起一样。从前砍碎拉哈伯,刺透大鱼的,不是你么?"(《以赛亚书》51:9)。《诗篇》第74章中也有类似的关于上帝"渔"行为的赞美:"你曾用能力将海分开,将水中大鱼的头打破。你曾砸碎鳄鱼的头,把他给旷野的禽兽为食物。"(《诗篇》74:13—14)

当然,以上列举的例证不排除《圣经》中的一些重复性叙述。也正是这些重复性叙述让我们看到"渔"行为对于《圣经》作者构建英雄形象的重要意义。

在新约部分,《圣经》关于"渔"行为的记述主要贯穿于《马太福音》《路加福音》《约翰福音》等福音书中。而且,这些福音书关于耶稣"渔"行为的记述也如出一辙:都是关于耶稣如何在海边教门徒捕获大量鱼的故事。

例如,《马太福音》是这样叙写的:"耶稣在加利利海边行走,看见弟兄二人,就是那称呼彼得的西门,和他兄弟安得烈,在海里撒网。他们本是打鱼的。耶稣对他们说,来跟从我,我要叫你们得人如得鱼一样。"(《马太福音》4:18—19)

《路加福音》的叙述比《马太福音》更具体一些:

> 耶稣站在革尼撒勒湖边,众人拥挤他,要听神的道。他见有两只船在湖边,打鱼的人却离开船洗网去了。有一只船是西门的。耶稣就上去,请他把船撑开,稍微离岸,就坐下,从船上教训众人。讲完了,对西门说:"夫子,我们整夜劳力,并没有打着什么。但依从你的话,我就下网。"他们下了网,就圈住许多鱼,网险些裂开,便招呼那只船上的同伴来帮助。他们就来,把鱼装满两只船,甚至船要沉下去。西门彼得看见,就俯伏在耶稣膝前,说:"主啊,离开我,我是个罪人!"他和一切同在的人都惊讶这一网所打的鱼。他的伙伴西庇太的儿子雅各、约翰也是这样。耶稣对西门说:"不要怕!从今以后你要得人了。"他们把两

只船拢了岸，就撇下所有的，跟从了耶稣。(《路加福音》5：1—11)

同样，在《约翰福音》中，叙写者也以类似的情节描述了耶稣帮助门徒"渔"的故事。而且，三大福音书还将渔"鱼"概念升华成渔"人"概念，得"鱼"渔夫也进而升华到得"人"渔夫的层次。因此，三大福音书对"渔"行为的反复叙写显然在暗示：在西方文化记忆中，"渔"行为是一种英雄行为，深受人们的尊敬和崇拜。否则，《圣经》叙写者又怎会将"耶稣收徒"这一神圣之举写成一种"渔"行为呢？也正因如此，耶稣12个门徒中才有4个是渔夫出身；也无怪乎，后世的罗马教皇在各自的就任大典上，都要戴上渔夫戒指（上面印有耶稣大门徒彼得打鱼的画像），宣告自己就是上帝所赐福的、那个人间的"得人渔夫"。

四　力士参孙

力士参孙也是一个勇斗大鱼的英雄。这得从以色列人与非利士人的矛盾说起。参孙是以色列人的英雄。因为上帝的庇护，他力大无比。非利士人则信仰异教神大衮。大衮其实是一个大鱼怪——上半身为人，下半身则是鱼。对以色列人而言，信仰大衮则意味着与上帝为敌。力士参孙的故事就明显体现了这种矛盾。具体如下：

参孙两次爱上的女人都是非利士女人；又两次都被非利士女人出卖。第一次，参孙爱上的第一个非利士女人私自将参孙告知的秘密告诉其他人。参孙因此受到羞辱，怒而杀死许多非利士人。第二次，参孙爱上的又是一个非利士女人。这个女人叫大利拉（Delilah）。大利拉一番巧言巧语，从参孙口中得知其力大无比的秘密后，叫来其他非利士人，将参孙抓进了牢房。参孙在非利士人的牢房里被挖去了双眼，受尽了折磨。一日，非利士人要向他们的神大衮献祭，就把参孙从牢里带到大衮神庙里来戏耍。参孙受到羞辱，就开始求助上帝："主耶和华啊，求你眷念我。神啊，求你赐我这一次的力量，使我在非利士人身上报那剜我双眼的仇。"（《士师记》16：28）而后，参孙就使出上帝赐予的伟力,抱起了大衮神庙两根大柱子。大衮庙轰然倒塌,三千多非利士人与参孙同归于尽。

从表面上看,以上这个故事讲的只是参孙与非利士人的同归于尽。实际而言,这个故事包含着英雄勇斗大鱼的原型母题。原因如下:大衮是一个大鱼怪,是以色列人眼中代表"恶"的异教神。其信徒也自然是这种大鱼怪的崇拜者。上帝的信徒参孙与大鱼怪的信徒之间的争斗,也正体现了《圣经》中的上帝与大鱼之间的斗争。此外,"我们的神将我们的仇敌参孙交在我们手中了"(《士师记》16:23)告诉我们:参孙是给大鱼怪大衮抓住的。因此,参孙以同归于尽的方式毁掉大衮神庙的柱子,搞垮大衮神庙也就象征着参孙勇斗大鱼怪的壮烈。从这层意义上看,《圣经》对参孙英雄形象的塑造也同样使用了"渔"行为。

五 托尔

雷神"托尔"是北欧神话中的雷电之神。其英雄形象也是通过"渔"行为来体现的。具体而言,这种"渔"行为主要体现在托尔勇斗米德加尔德巨蟒的故事中:托尔与巨人神希米尔(Hymir)去捕鱼。托尔不顾希米尔的警告,要求将船划到水更深的地方。接着,托尔准备了一条结实的线和一个巨大的鱼钩。水中巨蟒约尔曼冈德(Jrmungandr)后来就上了这个钩。托尔将巨蟒拉出水面,两者面对面地见上了。巨蟒流着毒和血。希米尔当场吓得面容失色。托尔一把抢过锤子要砍杀这只水蛇怪。无奈希米尔切断了线,让这条巨蟒沉入水底。后来,在神的劫难(Ragnorok)一战中,水中巨蟒约尔曼冈德从水中咆哮而出并毒害上天。托尔杀了这条水中巨蟒,自己却因为身中巨蟒之毒,而在九步之后倒下身亡。在后世北欧人的记忆中,托尔勇斗米尔加尔德巨蟒的"渔"行为"成了北欧绘画艺术中最普遍的母题"[①]。因此,我们不妨选取两幅相关的北欧画作,管窥其中蕴含的"渔"行为内涵。

---

① "Thor", available at http://en.wikipedia.org/wiki/Thor, December 16, 2017.

先看图4①：

图4 雷神与大鱼

图4是《18世纪冰岛手稿》(*18th century Icelandic manuscript*) 中

---

① "Thor", available at http：//en.wikipedia.org/wiki/Thor, December 16, 2017.

第三章　文化记忆中的渔人英雄

的一幅画。画的主题就是前文提及的雷神托尔与大鱼怪米尔加尔德巨蟒的第二次遭遇。图中一手用鱼钩勾住大鱼，另一手举着锤子（锤子是雷神的标志之一）的就是托尔。吓得躲在船体另一侧的则是巨人神希米尔。托尔的镇定自若与希米尔的惊慌失措正好形成鲜明的对比。如果说希米尔的形象传达的信息是大鱼恐惧，那么托尔的形象则显示出"勇斗大鱼"的英雄气概。

再看图5①：

图5　富舍利作品

① "Thor", available at http://en.wikipedia.org/wiki/Thor, December 16, 2017.

图 5 是北欧裔英国画家亨利·富舍利（Henry Fuseli）1788 年的作品。该画所要表现的主题依然是托尔与大鱼怪米尔加尔德巨蟒的第二次遭遇。画家充分使用了反差对比的手法来突出托尔勇斗大鱼的伟大形象：首先，画中央直立船头，手持链子勾住大鱼怪的就是雷神托尔，船尾处蜷成一团的则是巨人神希米尔；托尔的正面搏斗与希米尔的后退畏缩形成了鲜明的对照。其次，画中最明亮的部分是托尔的身体，其他部分则明显偏暗。大鱼怪米尔加尔德巨蟒的躯体更是一身漆黑。这种光明与黑暗的对比十分明显地突出了托尔勇斗大鱼背后的惩恶除妖、治乱平乱的神圣内涵。

从以上两幅图的分析中，我们看到：后世的北欧画家为突出托尔的英雄形象，不约而同地选取了托尔勇斗海怪的"渔"行为作为画作的中心主题。由此，我们发现："渔"行为已成为一种相对固定的文化记忆沉淀在北欧人的脑海里。其实，托尔勇斗米尔加尔德巨蟒的故事颇有上帝降伏利维坦的影子。英文维基百科为我们提供了这样一种例证："米尔加尔德巨蟒的故事主要源于《散文埃达》"[①]。值得注意的是，13 世纪的《散文埃达》（*Prose Edda*）的作者是史洛里·斯图拉松（Snorri Sturluson）。史洛里·斯图拉松本人则是基督教的忠诚信徒。由此可见，米尔加尔德巨蟒的形象本身应该也是受到基督教的影响。巨蟒与托尔的争斗，其实类似于大鱼利维坦与上帝之间的矛盾。因此，托尔的"渔"行为与《圣经》上帝的"渔"行为一样，彰显了人物的英雄气概。

第二节 英美文学中的英雄之"渔"

在以上关于西方神话之"渔"的梳理中，我们已经认识了"渔"行为对于西方神话中男性气概的构建所起的作用。接下来，我们不妨将目光转向西方文学，看看这些神话传说是否也在后世的文学文本中留下了共同的文化记忆，同时也留意后世的文学创作者是否也使用

[①] "Thor", available at http://en.wikipedia.org/wiki/Thor, December 16, 2017.

第三章 文化记忆中的渔人英雄

"渔"行为来构建后世的男性英雄文化。在此,本书主要以英国史诗《贝奥武甫》和美国史诗《海华沙之歌》(*The Song of Hiawatha*)(确切地说,是以印第安人神话为题材写的英雄史诗)为例。

一 贝奥武甫

英国文学的开篇巨著《贝奥武甫》通常被人视为英格兰的民族史诗,诗中的主角贝奥武甫也自然成了史诗中的英雄。在本书的视野中,贝奥武甫之所以成为英雄,主要原因也在于他"勇斗大鱼"的"渔"行为。

史诗的主要内容是英雄贝奥武甫从北欧来到丹麦国,帮助丹麦国王疡罗斯加(Hrothgat)消灭了一个叫格兰道尔(Grendel)的怪物。而后,又杀了前来寻仇的格兰道尔的母亲。连屠两怪之后,贝奥武甫进一步确立了自己英雄领袖的地位。但随着岁月流逝,贝奥武甫也逐渐年老力衰,在与护宝火龙的厮杀中战死。

在此,我们关注的是贝奥武甫如何确立英雄地位的问题。

首先,我们看贝奥武甫初入丹麦国时,是这样夸耀自己斩妖除魔的能力的:

> 当时海浪滔天,天气寒冷。
> 北风呼啸,黑夜渐次深沉,
> 一切都于我们不利,大海变得凶险无常,
> 海怪此时也惹得怒气冲冲;
> 多亏了坚固的盔甲保护着
> 我的身体,使我免遭他们的袭击,
> 那镶金的护胸甲为我抵御
> 来犯之敌。然而,一头凶残的怪兽
> 还是把我紧紧抓住,并把我
> 拖进大海的深渊;幸好,
> 我及时腾出手,用锋利的宝剑
> 向那头怪物刺去;就这样,

海明威之"渔"与男性气概

> 我亲手铲除了一头海中巨兽。
> 别的海怪威势汹汹,继续向我
> 频频攻击。但我不失时机
> 挥舞着宝剑,跟他们周旋。
> 这班食人怪兽未能如愿以偿,
> 在海底围着我举行盛宴,
> 把我当成他们的美餐。相反的,
> 第二天早上,他们带着致命伤
> 被海水冲上岸,就此长眠不醒,
> 从那以后,在大海的深渊,
> 他们再不能兴风作浪,阻挡
> 航海者的行程。上帝的明灯
> 从东方升起,大海复归宁静,
> 我又能看见前方的陆地,以及
> 迎风的峭壁。只要他意志坚强,
> 命运之神常常放过不甘失败的英雄。
> 不管怎么说,我用我的宝剑
> 杀死了九个海怪。我从未听说
> 天底下有谁经历过更艰苦的夜战,
> 有谁在海里遭遇更多的凶顽。①

在以上这段引文中,贝奥武甫所讲述的是他与朋友一同战胜海怪的故事。贝奥武甫特别强调了海怪的恐怖——将他"拖进大海的深渊",一副"威势汹汹"的样子。同时还强调自己在此过程中,杀死九个海怪的纪录是天下无人能破的。言下之意,海怪令人恐惧,但贝奥武甫却是天下最厉害的斗鱼英雄。此外,从"上帝的明灯""大海复归宁静"这些短语的使用中,我们不难发现这段文字背后所隐藏的

---

① 佚名:《贝奥武甫·罗兰之歌·熙德之歌·伊戈尔出征记》,陈才宇等译,译林出版社 1999 年版,第 38—39 页。

基督徒誊写者的修改①——贝奥武甫并非基督徒，但在这首诗中颇有屠龙英雄圣·乔治（St. George）的味道。诗中的海怪也不禁让人想起《圣经》学者约翰·代伊（John Day）等人所提及的"混沌怪兽"（chaos monster）②。从这个层面看，贝奥武甫斩杀了水怪，也就涤清了混沌，世界的秩序随之井然。后世基督徒誊写者有意将贝奥武甫的英雄事迹升华成上帝降伏大鱼利维坦的"渔"行为。

其次，我们看格兰道尔（Grendel）的怪物形象。原诗为我们提供了判断的根据：

> 他是塞外的漫游者，占据着
> 荒野与沼泽；这可恶的怪物
> 统治着一片鬼魅出没的土地，
> 那里是该隐子孙的庇护所，
> 自从该隐残杀了亚伯，自己的兄弟：
> 永恒的主就严惩了他的后裔。③

从"沼泽"一词，我们可以推测格兰道尔从水中来。"可恶""鬼魅""该隐子孙"这些词语则让我们得出这样的结论：格兰道尔可能是一种水怪，一种被基督徒敌视的水怪。这种推测在后文叙述贝奥武甫杀死格兰道尔的部分得到了肯定：

> 当人们仔细察看
> 失败的仇敌所走过的路线；
> 了解他如何带着伤口，拖着
> 垂死的步伐，心情懊丧地逃回

---

① 现存的《贝奥武甫》文本经过基督徒誊写者的改动已是学界共识。
② John Day, *God's Conflict with the Dragon and the Sea*, Cambridge: Cambridge University Press, 1985, p. 48.
③ 佚名：《贝奥武甫·罗兰之歌·熙德之歌·伊戈尔出征记》，陈才宇等译，译林出版社1999年版，第21页。

> 他那水中的老巢等待死亡，
> 没有人对他的恶运表示哀叹。
> 人们发现，那湖水波浪汹涌，
> 早已被鲜血染红，漩涡中
> 翻滚着热气腾腾的血泡。
> 他已必死无疑，在沼泽地的兽穴里
> 那异教的灵魂交出了自己的生命。①

"水中的老巢""湖水""波浪汹涌""漩涡"这些词让我们确信格兰道尔是一头水怪。而"异教的灵魂"一语则更直接地表明格兰道尔在基督徒眼中的"恶"以及贝奥武甫勇斗水怪格兰道尔之正义所在，也表明了基督文化对"渔"行为以及斗鱼英雄的认同。

既然格兰道尔是水怪，其母亲也可能是其同类。原诗"居住在可怕的水府，寒冷的水乡"②就确切地表明格兰道尔的母亲也从水中来。不仅如此，格兰道尔的母亲还是水怪之王。有原诗为证：

> 说完这些话，高特人的王子
> 没有等待回话就即刻下水，
> 汹涌的波涛已将英雄吞没。
> 他在水中游了很长时间，
> 才看见潭底。那贪得无厌、
> 既凶狠又残忍的女妖占领
> 这片水域已有半个世纪；
> 她马上发现有人来自水上
> 闯入她这魔鬼的居地探险。
> 她摸索到武士身边，伸出魔爪

---

① 佚名：《贝奥武甫·罗兰之歌·熙德之歌·伊戈尔出征记》，陈才宇等译，译林出版社1999年版，第21页。
② 同上书，第66页。

把他紧紧抓住。但她无法伤害
他强壮躯体：因为他全身披挂，
任凭她有令人生畏的利爪
也撕不开那护身的盔甲。
海狼只好带着高贵的王子
潜入潭底，进入她的巢穴；
尽管他英勇无比，但他也无法
挥动他的武器，许许多多水怪，
各种各样海兽，用他们尖利的牙齿
向他攻击，撕咬着他的盔甲。①

  诗行中的"高特人的王子""高贵的王子"指的均是贝奥武甫。"女妖""魔鬼""海狼"则是原诗对格兰道尔母亲这头海怪的妖魔化。贝奥武甫进入"潭底"后，发现格兰道尔母亲的巢穴里还有"许许多多水怪"以及"各种各样海兽"；格兰道尔的母亲则"占领这片水域已有半个世纪"。由此可见，格兰道尔的母亲是这群水怪之首。这一结论也为我们更深刻地理解贝奥武甫勇斗格兰道尔母亲之伟大意义奠定了基础。

  以此为基础，我们再看贝奥武甫与格兰道尔的母亲之间的生死厮杀。原文如下：

英雄发现自己身处一座
充满敌意的大厅，那里并没有水
把他围困，因为大厅的顶部
已将洪流隔开，使它造不成
对人的伤害。他还看见一处火光
把整个大厅照得通明溜亮。

---

① 佚名：《贝奥武甫·罗兰之歌·熙德之歌·伊戈尔出征记》，陈才宇等译，译林出版社1999年版，第75—76页。

然后他看清了那该死的居民
强悍的女妖，他于是举剑使劲刺去
他的手用尽了平生的气力，
钢刃劈在她头上唱起了战歌，
但这来访者很快发现，这一击
根本无法伤害她的性命，
那刀刃辜负了王子的愿望：
这把宝剑可谓久经沙场，
常常将盔甲砍穿，使敌人
一命归天。这件珍贵的宝器
第一次败坏了自己的名声。
然而，这位海格拉克的外甥
仍牢记自己的荣誉，意志坚定，
勇气未丧半分。只见他怒气冲冲
把锋利的宝剑丢过一边，
他信得过自己的气力、那一双
强劲的巨手。任何男子汉
想建千秋武功，他就是榜样。
他此刻毫不在乎自己的存亡。
高特人的领袖没有畏缩不前，
他抓住格兰道尔母亲的肩膀，
怀着满腔仇恨用力一推，
这死敌顿时跌倒在地上。
但她很快还以颜色，用利爪
把贝奥武甫死死地掐住，
英勇无比的战士终于无力支持，
踉跄了一会便倒了下去。
她于是骑在来访者身上，
抽出明晃晃的刀要替儿子报仇。
幸亏他身上那一副胸甲

第三章 文化记忆中的渔人英雄

再次救了他的性命，那刀无论
是砍是刺，都伤不着他的身。
如果没有这副坚固的甲胄，
艾克塞奥之子，高特人的冠军
早就葬身于这辽阔的大地——
但神圣的上帝把握着胜负，
英明的主，天上的统治者
主持正义，决定让贝奥武甫
轻松地从地上一跃而起。
这时他发现挂着的甲胄背后
有一把古代巨人锻造的神剑，
它是武士的光荣，兵器中的极品，
比任何武士战场上所使用的兵器
都大了许多，巨人的杰作
既珍贵又美观。贝奥武甫
提剑在手，这位为丹麦人而战的武士
已经杀得性起，只见他不顾一切
挥舞着神剑，怀着满腔怒火，
一剑击中女妖的脖颈，砍断
她的肩骨。锋利的刀刃刺穿
那具该死的躯体；她轰然倒下。
宝剑鲜血淋淋，战士额手称庆。①

根据原诗的记述，贝奥武甫一开始根本不是水怪的对手，幸亏身上的甲胄保护了他；贝奥武甫最终杀死格兰道尔母亲这头水怪的真正原因在于"神圣的上帝把握着胜负"。这样一来，贝奥武甫与格兰道尔母亲之间的厮杀实际上就转变成上帝与大水怪之间的斗争。贝奥武

---

① 佚名：《贝奥武甫·罗兰之歌·熙德之歌·伊戈尔出征记》，陈才宇等译，译林出版社1999年版，第76—77页。

甫借上帝之力杀死水怪，其实也就暗指《圣经》中上帝驯服利维坦的典故。原诗这些关于上帝的文字显然是后世的基督徒誊写者的借题发挥，却又一次为我们鲜明地展示了西方文化氛围中的"斗鱼"主题以及西方文化中"渔"行为的特殊内涵。贝奥武甫连屠格兰道尔及其母亲两头水怪后，便名声大振，登上了王座。因此，贝奥武甫英雄地位的确立离不开史诗中的一系列"渔"文字。正是这些关于"渔"行为的描写成就了贝奥武甫"勇斗水怪"的伟绩。从这个层面看，贝奥武甫是一个"斗鱼英雄"。在 2007 年 11 月上映的美国电影《贝奥武甫》（*Beowulf*）中，导演也将格兰道尔母亲的造型设计成一只从水中浮起的大鱼怪。由此可见，2007 年的这部电影其实在提醒我们：物换星移，"渔"行为在后世西方人的文化记忆中，依然是构建男性英雄形象的一种重要手段。

二　海华沙

美国作家朗费罗（Longfellow）的长诗《海华沙之歌》名义上是关于印第安人的英雄传奇，其实是承载基督教英雄观念的白人史诗。海华沙表面是一个印第安英雄，其实是以朗费罗为代表的白人所认同的西方文化英雄。因此，我们从《海华沙之歌》出发，探讨西方文化中的"渔"行为以及其中的"斗鱼"母题，也是恰如其分的。而且，我们还能从中看出：以两希文化为背景的西方诗人如何选取"英雄元素"① 来改造一个异文化传统中的英雄形象。

以《海华沙之歌》为例，朗费罗在诗歌第八章特意选取了"捕鱼"情节来突出海华沙的英雄形象。为此，在朗费罗笔下，海华沙之"渔"的对象绝非平庸之辈，而是鱼类之王，一种大鱼怪：

在那铺着白沙的河床底层，
栖息着那头怪物"弥歇－拿马"，

---

① 本书所谓的英雄元素指的是能衬托男性英雄高大形象的描写元素。例如，高大的身材、强健的体魄、英雄眉等。其中，"渔"行为就是这样一种重要的英雄元素。

第三章 文化记忆中的渔人英雄

> 栖息着那鱼王,那条大鲟,
> 它在水里呼吸,鳃帮翕动,
> 它的鳍片不停地扇动,
> 它用尾巴在扫着河底的沙层。
> 它伏在水底,盔甲蔽身,
> 每边还有一块护身的盾,
> 它的额上长满了骨片,
> 它的腰,它的背,和它的肩,
> 都是针刺密集,骨片布满!
> 它身上还涂着战争的涂饰,
> 交错着红、黄、蓝各色的条纹,
> 棕色和黑色的斑点遍布全身;
> 正当它扇动着紫色的鳍,
> 躺在那河床的底层,
> 海华沙驾驶着白桦树的独木船,
> 拿着杉木做成的钓线,
> 来到了它的上边。
> 海华沙对着河床的底层大喝一声:
> "尝一尝我的香饵,大鲟!
> 来把我的香饵尝一尝!
> 你赶快从水底浮出来,
> 让咱俩比一比谁弱谁强!"①

为突出"弥歇-拿马"这只鱼王的与众不同,原诗还描述了海华沙对其他鱼怪对手("梭子鱼"以及翻车鱼)的鄙夷不屑:

> 他终于看见那条鱼游上来了,
> 那是梭子鱼"马斯堪诺亚",

---

① [美]朗费罗:《海华沙之歌》,王科一译,上海译文出版社1981年版,第96—97页。

> 向他身边游划，越来越近，
> 海华沙这一下可给它气昏，
> 他气得朝着水里叫喊：
> "你真太不害羞，太不要脸！
> 你才不过是条梭子鱼'堪诺亚'
> 我哪里把你放在心上，
> 我要的是那鱼类之王！"①

又如：

> "翻车鱼'乌甲瓦西'、
> '你真太不害羞，太不要脸！
> 你才不过是条翻车鱼'乌甲瓦西'
> 我哪里把你放在心上！
> 我要的是那鱼类之王！'"②

"我哪里把你放在心上！我要的是那鱼类之王！"这两句诗提醒我们海华沙所要征服的大鱼不是一般的生物，而是"鱼类之王"。诗人虽然给这只"鱼类之王"起了个印第安名字"弥歇—拿马"（Mishe-Nahma），却摆脱不了西方大鱼文化的影响。原诗使用一系列与"斗"有关的词汇来形容这只名为"弥歇－拿马"的鱼王："盔甲蔽身""针刺密集""战争的涂饰"。这些词突显了鱼王的凶恶，也暗示了鱼王与英雄海华沙之间的敌对关系。这也为后面描述海华沙屠鱼的正义性做了铺垫。接着，诗歌用红（血盆大口）与黑（黑暗、黝黑）的色彩搭配为我们展现了鱼王"弥歇－拿马"的魔怪意象。英雄海华沙一时不敌这只大鱼，深陷黑暗的鱼腹：

---

① [美]朗费罗：《海华沙之歌》，王科一译，上海译文出版社1981年版，第98—99页。
② 同上书，第100页。

第三章 文化记忆中的渔人英雄

> 它张开了血盆大口,
> 一口吞下了海华沙和他的独木舟。
> 海华沙一个倒栽葱,
> 跌入那个黑暗的穴洞,
> 好象在黝黑的河上,
> 一根大木材受到洪流的激冲。
> 重重的黑暗把他包围,
> 他胡乱摸索,绝望中感到惊奇,
> 最后他摸到一颗庞大的心房在跳动,
> 颤悸在一片无边的黑暗中。①

上面所述的海华沙陷入鱼腹这段文字,不禁让人想起《圣经》旧约中那个遭大鱼吞噬的约拿。但接下来的一段诗却表明海华沙更像希腊神话中的英雄赫拉克勒斯。就像赫拉克勒斯勇闯克托斯的腹腔,刀割大鱼怪内脏一样,海华沙也在鱼腹中与"拿马"展开搏斗:

> 他愤怒地敲打着那颗心,
> 在"拿马"的心房上挥着拳头,
> 他感觉到这勇猛的鱼王
> 每一根神经纤维都在颤抖,
> 他听到四下汩汩的水流,
> 他一边听,一边跌跌撞撞地跳着走,
> 他精疲力竭,忧烦涌上了心头。
> 海华沙为了安全,
> 往横里拖着那条独木船,
> 因为他眼前是一片骚动混乱,
> 他唯恐从"拿马"嘴里给摔出去,

---

① [美] 朗费罗:《海华沙之歌》,王科一译,上海译文出版社1981年版,第101页。

只落得粉身碎骨，自取灭亡。①

最后，海华沙在海鸥的帮助下，成功杀死了大鱼怪，并从其肋骨间的缝隙中脱身而出。这一点正好与英雄赫拉克勒斯从大鱼克托斯的腹中脱身的故事类似。这种类似也提醒我们：海华沙是一个深刻体现西方英雄文化的史诗人物。诗人朗费罗用来构建这一英雄形象的重要手段之一则是对海华沙勇斗鱼王"弥歇-拿马"的描述。换言之，海华沙的男性气概正是建立在"渔"行为的基础上的；海华沙以"渔"行为为自己赢得了英雄的荣耀。诗歌中"鱼类之王"的字眼频繁出现，提醒我们注意"海华沙捕鱼"背后的文化内涵。对这一内涵的思考又正好体现了古希腊神话以及《圣经》神话中的"英雄勇斗大鱼"以及"上帝降伏利维坦"的文化记忆。

第三节 艺术史中的渔神崇拜

从以上关于神话及文学两方面的分析中，我们得出这样的结论：作为一种表征男性气概的手段，"渔"行为已沉淀在西方人的文化记忆深处。后世的西方人不可避免要受到这种记忆的影响。

奥地利艺术史学家学者罗伯特·埃斯勒（Robert Eisler）提出的"渔神崇拜"就是这种文化记忆的例证。在 1921 年出版的《渔人俄耳甫斯》（Orpheus the Fisher）② 一书中，罗伯特·埃斯勒提出了"渔神崇拜"的概念："许多书及文章已经谈及早期基督教中的鱼象征以及基督教之前其他宗教信仰中的鱼崇拜。前人勤勉而且详尽的工作似乎使该领域的研究突破变得十分渺茫，但我仍希望在圣鱼崇拜的基础上另辟蹊径，谈论渔神崇拜。据我所知，渔神崇拜这种提法还是第一次。古代社会的各民族都受这个特殊神秘的形象影响。这一形象也就

---

① [美] 朗费罗：《海华沙之歌》，王科一译，上海译文出版社 1981 年版，第 101 页。
② 概述全名为 Orpheus the Fisher: Comparative Studies in Orphic and Christian Cult Symbolism（《关于俄耳甫斯教以及基督教崇拜象征的比较研究》），为叙述方便，以下简称为《渔人俄耳甫斯》。

第三章 文化记忆中的渔人英雄

是后来基督教中象征弥赛亚的'得人渔夫'(fisher of men)。"①

在《渔人俄耳甫斯》一书中,埃斯勒虽然没有直接指出"渔神崇拜"与男性气概的关系,但他所列举的"渔神"形象为我们研究"渔"行为与"英雄崇拜"之间的关系提供了例证。

首先,埃斯勒在书中为读者呈现的,并不是音乐天才俄耳甫斯,而是渔人俄耳甫斯。他从语源学角度指出希腊神话中的俄耳甫斯(Orpheus)的名字来源于"orphoi"。而"orphoi"一词在古希腊指的是利西亚(Lycia)地区阿波罗神庙中的圣鱼(Sacred fish)。因此,"Orpheus"作为"orphoi"的衍生词,指的是捕获"orphoi"者,即渔人。②

其次,埃斯勒以意大利奥斯蒂亚城(Ostia)的考古发现强调了俄耳甫斯的"渔"行为,以及俄耳甫斯神像中的"渔人"身份。他认为:在奥斯蒂亚城(Ostia),人们在基督徒石棺中发现的俄耳甫斯像是一个典型的渔人像——正面看去,俄耳甫斯坐在一棵橄榄树下,树上栖着一只鸟,脚边是一只公羊,头部后面是绵羊的头。俄耳甫斯像的右边残缺,左边则是一副渔人的样子——握着钓竿,一只神秘的鱼挂在渔线的一端。俄耳甫斯的左手还拿着一个容器,里面装着钓上来的鱼。这尊像至今存于罗马的拉特兰博物馆(Lateran)③。从埃斯勒的以上论述看,我们不难得出这样的结论:俄耳甫斯受人崇拜不仅是由于其乐手的身份,也离不开其另一面——"渔"行为。

而后,埃斯勒由俄耳甫斯的渔神形象扩展开去,收罗分析了其他地方的渔神形象。例如,他列举了苏美尔人崇拜的渔神哈尼(Hani)、闪米特人(Semite)的渔神希德(Sid)、苏格兰盖尔神话中的渔

---

① Robert Eisler, *Orpheus the Fisher: Comparative Studies in Orphic and Christian Cult Symbolism*, London: J. M. Watkins, 1921, p. III.

② 此部分综述了《渔人俄耳甫斯》的部分内容,下同。参见 Robert Eisler, *Orpheus the Fisher: Comparative Studies in Orphic and Christian Cult Symbolism*, London: J. M. Watkins, 1921, p. 14.

③ Robert Eisler, *Orpheus the Fisher: Comparative Studies in Orphic and Christian Cult Symbolism*, London: J. M. Watkins, 1921, p. 59.

神厄林（Erin）以及凯尔特神话中头戴尖角帽的渔神诺顿（Nodon）。① 埃斯勒还从天体学角度论证民间对渔神的崇拜。他分别提及"渔人"星座（Halieus），又指出猎户座（Orion）与金牛座（Bull）的排布其实反映了古巴比伦神马杜克（Marduk）用巨网抓住怪兽提尔马特（Tiamat）的故事。②

此外，埃斯勒还分析了基督教文化中的"渔神"。他认为：基督教的新信徒们就像古希腊人以及亚述人一样，相信自己会变成耶稣的"鱼"。这种转变往往是通过洗礼仪式实现的。基督徒在水中淹没旧的自我，化作被耶稣钓起的"鱼"而迎来自己的新生。从这个意义上看，耶稣也就成了信徒们的"渔神"。为此，埃斯勒系统整理了福音书中提及渔人以及"渔"人情节的新约段落，分析了福音书以及旧约中的"渔"人寓意：（1）马可福音（1：16）以及马太福音（4：18）中，耶稣召唤四门徒；（2）路加福音（5：1—11）中描述的"神奇的一网鱼"场景；（3）马太福音（13：47）中关于"鱼网"（fish-net）的比喻；（4）马太福音（17：27）中关于鱼嘴里含钱的故事。埃斯勒还指出施洗者约翰是耶稣基督的先驱（forerunner），也是"渔神"的典型。③ 总之，埃斯勒关于"渔神崇拜"的研究例证了古代神话中英雄偶像的渔人身份。而且，埃斯勒列举的这些具有渔人身份的神话英雄又都是代表"父权"的男性形象。因此，埃斯勒的例证也为本书所要阐述的"渔"行为与男性气概之间的关系提供了有力的理论支持。

从前面的论述中，我们发现：西方文化中的鱼，尤其是大鱼，并不是只供人休闲娱乐的对象。一些凶猛的大鱼往往是威胁人类生命的生物。这种由于生命威胁而导致的大鱼恐惧，决定了"渔"行为与西方文化中的男性气概密切相关。

---

① Robert Eisler, *Orpheus the Fisher: Comparative Studies in Orphic and Christian Cult Symbolism*, London: J. M. Watkins, 1921, p. 50.
② Ibid., p. 24.
③ 此部分综述了《渔人俄耳甫斯》的部分内容。参见 Robert Eisler, *Orpheus the Fisher: Comparative Studies in Orphic and Christian Cult Symbolism*, London: J. M. Watkins, 1921, p. 77。

第三章 文化记忆中的渔人英雄

丹麦学者狄波拉·西蒙顿（Deborah Simonton）在《欧洲女性文学史》(*A History of European Women's Work*)中，指出了"渔"行为的男性特征："总的来说，与其他农活一样，渔活动最初也要涉及全家人，但渔活动呈现出相对清晰的性属分界线（gender line），因为男性乘船出海，妇女则收拾男人的渔获。男人与女人可能都要从事先期的准备，但这种准备也是有性属特征的。'出海'的概念多数情况下与劳动相联系，也同等程度上与男性气概以及通过仪式（rites of passage）相关。"① 指出"渔"行为的性属特征后，狄波拉·西蒙顿进而指出这一特征的世界共通性："在世界范围内所作的关于渔的概况调查中，鲜有女性捕鱼的论述。这一现象更加说明了'渔'活动的男性化特点。"② 狄波拉·西蒙顿的相关论述提醒我们："渔"行为是一种男性专属的活动。就像"战争是男人的事"③ 的一样，"渔"也可以视为男子汉身份的一种行为标识。

美国学者布莱特·卡罗尔（Bret Carroll）在《美国男性气质④：历史百科》(*American Masculinities: a Historical Encyclopedia*)一书中，也表达了与狄波拉·西蒙顿类似的看法。卡罗尔认为"渔"行为突显了男性气概："作为一种生计、娱乐、产业以及一种文学主题，渔都被视为或者描述为一种明显具有男性气概的行为。也正因如此，渔在构建西方男性气概时，起到了与众不同的作用。"⑤ 卡罗尔的这一说法其实也强调了"渔"行为对男性气概的表征功能。

此外，英国学者杰茜·朗士力（Jesse Ransley）也认为西方传统文化一直将"渔"描述成一种具有男性气概的行为。她在"男孩的小船"（Boats are for Boys）一文中这样说道："航海业，不论是历史

---

① Deborah Simonton, *A History of European Women's Work*, New York: Routledge, 1998, p. 125.
② Ibid., p. 126.
③ 原为《伊利亚特》中的文字，转引自［美］里奥·布劳迪：《从骑士精神到恐怖主义：战争和男性气质的变迁》，杨述伊等译，东方出版社2007年版，第2页。
④ Masculinities虽然汉译为男性气质，却在实际上包含了传统的男性气概。
⑤ Bret Carroll, *American masculinities: a Historical Encyclopedia*, New York: The Moschovitis Group, Inc., 2003, p. 171.

上的还是史前的,渔、贸易、探险、开拓殖民地,这些与小船、大船以及大海有关的事情,长久以来都被描述成具有阳刚之气的行为。海上活动与体力、忍耐力、冒险、危险有关。"①

综上所述,本章主要指出:西方文化中的大鱼不是一种简单的体型硕大的鱼,而是一种大型的水怪,一种具有破坏力的混沌之龙。从这层意义上看,大鱼其实是"西方龙"的代名词。此外,本章结合神话传说、后世的绘画、文学、艺术作品以及人类学中的"渔神崇拜"等研究成果,综合阐述了"渔"行为作为一种英雄行为所蕴含的男性气概,进而为本书在下一章具体分析海明威世界中的"渔"行为做好铺垫,奠定坚实的基础。

---

① Jesse Ransley, "Boats are for Boys: Queering Maritime Archaeology", *World Archaeology*, Vol. 37, No. 4, 2005, p. 621.

第四章 "渔"行为与海明威现实世界的男性气概

前文主要从文化记忆层面分析了"渔"行为作为一种男性气概表征方式的必然性;也从大文化背景的层面,解决了海明威使用"渔"行为来标榜个体男性气概、寻求身份认同的原因所在。当然,海明威对"渔"行为的痴迷除了文化记忆的原因外,还受其所处的时代环境以及家庭环境的影响。

为此,本章拟在前文基础上深入一步,首先,从海明威所处时代的特征以及海明威的家庭环境两方面分析其在现实中遇到的男性气质危机;其次,本章拟分析现实生活中的海明威如何使用"渔"行为来对抗自己所遭遇的男性气质危机,表征自己的男子汉身份。简言之,本章主要围绕"原因"(为什么使用"渔"行为)与"方法"(如何使用"渔"行为)两个方面深入分析现实世界中的海明威与"渔"行为的关系。

第一节 时代危机

布莱特·卡罗尔(Bret E. Carroll)认为:男性气质危机"这一提法表达了中产阶层男性在19世纪末20世纪初对自己的'男性气质'[①](masculinity)与男性身体(male body)的一种严重关切,体现

[①] Masculinity 包含男性气质的多方面,传统的男性气概(manliness)也包含其中。

了男性对自身文化属性以及生理属性的矛盾与困惑"①。

海明威所处的时代，正值19世纪末20世纪初的第二次工业革命时期，是一个出现"男性气质危机"的时代。作为这场工业革命的中心之一，这一时期的美国正经历着巨大的变化：生产力飞速发展，新的产业领域不断出现，美国社会以及美国人的生活方式由此发生了巨大的变化。这些巨大的变化随之影响了美国人的价值观以及思想观念。

工业革命的发展加速了美国的工业化进程，也对劳动力总量提出了更高的要求。原有的男性劳动力总量已无法满足当时的生产发展。女性劳动力的加入也自然成为时代的需要。此外，科技进步使许多生产环节实现机器操作，生产劳动对人体力的要求不再与以前一样高；女性也因此得到更多的机会进入这些生产环节，美国妇女参加工业生产的比例也随之逐年升高。据资料统计，"1870年外出劳动的妇女占整个妇女人数的15%，1900年占21%。1910年，每千人中有243人参加了工作，包括189.1万已婚妇女在内"②。这些数字说明：在19世纪末20世纪初的美国，女性开始更多地融入社会化大生产。

正如法国女性主义代表西蒙娜·波伏娃（Simone de Beauvoir）所言："是机器使这种巨变成为可能，因为在机器生产中男女工人的体力差异基本上不起任何作用，工业需要大量的劳动力，这是男人所无法单独提供的，女人的合作成为必然。"③ 于是，这一时期的美国女性开始大规模地介入传统意义上的男性工作领域。她们"驾驶飞机、捕捞海狸、开出租车、架设电报线路、从事深水潜水员和高空作业修建工的工作，可以在丛林里狩猎老虎；当有的妇女们从事在港口装卸货物的工作时，另有一些妇女则指挥着交响乐队、参加棒球队、开凿

---

① Bret Carroll, *American masculinities: a Historical Encyclopedia*, New York: The Moschovitis Group, Inc., 2003, p.117.
② 余志森主编：《美国通史》第4卷，人民出版社2001年版，第227页。
③ ［法］西蒙娜·德·波伏娃：《第二性》，陶铁柱译，中国书籍出版社1998年版，第133页。

第四章 "渔"行为与海明威现实世界的男性气概

油井"。① 表面上看,这一切是男性与女性对工作的分享与合作;但对工作中的男性传统角色而言,却意味着这些工作中的男性气概之衰落以及由此引发的男性气质危机。

工作使美国妇女在经济上日趋独立。她们在家庭中的地位逐渐提高,开始拥有更多的自由和权利。先进的家用电器也使妇女从繁重的家务奴役中解放出来,开始有机会与男性一样,接受各种类型的教育。据统计资料显示,美国妇女"在十九世纪八十年代开始大批进入大学和专科学校学习。1890 年,约有二千五百名妇女从大学毕业;到 1910 年,差不多增至八千五百人"②。

妇女教育水平的提高使她们更容易接受新的思想。从 20 世纪初期开始,弗洛伊德的性心理分析学说在美国广为传播。传统社会的女性心理开始让位于新时代的独立意识。到 20 世纪 20 年代,美国社会出现了新女性形象。这些人的衣着打扮不再依循传统的女性标准,而是大胆挑战男女的性别界限:剪去长发,卸去长衣长裙,开始露出颈项、手臂、脚踝等。这些"新女性"形象在颠覆传统女性形象的同时,也以"吸烟""喝酒"等行为进一步对男性气概形成挑战。

在婚姻生活中,新时期的美国妇女不再逆来顺受,而是坚持自己的选择,反对痛苦的婚姻关系。为此,美国的离婚率在 20 世纪初期开始逐渐攀升,而且"妇女首先提出离婚的人数日增"③。据史料记载:美国的离婚率从"1890 年的 10 万分之 53 上升到 1900 年的 10 万分之 73,1916 年的 10 万分之 112"④。此外,"1914 年美国的离婚率第一次突破了 10 万对,而到 1929 年仅当年一年的离婚率就超过了 20.5 万对"⑤。离婚率的升高意味着传统家庭稳定性的破坏以及女性选择权的增多,也意味着男性在传统家庭中垄断地位的动摇以及男性

---

① 余志森主编:《美国通史》第 4 卷,人民出版社 2001 年版,第 497 页。
② [美]阿瑟·林克:《一九零零年以来的美国史》,刘绪贻等译,中国社会科学出版社 1983 年版,第 73 页。
③ 余志森主编:《美国通史》第 4 卷,人民出版社 2001 年版,第 228 页。
④ 同上。
⑤ 同上书,第 498 页。

气概的受挫。

除了离婚率的上升,"妇女节育运动"也对这一时期的男性气概构成打击。在20世纪初的美国,妇女们意识到生育是对她们自由的束缚。为此,以玛格丽特·桑格(Margaret Sanger)为代表的节育派开始以"自由"为旗帜,在美国境内开始节制生育运动。她认为:"一个妇女不能称自己为自由人,除非她拥有和掌握自己的身体。"①1916年,玛格丽特·桑格创办了"节育诊所"(family planning clinics),竟然吸引了许多妇女排队接受节育手术。1917年,玛格丽特·桑格因伤害风化罪遭警方羁押30天。这一事件表明:代表男权的权力机构对玛格丽特的羁押其实体现了男性社会对女性力量的恐惧以及由此引发的男性气质危机。

有了生活上的改变,妇女在政治权利上也对社会提出了要求。1890年,美国妇女选举权协会成立,并逐渐壮大。到1920年,该协会人数将近200万。妇女们"投身到社会改革的洪流中去,建立社会福利机构,并在其中担任工作,领导反酒吧间的斗争,争取童工立法和妇女工时及工资的管理法规,并帮助组织服装血汗工厂的女工"②。1920年8月,美国宪法第19条修正案正式生效。从此以后,美国妇女在选举权方面与男性取得同等地位,并在后来的选举中陆续进入政府部门担任公职。据史料记载:"在20年代美国的政治舞台上,出现了两个女州长和一个女国会议员。她们是1922年进入美国参议院的丽贝卡·费尔顿夫人以及分别于1924年和1925年出任怀俄明和得克萨斯州州长的内莉·罗斯夫人和米里亚姆·弗格森夫人。尽管这三人担任公职的时间并不长,但她们开创了女性参政的先河,从而为20年代美国女性解放运动增添了重要的一笔。"③

妇女上班、上学以及从政使妇女比以往任何时候拥有更多的话语权和行动权。这种权利的变化无疑对传统的男性地位以及男性气概构

---

① 余志森主编:《美国通史》第4卷,人民出版社2001年版,第231页。
② [美]阿瑟·林克:《一九零零年以来的美国史》,刘绪贻等译,中国社会科学出版社1983年版,第73页。
③ 余志森主编:《美国通史》第4卷,人民出版社2001年版,第497页。

第四章 "渔"行为与海明威现实世界的男性气概

成了强有力的挑战。正如《美国男性气质：历史百科》（*American Masculinities: a Historical Encyclopedia*）一书所述："在19世纪，随着美国的西部开发，生活离不开男性的力气，因此男性气概在资本主义的市场体制中占据了牢固的地位。但是到了19世纪末，社会及经济的变化，例如城市化、个体产业资本向集团化资本主义的过渡以及官方机构的兴起以及中产阶级男士职业道路的多变，对男性气概的安全感构成了挑战。具体体现为：降低了男性经济独立感以及成就感。19世纪中期的男人至少能想着迁移到西部重塑自己的经济独立以及男性自主。最后，到了19世纪末，愈演愈烈的女权运动对男性在公共领域的垄断形成了挑战。这些发展让男性感觉到女权运动对传统男性气概的威胁。中产阶层男士们希望在工作之余拥有自己理想中的坚韧与体力，并以此来抵抗任何眼前的柔弱化危险与男性气概的丧失，重塑一个安全的、无人匹敌的男性气概的概念。"[①]

除了经济发展对男性气质危机的影响以外，20世纪初期的世界大战也极大地摧残了这一时期的男性气概。战争曾经被人认为是证明自己男性气概的绝佳场所，但残酷的战争过后，男人们发现：剩下的只是自己的身心受损以及身份危机。据资料统计，一战期间（1917—1918年），美国总共有116516个军人战死，不同程度受伤的则达到204002人；"二战"期间（1940—1945年），美国总共有405339个军人战死，不同程度受伤的则达到671846人。[②] 相对于欧洲各国而言，美国在两次世界大战中虽然损失较小，却也有数量不小的人员伤亡。这些死去或伤残的军人以残酷的现实告诉美国社会：传统意义上的男性气概正被战争留下的痛苦所泯灭。世界大战并不是彰显男性气概的绝佳场所，而是阉割男性气概的地狱。而且，战争使美国国内的生产需求增加，所需要的劳动力也相应增多。因男性参战而空余出来的劳动岗位则由女性填补。由此可见，战争不仅使男性在肢体上失去

---

① Bret E. Carroll, *American Masculinities: a Historical Encyclopedia*, New York: the Moschovitis Group Inc., 2003, p. 117.
② "America's Wars: U. S. Casualties and Veterans", May 16, 2018, available at http://www.infoplease.com/ipa/A0004615.html.

以往的男性气概，也瓦解了男性在劳动生产领域的垄断地位。这种瓦解无疑也体现了当时社会中的男性气质危机。

总之，在19世纪末20世纪初，工业化进程加速了女权运动的发展，世界大战阉割了男性气概。女性对男性传统职业领域的渗透，使男女之间的性属差别日渐模糊。这种模糊的另一层内涵就是男性气质危机的出现以及男子汉身份的认同缺失。海明威出生的年代正好是这一特殊的时期，一个美国社会遭遇男性气质危机的年代。这种危机的存在也不可避免地深深影响了海明威对女性的看法以及对自身男子汉身份的认同。

第二节　现实困境

时代背景下的男性气质危机也给海明威带来现实生活的困境。

为探究其生活细节，笔者参考了三部主要的海明威传记：卡罗斯·贝克（Carlos Baker）的《迷惘者的一生》、肯尼思·S. 林恩（Kenneth S. Lynn）的《海明威》以及杰弗里·迈耶斯（Jeffrey Meyers）的《海明威传》。①

首先，海明威父母之间的关系体现了这个时代的男性气质危机。

海明威的母亲格雷丝·霍尔是一个"女强人"②。除了是家里的顶梁柱外，格雷丝在20世纪初的妇女运动中也很活跃。据肯尼思·S. 林恩在《海明威》中所述，在美国妇女正式获得选举权之前八年，格雷丝就参与了橡树园的投票活动，积极参与当地的地方性事务。而且，当地的报纸《橡叶》上提到海明威母亲格雷丝的名字时，已不再用其丈夫的名字了。③

---

① 分别为：[美]卡罗斯·贝克：《迷惘者的一生》，林基海译，湖南人民出版社1987年版；[美]肯尼思·S. 林恩：《海明威》，任晓晋等译，中央编译出版社1997年版；[美]杰弗里·迈耶斯：《海明威传》，萧耀先等译，中国卓越出版公司1990年版。

② [美]肯尼思·S. 林恩：《海明威》，任晓晋等译，中央编译出版社1997年版，第12页。

③ 同上书，第18页。

第四章 "渔"行为与海明威现实世界的男性气概

海明威的父亲埃德·海明威虽拥有阳刚的外表:"身高六尺,厚胸阔背,臂力过人。乌黑的帮腮胡子使他显得更加成熟"①,却在情感上屈服于其妻子格雷丝。据杰弗里·迈耶斯的《海明威传》记载:"埃德追求格雷丝时,格雷丝并不情愿,但他答应婚后不要她做家务事,他后来也确实信守了诺言。总是他为孩子们准备早餐,还侍候她在床上进早餐。埃德尽管医务繁忙,仍然照管各项家务,如采购百货杂物,多数时候亲自做饭,照看洗衣房,安排佣人等等。而格雷丝则似乎颇为骄纵和自私,她讨厌尿布、病孩、打扫房间、做饭、洗碗碟等等。"②

由此可见,美国社会中传统的男女性别角色在海明威父母家发生了颠覆性的变化。虽为女性,格雷丝·霍尔却在对外的社会活动中抛弃了传统所规定的夫姓。她在家庭生活中拒绝了传统意义上属于女性的家务劳动。这些变化无异于是对传统男性气概的一种阉割;埃德·海明威对格雷丝·霍尔的迁就也自然成为那个时代男性气质危机的见证。

此外,海明威父母之间的争吵也为这个家庭内部的男性气质危机提供了例证。肯尼思·S.林恩还在传记作品《海明威》中这样描述了海明威父亲在海明威母亲面前的弱势个体形象:"在他与格雷丝的口角中,他极少占上风。在某种意义上说,这种性格软弱的人正是格雷丝所要的那种丈夫。同时,也正是出于这种感情,她又对他很失望,可谓失望至极。在他们多年的共同生活中,她经常采取鄙视的行为对海明威医生进行报复,一般来说总是以侮辱的形式。"③ 对于这些来自女性的攻击,海明威的父亲选择了退让:"海明威医生在有关道德问题的争吵中忍受了更多的挫折。格雷丝一会儿死不退让地振振

---

① [美]卡罗斯·贝克:《迷惘者的一生》,林基海译,湖南人民出版社1987年版,第2页。
② [美]杰弗里·迈耶斯:《海明威传》,萧耀先等译,中国卓越出版公司1990年版,第7页。
③ [美]肯尼思·S.林恩:《海明威》,任晓晋等译,中央编译出版社1997年版,第28页。

有词，一会儿又戏剧化地头疼脑热，退回卧室，就这样她软硬兼施，迫使他屈服。"①

　　海明威父亲的屈服与退让不仅反映了海明威父母之间的个体冲突，也是性别冲突的体现。而且，这种性别冲突的产生不仅局限于海明威的家庭内部，也离不开那个时代外部环境的影响。因此，海明威父母之间关系的阴盛阳衰也在一定程度上反映了那个时代所出现的男性气质危机。

　　在生活的其他细节方面，格雷丝也对其丈夫形成了压力。例如，在个体收入方面，海明威父母在刚组建家庭时，就出现了经济地位的失衡问题。传统意义上的男性养家的概念遭到颠覆。杰弗里·迈耶斯在《海明威传》中说，1896年海明威父母刚结婚时，格雷丝靠教声乐，一个月挣一千美元；埃德却只能在当地的实习医生工作中挣五十美元的月薪。② 肯尼思·S. 林恩也在《海明威》指出：当时海明威母亲可以说她是家庭的顶梁柱。③ 林恩所说的"顶梁柱"其实是从经济角度形容了海明威母亲在家庭中的垄断性统治地位。不仅如此，格雷丝还在孩子命名的事件中再一次显示了自己的垄断地位。在给儿子海明威起名时，格雷丝坚持用自己父亲的名字给海明威命名。这一举动也意味着海明威父亲在孩子命名权上的失落。它提醒我们：男性在海明威父母家的地位下降以及女性的强势崛起。

　　1928年12月，海明威父亲埃德因为无法忍受的各种压力举枪自杀了。这一事件对海明威的触动很大。他将父亲的这些压力集中归咎于自己的母亲，并在1948年写给好友马尔科姆·考利的信中对父母做了这样的评价："当我一旦知道真情，我就恨我的母亲；父亲的怯懦曾使我难堪，在此以前，我一直是爱我父亲的。我的母亲是整个美

---

① ［美］肯尼思·S. 林恩：《海明威》，任晓晋等译，中央编译出版社1997年版，第33页。
② ［美］杰弗里·迈耶斯：《海明威传》，萧耀先等译，中国卓越出版公司1990年版，第6页。
③ ［美］肯尼思·S. 林恩：《海明威》，任晓晋等译，中央编译出版社1997年版，第28页。

国前所未有的刁妇,她竟会使她使用的驮骡自己枪杀自己,且不说我那可怜的血迹斑斑的父亲了。"① 海明威的这段话为我们了解其父母的关系提供了例证。海明威将其母称为"刁妇",将其父称为"驮骡";其言下之意便是:其父作为一只遭受奴役的牲口长期听命于一个刁蛮的女主人。两者的地位悬殊可见一斑。而且,海明威认为造成这种悬殊的原因就在于其父亲的"怯懦"。这种"怯懦"在性别研究的视域中也就是一种"男性气概"的失落。因此,海明威对其父的同情与批评也在言语间流露出他对男性气质危机的恐惧与反抗。

当然,海明威母亲的强势性格并非那个时代的个例。在格雷丝前辈们的时代,妇女的独立以及妇女力量的壮大就已萌动。这场殃及男性气概的危机其实在海明威母亲的前辈时代就已经开始。格雷丝家族中另有这样两个女强人:其祖母与其母亲。例如,格雷丝个性很强的祖母,"在她丈夫和孩子们的生活中所扮演的是'专横跋扈'的角色"②。格雷丝的母亲则"生性固执,在与厄内斯特·霍尔的婚姻中大权独揽"③。肯尼思·S. 林恩在《海明威》中对这两个女强人的描述都突出了她们对家庭其他成员的"专"与"独"。这些成员当然包括格雷丝的祖父和父亲。由此可见,海明威母亲家族中的男性气质危机由来已久。格雷丝在海明威父亲面前所体现出的强势,自然意味着这种大时代的危机在海明威父母家庭中的延续。此外,在海明威的第一任妻子哈德莉(Hadley)的家族中,我们也能感受到这种大时代背景中的男性气质危机。哈德莉的父亲"在经济上属无能之辈,一生孤独凄凉"④;他在妻子的压力面前最终发现自己的"婚姻是一场磨难,却又不敢过于声张"⑤。1903 年,哈德莉的父亲不堪忍受这种压迫,

---

① [美]杰弗里·迈耶斯:《海明威传》,萧耀先等译,中国卓越出版公司1990年版,第209页。

② 同上书,第25页。

③ 同上。

④ [美]肯尼思·S. 林恩:《海明威》,任晓晋等译,中央编译出版社1997年版,第159页。

⑤ 同上。

在哈德莉 12 岁时，用"左轮手枪，结束了自己的生命"①。哈德莉父亲之死为我们分析那个时代的男性气质危机提供了又一例证。与海明威的父亲一样，哈德莉父亲的自杀也是捍卫自身男性气概的一种无奈表现。

其次，海明威与其母亲之间的矛盾也反映了其家庭内部的男性气质危机。

在海明威的成长过程中，海明威的母亲一直扮演着控制者的角色。这一角色最早体现于她对幼年海明威着装的控制。卡罗斯·贝克在《迷惘者的一生》中提及这样一条信息：海明威的母亲"一心把厄内斯特·海明威打扮得同他的姐姐玛丝琳一模一样。当他九个月的时候，就给他穿粉红色方格花布连衣裙，戴着饰花的宽边帽照相"②。而且，"在厄内斯特·海明威幼年时期的影集中，他的服式总是与发型相配套，这种打扮在一定程度上导致他脱离了大多数同龄的男孩子。并且，照片还显示出他在着装打扮上频频变换，这是非常异乎寻常的。可以说，在他那个时代，很少有男孩子会像他那样不得不多次改变外形。这一怪异现象也应由其母亲负责。不过，更令人惊诧的是：格雷丝尽心竭力地制造小厄内斯特和他的姐姐是同性双胞胎这一假象"③。

海明威母亲对海明威进行的女性化打扮，虽在一定程度上受维多利亚时代习俗的影响④，却在实际上改变了服饰的性别符号意义，危及海明威作为男性的性属表征。这对海明威及其家庭的男性气概而言，无疑是一种阉割。对此，肯尼思·S. 林恩在《海明威》一书中

---

① [美] 肯尼思·S. 林恩：《海明威》，任晓晋等译，中央编译出版社 1997 年版，第 159 页。

② [美] 卡罗斯·贝克：《迷惘者的一生》，林基海译，湖南人民出版社 1987 年版，第 5 页。

③ [美] 肯尼思·S. 林恩：《海明威》，任晓晋等译，中央编译出版社 1997 年版，第 37 页。

④ [美] 杰弗里·迈耶斯在《海明威传》中曾提出"在维多利亚时代，有把男孩子打扮成女孩子的习惯"（参见 [美] 杰弗里·迈耶斯《海明威传》，萧耀先等译，中国卓越出版公司 1990 年版，第 10 页）。这也间接说明男性气质危机可能从维多利亚时代就已萌芽。

第四章 "渔"行为与海明威现实世界的男性气概

认为这种做法对海明威父亲而言,"是他婚姻生活中所遭受的最大最深的耻辱"①;对海明威而言,则是一种"毁灭性的打击"②。海明威父亲所感受到的"耻辱"与海明威所遭受的"打击"无疑是同源的。海明威母亲以留长发、着女装的方式来打扮海明威,构成了她损害家庭内部男性气概的源头。这种损害使海明威的父亲长期生活于受虐的家庭环境中;也使海明威深感压抑,进而对其母亲产生强烈的厌恶与抵触。因此,在海明威眼中,"他母亲在他那波涛翻滚的思绪中隐隐象征着男性意识的摧残者"③;"一直都是在暗中主宰着他内心世界的凶恶女王"④;"戴着面纱极力防止他在堪萨斯城有性生活的真正目的,也是企图使他失去男子汉的气概"⑤。换言之,在海明威眼中,母亲格雷丝不是保护者,而是男性气质危机的制造者。

在以下这份书信摘录中,我们发现海明威与其母之间的矛盾也在于两者关于"男性气概"的分歧:

> 厄内斯特,我的儿子,除非你醒悟过来,中止你那游手好闲、好吃懒做的生活,那只知索取不知图报的行为;除非你中止那种企图依赖别人生活的想法;除非你停止那种将所挣之钱都挥霍殆尽用于满足自己奢欲的行为;除非你停止出卖那张漂亮的脸蛋儿去勾引容易受骗上当的小姑娘们;除非你不再忽视你对神灵、对救世主耶稣基督应尽的天职;换言之,除非你重振你的堂堂的男子汉气概;否则,除了沉沦堕落,你别无他途:你已经透支过度啦。
>
> 这个世界属于你们。它正急需男子汉,真正的男子汉。这些男子汉应该具有发达的肌肉、良好的道德素养以及强健的体

---

① [美]肯尼思·S. 林恩:《海明威》,任晓晋等译,中央编译出版社1997年版,第34页。
② 同上。
③ 同上书,第46页。
④ 同上书,第72页。
⑤ 同上书,第81页。

海明威之"渔"与男性气概

魄,他们应该能令自己的母亲仰视而不是低垂着蒙羞的头后悔不该生下他来。你生在一个有身份的家族。在这个家族中,所有的成员都耻于接受别人的东西而不去平等相报。他们言谈优雅、对女人彬彬有礼;他们慷慨大方,富有骑士风度。你是以我所知的两个最杰出、最高尚的绅士来命名的,可不要玷污了他们的名声。等到你学会不再去侮辱和耻笑你的母亲时你再回来。①

在这封信中,海明威母亲特别强调了绅士风范、骑士风度的重要性。虽然她将男性气概定义为:"发达的肌肉、良好的道德素养以及强健的体魄",但她在此信中显然批判了海明威"那张漂亮的脸蛋儿"。海明威母亲格雷丝所说的"脸蛋儿"其实指的是海明威在外形上的男性气概。这种外形上的男性气概也就是一般意义上的"阳刚之气"。因此,格雷丝对海明威的这一批判其实也是她对男性气概中"阳刚之气"的否定;相对而言,格雷丝更希望海明威能"言谈优雅、对女人彬彬有礼"。这一希望体现了格雷丝对男性气概中"君子风度"的肯定与期盼。然而,这种"君子风度"在主张"孔武有力"之男性气概的海明威眼中,则可能是男性对女性妥协的一种表现。在母亲格雷丝面前,海明威甚至觉得这种妥协是对其男性气概的一种威胁与压制。

这种压制也体现在格雷丝对成年海明威职业选择的干涉上。1920年5月,海明威对母亲说起自己的职业理想是到"蒸汽船上当一名锅炉工"②。这种想法立即遭到其母亲的否定,认为这不是"一份前途光明的工作"。遭到否定的海明威"大发雷霆"③,愤而离家。自认为长大的海明威不喜欢他的母亲将他"当作小孩子来对待"④。这一现

---

① [美]肯尼思·S. 林恩:《海明威》,任晓晋等译,中央编译出版社1997年版,第147—148页。
② 同上书,第142页。
③ 同上书,第143页。
④ 同上书,第123页。

第四章 "渔"行为与海明威现实世界的男性气概

象也说明海明威迫切希望母亲格雷丝能认可他作为一个成年男性的身份与气概。当他无法得到这种认可时,格雷丝则成了海明威的梦魇,以至于"看到她的身影,听见她的声音,他就受不了"①。对此,海明威曾经的好友约翰·多斯·帕索斯(John Dos Passos)就是很好的证人。约翰·多斯·帕索斯曾说:"厄内斯特是在他所有认识的人当中唯一的一个真正憎恨其母的人。"②这种憎恨的起因则是:"她什么事都要管。"③

1949年8月27日,海明威在写给出版商查尔斯·斯克里布纳(Charles Scribner)的信中也直接表露了自己对母亲的怨恨:"我恨她,她也恨我。她逼我父亲自杀。后来,有一次,我要她将那些不值钱的房产卖了以免被地税耗光了钱财。她写信对我说:'永远别想威胁我做什么。我结婚之初,你的父亲曾试图这样做。在后来的生活中,他一直为此事而懊悔。'"我就回复她:"亲爱的妈妈,我跟我父亲可不一样。我从来不威胁任何人。我只履行承诺……"④

海明威的这段话令人深思。表面上看,它揭示了海明威父亲的死因,同时也提醒我们注意这一原因背后的深层问题。海明威认为其父亲之死是因为其母亲的长期控制与压迫。若从海明威父母之间的两性关系来看,这种控制与压迫就是由女性所引起的男性气质危机。海明威母亲格雷丝所说的那段话——"永远别想威胁我做什么。我结婚之初,你的父亲曾试图这样做。在后来的生活中,他一直为此事而懊悔。"——就清晰明了地提醒我们注意格雷丝对海明威父亲的压制。因此,从这一层面看,海明威父亲的自杀可以解释为他对男性气质危机的反抗。同样,海明威的那句回复"我跟我父亲可不一样",也可以解释为是他在母亲面前捍卫自己男性气概的表现形式。

---

① [美]肯尼思·S. 林恩:《海明威》,任晓晋等译,中央编译出版社1997年版,第147页。
② 同上书,第551页。
③ 同上。
④ Ernest Hemingway, *Ernest Hemingway: Selected Letters 1917–1961*, ed., Carlos Baker, New York: Scribner, 1981, p.670. 译文为笔者自译。

海明威之"渔"与男性气概

海明威家庭中的男性气质危机还体现在海明威与妻子们的关系中。

海明威的第一任妻子哈德莉虽然温厚敦实,却也使海明威感受到一定的男性气质危机。首先,与哈德莉结婚之初,海明威没有工作,尚不能实现经济上的独立。幸好哈德莉从叔父及父母那里继承了一笔可观的遗产。于是"海明威便几乎完全靠着哈德莉的委托金的收入开始了自己的婚姻生活。这种状况与他父母结婚时的第一年特别相像,那时候他父亲微薄的出诊费只能作为他母亲收入的一项补贴"①。林恩在传记《海明威》中所写的这段话,为我们揭示了海明威在第一次婚姻初始阶段的经济地位。与养家糊口的传统男性气概相比,海明威显然无法达到这一传统所提出的要求。相反,他只能依附于一个女性才能生活,才能在欧洲的旅行过程中进行自己无忧无虑的文学活动。当然,这种经济上的依附难免让海明威时常想起其母对其父的家庭控制,并在深层次一直威胁着海明威内心所认同的男性气概。因此,海明威试图"主宰自己的婚姻"②,一开始就"对他的女人十分厉害"③。他的这种做法表面上看似一种反抗,其实却体现其内心对于这种男性气质危机的恐惧。

1922年的一起事件也使海明威从主观上强烈感受到男性气概的危机:这年的12月中旬,哈德莉在赶往瑞士洛桑与海明威一起度假的路上,将海明威当时尚未发表的所有文稿以及一些写作素材全部弄丢。这一事件虽然只是一起意外,在海明威的眼中却是一次重大的损失与伤害。1951年,他在写给查尔斯·芬顿(Charles Fenton)的信中,表达了自己的不满:"手稿的丢失使我痛苦万分,我恨不得去做外科手术,以求忘却它。"④ 海明威甚至可能在朋友庞德(Ezra

---

① [美]肯尼思·S. 林恩:《海明威》,任晓晋等译,中央编译出版社1997年版,第189页。

② [美]杰弗里·迈耶斯:《海明威传》,萧耀先等译,中国卓越出版公司1990年版,第64页。

③ 同上。

④ 同上书,第68页。

第四章 "渔"行为与海明威现实世界的男性气概

Pound）面前指出这一事件是哈德莉有意而为之——"哈德莉出于妒忌海明威作品的心理，故意把这些手稿丢失"①。换言之，在海明威眼里，创作是自己男性气概的一部分；发表作品也自然是自己在其他作家面前彰显男性气概的一种方式。哈德莉的这一失误使海明威认为"她的潜意识里存有剥夺她丈夫的文学生涯的企图，因为这能使他摆脱对她的委托金的依赖"②。如今，哈德莉将他所依赖的，用来彰显自己男性气概的稿件遗失，也就无异于将其用来表现自己男性气概的资本毁灭。没有这一资本，海明威作为作家的男性气概就变成无源之水，无本之木。哈德莉也自然成为海明威眼中男性气概的危机制造者。

海明威的第二任妻子波琳（Pauline）出身于富裕的家庭。父亲是美国阿肯色州有名的富人，拥有大片土地。波琳的叔叔也是一个有钱人，"拥有多家公司，而且很想帮助海明威去做那些他本人由于忙于赚钱而无法从事的一切事情"③。1927年3月，波琳的叔叔为他们在巴黎买下"一套优雅的住所"④，而后，又"出钱赞助他们买第一辆汽车、富丽堂皇的房子、渔船"⑤等。波琳家族的富有让海明威轻松地过上了富足的生活。也正因如此，海明威对女性依然存在经济上的依附。对传统意义上的男性气概而言，这种依附是一种损害。与海明威的第一任妻子哈德莉一样，第二任妻子波琳仍然压制着海明威的男性气概。这种压制在颠覆传统男性养家糊口之角色的同时，给海明威带来了男性气质危机。

为了迎娶天主教徒波琳，原本是基督徒的海明威不得不放弃原来

---

① ［美］杰弗里·迈耶斯：《海明威传》，萧耀先等译，中国卓越出版公司1990年版，第69页。
② ［美］肯尼思·S. 林恩：《海明威》，任晓晋等译，中央编译出版社1997年版，第251页。
③ ［美］杰弗里·迈耶斯：《海明威传》，萧耀先等译，中国卓越出版公司1990年版，第171页。
④ 同上书，第191页。
⑤ 同上。

海明威之"渔"与男性气概

的宗教,在结婚前皈依天主教。对于本来就不愿诚心信教①的海明威而言,皈依天主教无疑也是对男性自主权的一次挑战。为了与波琳结婚,海明威暂时放弃了男子汉的自主与独立。从表面上看,这是对天主教的屈服,实际上则是对女性的妥协,也是男性气概的受损表现。不仅如此,根据天主教的规定,海明威与波琳还要在婚后"培养孩子信奉天主教"②。这些规定使天主教信条一定程度上成为横亘在海明威与波琳之间的障碍。当海明威试图彰显传统意义上的男性气概,要求妻子、儿子等家庭成员服从自己意志时,天主教的教规显然会使他时常无法如愿。③而这一系列限制的根源就是波琳。换言之,波琳是这次男性气质危机的始作俑者。

　　第二任妻子波琳给海明威带来的男性气质危机还表现在她与海明威的性生活中。在迈耶斯所著的《海明威传》中,海明威坦陈了自己的性无能:"在我与波琳结婚以后,我突然变得同杰克·巴恩斯不相上下,不能做爱了。波琳很有耐心,也理解我,我们想尽了一切办法,但还是不行。"④海明威在这段话中所流露出来的无奈令人想起的就是男性气概的受损与危机。对此,海明威似乎心有不悦。在这段婚姻结束后,海明威为转移受伤带来的这种不悦,曾在自传里对波琳进行了批判:"一个未婚的年轻妇女成为另一个已婚的年轻妇女一时的最好朋友,她与这一对夫妇同住,而后不知不觉地、无辜地而又冷酷无情地准备与这个朋友的丈夫结婚。"⑤海明威在这段话中,攻击了波琳在婚姻道德上的缺陷,安抚了自己曾经受伤的男性气概。

---

　　① 海明威青少年时代就不是一个虔诚的基督徒,只是迫于母亲的压力才不得不保持一个基督徒的身份。从这个意义上看,海明威对基督教的信仰也出于女性的压力。换言之,海明威的男性自主权在其母亲面前就已遭受了压制。
　　② [美]杰弗里·迈耶斯:《海明威传》,萧耀先等译,中国卓越出版公司1990年版,第181页。
　　③ 例如,在是否节育的问题上,波琳一度坚持遵循天主教教规,拒绝实行节育,违背了海明威作为丈夫的父权意志。参见[美]杰弗里·迈耶斯《海明威传》,萧耀先等译,中国卓越出版公司1990年版,第175页。
　　④ [美]杰弗里·迈耶斯:《海明威传》,萧耀先等译,中国卓越出版公司1990年版,第191页。
　　⑤ 同上书,第180页。

第四章 "渔"行为与海明威现实世界的男性气概

海明威的第三任妻子马莎（Martha）不甘心做一个妻子——男性的配角。杰弗里·迈耶斯在《海明威传》中这样评价马莎："不以只当一个名作家的妻子满足。她拒绝发表文章时用马莎·海明威的名字。"① 与当年海明威母亲格雷丝类似，马莎坚持在婚后保持自己的作家角色，弃用海明威的姓氏。马莎的作为在主张自己姓名权的同时，也对传统的男性气概构成了挑战。

第三任妻子马莎虽然与海明威同为记者、作家，却在事业上对海明威构成一种竞争的关系。海明威曾经这样对自己的朋友谈及马莎："我要的是一个在床上的妻子，而不是一个在发行量大的杂志上的妻子。"② 在这段话中，海明威表达了自己对马莎一直忙于事业的不满。换言之，马莎在事业上的工作与成绩一定程度上对海明威构成了危机。这种危机正是对其传统男性气概的挑战。杰弗里·迈耶斯在《海明威传》中很好地说明了这一点："海明威由于创作不出作品产生的懊丧恼怒，更加大了他和马莎的摩擦。在家里，他以自我为中心，支配一切。出海侦察潜艇收获甚微之后，便在山庄狂欢纵饮，吵闹不休。马莎很想回去搞新闻工作，但是海明威感到她的事业对他是一种威胁。"③

在生活中，马莎与海明威不和谐④，也不和睦。与海明威前两任妻子的温顺不同，马莎时常与海明威"剧烈争吵"⑤。杰弗里·迈耶斯曾指出1942年底发生在两人间的一次冲突：有一天晚上回家，因为海明威喝了酒，马莎要求由她开车。海明威不同意，并用手背打了

---

① ［美］杰弗里·迈耶斯：《海明威传》，萧耀先等译，中国卓越出版公司1990年版，第341页。
② 同上。
③ 同上书，第353页。
④ 此处的"不和谐"指的是海明威在性生活方面的不和谐。［美］杰弗里·迈耶斯在《海明威传》中指出，海明威与马莎的"性生活不协调"。这种不协调不可避免地影响了海明威的男性气概。参见［美］杰弗里·迈耶斯《海明威传》，萧耀先等译，中国卓越出版公司1990年版，第346页。
⑤ ［美］杰弗里·迈耶斯：《海明威传》，萧耀先等译，中国卓越出版公司1990年版，第343页。

海明威之"渔"与男性气概

马莎一个耳光。马莎开始报复,将海明威心爱的林肯牌汽车开到每小时10英里,又故意撞到一棵树上,而后,让海明威待在车里面,自己则扬长而去。① 在这一事件中,海明威给马莎的"一个耳光"可以理解为海明威对传统男性气概的彰显,但是马莎并没有像传统妇女那样委曲求全,而是在这种传统的男性气概面前选择了反抗。她故意将海明威心爱的汽车撞坏这一行为表面上是一种报复,实际上也对海明威的传统男性气概形成了威胁。

此外,海明威与马莎之间的"阉猫"事件也值得一提。它从另一侧面凸显了海明威所遭遇的男性气质危机:"大约在1943年,马莎乘他不在山庄之时,将公猫全部阉了。"②

"阉猫"事件对海明威的打击是巨大的。对此,杰弗里·迈耶斯的评论是:"因为马莎背着他残害了他的猫儿,他永远也没有原谅她。若干年后,他提及自己喜欢的猫博伊斯时,还说:'奇怪,它恨女的。真的,因为是个女的让人把它的睾丸割掉的。'"③

由此可见,"阉猫"事件已不再是单纯意义上的一起事故,而是一起具有独特象征意义的两性冲突。海明威对博伊斯说的那段话,表面上看只是对爱猫不幸遭遇的同情,实际上更是对自己所处危机的慨叹。我们不妨做这样一番解读:海明威话中的"它"其实就是"他"的指代,也指"他"所代表的男人们;话中的"割"其实就是雄性动物的"去势"。对公猫所代表的男性而言,这种"去势"也就意味着女性对男性气概的"阉割"。因此,与其说海明威在"阉猫"事件中表达了自己对"博伊斯"的同情,不如说那是他对马莎所带来的男性气质危机的不满与愤慨。

海明威的第四任妻子玛丽(Mary)虽然也是新闻记者出身,却与爱争高下的马莎不同。玛丽没有在事业上对海明威形成咄咄逼人的竞争态势;相反,她想方设法地取悦海明威,"忍受责骂与虐待的能力

---

① [美]杰弗里·迈耶斯:《海明威传》,萧耀先等译,中国卓越出版公司1990年版,第343页。
② 同上书,第344页。
③ 同上。

第四章 "渔"行为与海明威现实世界的男性气概

超过了海明威的其他几个妻子"①。她曾这样谈及自己与海明威之间的关系:"我要他当老板,要他比我强、比我聪明,我要他时时记住他多么伟大,我多么渺小。"② 乍看之下,玛丽的这段话似乎表明她是一个温柔贤惠的妻子,一个善于委曲求全的女人;但细察之余,这段话也提醒我们:玛丽似乎对海明威当时正在遭受的男性气质危机了如指掌。只有清楚地了解海明威所遭受危机的人才可能以这种妥协式的方法与之相处。而且,要从前一任海明威妻子马莎那里得到心爱之人,玛丽必须抓住有利的机会,给予海明威这个受伤的男人以母性的安慰。对此,杰弗里·迈耶斯在《海明威传》中对海明威、马莎以及玛丽之间的三人角逐做了一个精辟的概括:"当马莎拒绝他的时候,玛丽却尽力满足他的自私和性欲。"③ 换言之,当时饱受女性伤害的海明威在此刻从玛丽处获得了心灵的慰藉;这种心理的慰藉从本质上说又可以视为男性气质危机的暂时缓解。因此,玛丽的出现,表面上使海明威重振男性雄风,却在同时以母性的包容之爱矮化了海明威的阳刚之气,使海明威陷入新的、不同形式的男性气质危机。海明威曾经对玛丽说:"我希望你能在这里照顾我,帮我完成工作,免得我垮下来。"④ 杰弗里·迈耶斯认为海明威对玛丽说的这段话:"是非同小可的坦白。"⑤ 其言下之意当然是海明威从不轻易对他人,尤其是女性妥协。由此可见,一向主张男性阳刚之气的海明威在具有母性温柔气质的玛丽面前,主动妥协了。这种妥协在一定程度上也是男性气质危机的一种表现形式。

在与玛丽相处的时期里,海明威所遭遇的男性气质危机还体现在两人的性生活方面。进入更年期的海明威不仅面临自然生理功能衰退的事实,也遭遇了若干事故。例如,1944年8月,海明威在欧洲大

---

① [美]杰弗里·迈耶斯:《海明威传》,萧耀先等译,中国卓越出版公司1990年版,第380页。
② 同上书,第384页。
③ 同上。
④ 同上。
⑤ 同上。

陆曾遭到德军袭击，头部受伤。这次事故直接导致海明威在男性性生理方面的障碍。① 对此，杰弗里·迈耶斯在《海明威传》中是这样记载的："从8月到11月，海明威很衰弱，原因是这次事故对他生理上的影响，不像1927年5月同波琳刚刚结婚以及1936年1月同珍妮·梅森闹矛盾时的情况，那是心理上的影响。但这次不良的健康情况，一定使得他1944年9月到10月在巴黎的里茨饭店向玛丽求爱时陷于相当尴尬的境地。"② 迈耶斯在以上这段话中所做的推测指出了玛丽时期的海明威在性生理方面所面临的男性气质危机。身处更年期性生理危机时期的海明威在这一时期时常"以令人震惊与窘迫的态度大言不惭地谈其性方面的、打猎方面的、酗酒以及肉欲方面的功绩"③。这一举止进一步暴露了其内心的虚弱。对此，我们不妨参考一下迈耶斯在《海明威传》中的评价："他这种对性的能力的夸口是直接对自己的能力信心不足和到了中年性功能衰退的情况相关的。"④ 言下之意，海明威对自己性能力的吹嘘正好体现了他在这一时期所遭受的男性气质危机。从这一层面看，玛丽时期的海明威在一定程度上依然承受着马莎时期的"阉猫"事件所带来的心理阴影；海明威本人在生理上不自觉地沦为一只"阉猫"。

除了四个妻子以外，海明威所遭受的男性气质危机还来自家庭成员以外的其他人。女护士阿格尼丝·冯·库罗夫斯基（Agnes von Kurowsky）就是这样一个给海明威带来男性气质危机的女人。海明威当年在意大利战场的米兰医院认识了她。作为这个医院的第一批病人之一，海明威有了近距离接触阿格尼丝的机会，并在随后的日子里疯狂爱上了这个长自己七岁的女护士。然而，阿格尼丝却拒绝了海明威的爱。这一拒绝使海明威深受伤害。其征服女性的传统男性气概遭受严重的挫折。这一失败，也是海明威继在战场上失去肉体上的男性气概

---

① ［美］杰弗里·迈耶斯：《海明威传》，萧耀先等译，中国卓越出版公司1990年版，第392页。
② 同上。
③ 同上书，第415页。
④ 同上。

第四章 "渔"行为与海明威现实世界的男性气概

以后,在精神上遭受的又一重创:"海明威完全没有意料到阿格尼丝会拒绝和他结婚,此事对海明威所造成的痛苦如同他所受的肉体上的伤痛一样。"① 值得我们深思的是:海明威当时认识阿格尼丝的原因是住院,而其住院的原因又是代表男性气概的生殖器在战争中受损。正是在阿格尼丝这位女性的帮助下,海明威才在生理上逐渐恢复了自己的男性气概,并以追求阿格尼丝的方式彰显自己征服异性的阳刚之气。因此,阿格尼丝对海明威求爱的拒绝恰如战争对其男性性征的摧残一样,无疑是在精神层面上对海明威男性气概的一次"阉割"。

另一个危及海明威男性气概的家族外女性是作家斯科特·菲茨杰拉德(Scott Fitzgerald)的妻子泽尔达(Zelda)。泽尔达认为海明威表面上装模作样地表现自己的男性气概,实际却是一个"胸前长着茸毛的搞同性恋的男人"②。泽尔达所说的"同性恋"指的是海明威与菲茨杰拉德之间的关系。对此,泽尔达"本能地讨厌海明威"③。在海明威看来,泽尔达的这一质疑则是"试图在心理上打掉他们的男子气概"④。为此,我们不妨引用另一位海明威传记作家林恩的话,对泽尔达对海明威所构成的威胁做一个总结:"泽尔达正是海明威最害怕的那种喜欢操纵别人、刻意摧毁男人、专门骚扰工作的女人。"⑤

除了女性以外,海明威在其他男性的竞争中也时刻感受到男性气概的危机。其中最典型的一例便是他与作家马克斯·伊斯特曼(Max Eastman)之间的"胸毛事件"。

"胸毛事件"的缘由是这样的:1933 年 6 月马克斯·伊斯特曼在《新共和》(*New Republic*)上发表文章"午后之牛"(*Bull in the After*

---

① [美]杰弗里·迈耶斯:《海明威传》,萧耀先等译,中国卓越出版公司 1990 年版,第 40 页。
② 同上书,第 161 页。
③ 同上。
④ 同上。此处的"他们"指的是海明威与菲茨杰拉德。
⑤ [美]肯尼思·S. 林恩:《海明威》,任晓晋等译,中央编译出版社 1997 年版,第 394 页。

noon）攻击海明威："我们这些长大要当艺术家的孩子们，内在的机体往往过于娇弱，大多数都会因为内心小小的疑虑而时常惶惶不安。然而有些情况却似乎使海明威具有了一种永久的责任感，去显示热血男儿的阳刚之气。他的阳刚之气不仅必须明确地表现在他那宽肩阔背有力的摆动以及他的衣着之上，还必须表现在他那大刀阔斧的散文风格的和任其流露的强烈感情之上。他性格上的这种特征已经……创造出一个名副其实的小说流派——你或许可以说，是一种文学风格，就像在他的胸脯上戴上假胸毛。"① 换言之，在伊斯特曼的眼里，海明威的文学风格是做作的，是刻意在文字中炫耀自己的男性气概的一种造假行为。而且，海明威的这种做作的文学风格背后潜藏的是他的"娇弱"与"惶惶不安"。

著名海明威研究专家卡罗斯·贝克对伊斯特曼的质疑做了更直白的解释："伊斯特曼不无幽默地哀叹海明威在西班牙斗牛方面所刻意描写的猛牛的残暴品性。他惊问，为什么这凶猛的现实主义者一进入西班牙国土，就沉溺于幼稚的浪漫主义呢？答案并不难找到。谁都知道，海明威在生理上的发育是不健全的。而这种现象在身体组织机能脆弱的所谓艺术家中并不罕见。海明威的特点是不断用男子汉大丈夫的信念来为自己壮胆，并用一些装模作样的写作风格来克服心虚所带来的疑虑和不安。"②

马克斯·伊斯特曼关于"假胸毛"的说法深深触怒了海明威。几年之后在编辑珀金斯（Maxwell E. Perkins）的办公室里，海明威与马克斯·伊斯特曼狭路相逢："在起初的几句幽默寒暄之后，他就把伊斯特曼和自己的衬衣扣都扯开了，还张开嘴笑着，说是为了比较他们的胸脯。珀金斯记得，海明威的胸毛'比任何人都浓密'，而伊斯特

---

① ［美］肯尼思·S. 林恩：《海明威》，任晓晋等译，中央编译出版社1997年版，第556页。
② ［美］卡罗斯·贝克：《迷惘者的一生》，林基海译，湖南人民出版社1987年版，第431页。

曼则'像秃头男人的脑袋一样光秃秃'。"① 随后,海明威开始质问伊斯特曼:"你说我性无能是什么意思?"② 伊斯特曼则让海明威自己再去读一读他所写的"午后之牛"。海明威勃然大怒,扑向伊斯特曼。随后,两人扭打在一起。

海明威这一冲动型的扭打令人想起男性的"决斗"。在这场"决斗"中,海明威誓死捍卫的是自己的男性气概。他以露出胸毛的方式告诉曾经诋毁自己的对手:他那浓密的胸毛是真材实料、不容置疑的。当然,海明威以袒露胸毛的方式证明自己的阳刚之气的同时,也暴露出他缺乏自信;他用暴力的手段压制对手的质疑更体现了其所陷入的男性气质危机。

总之,从出生开始,海明威就一直感受着不同来源的男性气质危机。这些不同缘由的男性气质危机不停困扰着海明威,使其在生命的各个阶段都对此问题特别敏感。来自他人的丝毫不敬都会引起他的激烈反抗。当然,在海明威的反抗之余,我们却能更明显地感受到他内心关于男性气概的各种焦虑。

第三节 身份建构

抚平焦虑,解决个人所面临的各种男性气质危机,海明威必须找到一定的办法。杰弗里·迈耶斯在《海明威传》中指出了海明威对付危机的策略:"他在外表上极力压制他性格上多愁善感的一面,装出一副男子豪放不羁的形象。"③ 所谓外表上的"多愁善感"无非是那些损害男性气概的情感表现。海明威压制这些情感的同时,试图装出一副"男子豪放不羁的形象"。为此,海明威必须使用一些手段。例如,在形体方面,他可以用不修边幅来体现自己的阳刚之气;在举

---

① [美] 肯尼思·S. 林恩:《海明威》,任晓晋等译,中央编译出版社1997年版,第560页。
② 同上书,第561页。
③ [美] 杰弗里·迈耶斯:《海明威传》,萧耀先等译,中国卓越出版公司1990年版,第17页。

海明威之"渔"与男性气概

止行为方面,他可以使用一定的行为来表征自己的男性气概。"渔"行为就是这样一种被海明威时常利用的男性气概行为。在幼年时代,海明威的"渔"行为多是在其父亲的陪伴下完成的半自觉①的男性气概行为;在成年时代,海明威的"渔"行为则进入自觉完成的阶段。

我们先看海明威的孩提时代。幼年海明威的"渔"行为主要是在其父亲的影响下培养起来的。海明威的父亲是个捕鱼高手。在海明威母亲的高压统治下,男性气概受挫的海明威父亲时常通过"渔"行为摆脱妻子的约束,在自然的环境中彰显自己的男性气概。同时,他也将这一习惯带到家庭内部。在海明威的孩提时代,海明威父亲就开始着意将海明威培养成男子汉。因此,他时常带海明威外出捕鱼,还时常在海明威生日之际带他外出钓鱼。②

乍看之下,这种捕鱼行为似乎只是一种家庭内部娱乐休闲运动,却在深层次寄托着海明威父亲对儿子成长为男子汉的殷切期望。特别值得注意的是:海明威父亲以"渔"行为的方式来庆祝儿子的生日是颇具象征意味的。按照象征人类学的说法,人的生日是人在生命过程中的一种"阈限"(liminality)③。海明威父亲的作为完全可以视为其以"渔"行为的方式为儿子通过生命的"阈限"而欢呼。由此可见,"渔"行为已经成为海明威家族中的成长仪式。幼年海明威也在半自觉状态中学会了捕鱼,并将其视为一种炫耀的资本。④ 有例可证:

---

① 所谓的"半自觉"指的是处于自觉与不自觉之间的中间状态。
② [美]卡罗斯·贝克在《迷惘者的一生》中曾提及海明威三岁以及四岁生日时,父亲都带他外出钓鱼。即使雨天也不会令他扫兴。参见[美]卡罗斯·贝克《迷惘者的一生》,林基海译,湖南人民出版社1987年版,第9页。
③ 根据人类学家维克多·特纳(Victor Turner)的"阈限"理论。参见[英]维克多·特纳《仪式的过程——结构与反结构》,黄剑波等译,中国人民大学出版社2006年版,第94—114页。
④ 幼年海明威可能根本未意识到这是男性气概的表现形式,但他至少已经将"渔"行为视为一种正确的、值得骄傲的行为。这种自豪感本身也可以理解为一种模糊的、初级阶段的男性身份意识。

第四章 "渔"行为与海明威现实世界的男性气概

图1 五岁钓鱼

图1是海明威五岁时（1904年）在密歇根沃伦湖（Walloon Lake, Michigan）附近的霍顿河（Horton's Creek）的一张钓鱼照片①，现存于美国波士顿的约翰·肯尼迪总统图书博物馆（John F. Kennedy Presidential Library and Museum）。照片上的海明威头戴大草帽，腕挎一个大鱼篓，手持一根长长的鱼竿，神情专注地等鱼上钩。从五岁海明威的个头来看，照片上的草帽、鱼篓以及鱼竿尺寸明显比例失衡，显然属于成人世界。幼年海明威愿以这种姿势留下影像，说明其对成长为一个男子汉的期盼。我们不敢肯定照片中的海明威是否钓上了鱼，也没有相关的史料清楚地说明1904年的那天，幼小的海明威究竟钓上了多少鱼。但是，这张照片至少用海明威的"渔"行为清晰

---

① 照片引自美国约翰·肯尼迪总统图书博物馆的网上资源库，March 11, 2018, available at http://www.jfklibrary.org/Asset+Tree/Asset+Viewers/Image+Asset+Viewer.htm?guid=%7B3A8BA13D-96AF-4ADE-98B9-6FDB065C9323%7D&type=Image。

海明威之"渔"与男性气概

地描述了一个小男孩成长为男子汉的梦想。

美国学者苏珊·桑塔格（Susan Sontag）认为："摄影是一种有效的修辞，图片也可以建构。"① 桑塔格所谓的"修辞"以及"建构"其实提醒我们：摄影不仅是对现实世界的客观记录，也是对一定主观意识形态的具体反映。因此，在以上这张照片中，我们看到的不应当仅仅是五岁海明威钓鱼这一过去的事实，还应该看到这一影像资料背后的主观意图与愿望。若以桑塔格的"修辞""建构"说来重新解释以上这张照片，该照片的意义就不只是一段儿时的记忆，而是幼年海明威男性气概的彰显。海明威家庭对该照片的保存也一定程度上反映了他们对该照片的"渔"主题所体现出来的男性身份的肯定。即便是曾试图将海明威打扮成女孩的母亲格雷丝，也对海明威的"渔"行为表达过认可的态度："厄内斯特·米勒在两岁零十一个月时同两个大男人——他爸和格洛特费尔蒂先生一起去钓鱼，他钓到了一条最大的。"② 以上这段话是海明威的母亲格雷丝1902年时写在自己的剪贴簿上的。细想之余，我们不禁心生疑问：1902年时的海明威三岁不到。他如何能钓到最大的一条鱼？我们可能由此怀疑海明威母亲这段话在事实层面的可信度，却没有理由怀疑这段话流露出一个母亲的自豪感及其对"渔"行为男性气概的认可。

无独有偶，对于海明威父亲而言，"渔"行为更是彰显男性气概的重要手段，是他衡量海明威成长为男子汉的重要指标。

据卡罗斯·贝克记载，海明威15岁那年，曾收到这样一份来自父亲的生日祝福："看到你已长大成人，具有男子汉气概，我感到很高兴也很自豪。相信你会按我们寄托于你的希望去开拓自己的前途……我回家时，你一定会捉到一条大鳟鱼招待我。"③

---

① 转引自张颖复旦—密西根大学社会性别学博士课程班听课笔记，参见网址 http://www.douban.com/group/topic/9132747/，2018年12月21日。
② ［美］肯尼思·S.林恩：《海明威》，任晓晋等译，中央编译出版社1997年版，第43页。
③ ［美］卡罗斯·贝克：《迷惘者的一生》，林基海译，湖南人民出版社1987年版，第35页。

第四章 "渔"行为与海明威现实世界的男性气概

与海明威母亲一样,海明威父亲同样提到了"大鱼"。他首先肯定了海明威在生理上"已长大成人",在精神面貌上"具有男子汉气概";而后,他给出长大成人以及具有男子汉气概的两个判断标准:一是"开拓自己的前途";二是"捉到一条大鳟鱼"。如果说"开拓自己的前途"是一种写实,那么"捉到一条大鳟鱼"就是对"开拓自己的前途"的一种象征性比喻。正如一些原始部落的成年礼一样,"捉到大鱼"这一"渔"行为在海明威家族中已成为成长仪式中的重要环节。海明威父母同时提及"捉到大鱼"这一现象从一个侧面提醒我们:"渔"行为是海明威家庭肯定男子汉身份以及男性气概的一个重要途径。

海明威的长子杰克·海明威(Jack Hemingway)甚至说:"在我们家,假饵钓鱼以及其他运动型的渔行为都成了一种宗教。"① 这句话中的"我们家"可能指的是海明威结婚生子后的家庭,但也不排除海明威父亲家留下来的传统。因为在海明威年幼时,其父亲时常在周末带着海明威外出从事一些"渔"行为。其中的原因正如林恩所言:"周末时离开橡树园外出狩猎钓鱼,对他们俩来说一直就是一种放松,可以躲进一个没有女人的男人的世界。"② 林恩的这段话一语中的:"渔"行为可以帮助海明威父子脱离女人的困扰,沉浸于真正男人的世界。林恩的这段话同时指出了海明威父亲对"渔"行为所体现的男性气概的认可及其对海明威成长为一个男子汉的期盼。这些认可与期盼也同时潜移默化地影响了年轻时代的海明威。有例为证:1911年4月,海明威12岁时杜撰过一篇名为《我的第一次海上航行》(*My First Voyage*)③ 的文章,内容如下:

> 我出生在马萨诸塞州马萨葡萄园岛上的一所白色房子里。母亲去世的时候我才四岁,后来我的父亲——三桅帆船船长,带着

---

① Ernest Hemingway, *Hemingway on Fishing*, ed., Nick Lyons, New York: Scribner, 2004, p. xi.
② Ibid., p. 68.
③ 海明威的英文原文为"My First Voage"。本文此处的"Voyage"为笔者的修正。

海明威之"渔"与男性气概

> 我和小弟弟出海航行,绕过好望角,抵达澳大利亚。去的时候,天气很好,一路上风平浪静。我们常常看见海豚在我们船的周围嬉游,信天翁鼓着双翅飞越海面,一会儿又在方帆双桅船上空盘旋,觅寻食物。
>
> 船上水手把饼干放在铁钩上,结果捕获了一只。但水手们十分迷信,认为信天翁是吉祥之鸟,捉捕它会犯罪孽,于是立即又放了它。
>
> 有一次,几个水手乘坐一只大木桶,木桶用绳索拴在船头的斜杠上。水手们手拿鱼叉捕捉海豚(他们称为海猪)。不一会儿捉住一只大海豚,把它拖上甲板,清除内脏,然后把海豚肉放在锅里煎。吃起来味道有点像猪肉,只是太油腻了一点。
>
> 我们很顺利地到达澳大利亚的悉尼港。回来时也很顺风,平平安安地回到家里。①

根据贝克在《迷惘者的一生》中的记述,在以上这篇短文中,海明威用"'我的小弟弟'代替姊姊卡罗琳和安妮"②,其原因是海明威"一直渴望有个弟弟"③。这种解释似乎可以接受,但贝克其实忽略了一个重要细节:海明威笔下出海航行的主人公似乎都是男性——"我的父亲——三桅帆船船长,带着我和小弟弟出海航行"。由此,我们不妨做这样一种解释:为了保证出海航行的主人公都是男性,海明威在文中忍痛让"母亲去世",而后,又偷偷将"姊姊卡罗琳和安妮"换成"我的小弟弟"。这些替换的背后不应该只反映海明威对弟弟的"思慕"④ 或者海明威对母亲的怨恨,更应该体现海明威对出海航行这件事的性属认同。简言之,在海明威的眼里,出海航行是男人的事,是一种典型的男性气概行为,女人应该安静地走开。为此,他忍

---

① [美]卡罗斯·贝克:《迷惘者的一生》,林基海译,湖南人民出版社1987年版,第21页。
② 同上书,第22页。
③ 同上。
④ 同上。

第四章 "渔"行为与海明威现实世界的男性气概

心让母亲以死亡的方式安静地离开这支航行队伍,又悄无声息地将姐姐的名字换成小弟弟。

至于此次航行的成果,海明威提到他们对海豚的捕杀。其中,捕杀海豚的工具是"鱼叉"。于是,这次航行的主要内容其实就是"鱼叉"与"海豚"。在本书的前面章节,我们已经分析过海神的形象。其中有一座流传至今的海神雕像就是以"海豚""鱼叉"为主题来衬托海神之威猛神气的。因此,我们有理由相信,海明威在这篇文章中对捕杀海豚这一情节的虚构在很大程度上深受海神故事的影响。而海神正是一个以"渔"行为著称的民间膜拜对象。由此看来,海明威虚构捕杀海豚的情节是有特殊意图的。从性属的角度分析,这一虚构突显了此次航海之行的男性气概。少年海明威试图以海神的阳刚之气彰显自己与家人的男性气概。总之,这篇看似简单的习作中,我们看到的是少年海明威将"渔"行为默认为男性气概行为的一个事实。

对于青年时代的海明威而言,"渔"行为依然是一种战斗型的男性气概行为。卡罗斯·贝克在《迷惘者的一生》中曾这样记载海明威于1916年6月进行的一次"渔"经历:

> 他邀劳·克莱拉罕一起,在六月十日星期六下午四点钟,学校一放学,他们便出发。他们两人都随身携带帐子、毛毯、斧子、饭锅、钓鱼用具、罐头刀、卫生纸、安全针、火柴、盐、胡椒、指南针、一只表、步程计、一叠明信片、胶布、两张地图、麦乳精、德国出产的甜味朱古力、两支羹匙、两把两用的餐叉刀、备用短袜、一盒虫鱼饵,还有同样重要的东西——咸肉和玉米粉,准备钓到鳟鱼后煮食之用。厄内斯特从银行取了七元钱作为旅途之用。
>
> 他们乘坐的汽轮一路上不时鸣笛,全速前进,横驶过雾蒙蒙的大湖。这次他们从弗朗克福出发向南走,再沿着曼尼斯底河从温卡马步行到水面只有五十尺宽的贝尔小港湾。"我们在岸边一处十分适中的地方宿营,"厄内斯特在日记中写道,"河里有很多鳟鱼……在路旁打死了一条噬鱼蛇。"第二天早晨七点,他们起

床出去捕鱼。"河里鳟鱼在蹦跳,"厄内斯特写道,"真是一场大战斗。"①

在以上这段记述中,"渔"行为是联系海明威及其男性伙伴的纽带。劳·克莱拉罕是海明威小时的朋友。通过"渔"行为,两个青年男性相互认可了各自"渔人"身份,在一番精心准备后,共赴钓鱼的"前线"。海明威在自己的日记中,将这次钓鱼经历形容为"一场大战斗",提醒我们注意海明威心目中的"渔"行为不是一般意义上的娱乐休闲活动,而是一种斗鱼行为。② 因此,在与伙伴同"渔"的过程中,海明威感受到的是并肩战斗的快乐。

1917年8月6日,18岁的海明威给祖父安森·海明威(Anson T. Hemingway)写了封信。在信中,海明威提到两件与男人有关的事情:一是父亲的福特车车况良好,根本不会转手卖掉;二是他钓到大鱼的经历。其中,海明威钓到大鱼的细节如下:"那天,我抓到了三条虹鳟鱼(rainbow trout),分别重6磅、5.5磅和3.5磅,还在霍顿湾逮到一条2磅重的溪红点鲑(brook trout)。那是迄今为止那里能得到的最大收获了。"③

在这封信中,渔获颇丰堪称是最主要的事件了。海明威详细地列出自己钓到的鱼的名称,还给出具体翔实的重量数值。让人感觉他在谨慎地讲述一件十分重要的事情。这种"谨慎"在一定程度上也可以理解为一种慎重或者严谨。换言之,是"渔"行为让海明威变得如此专注。在这种严谨专注的"渔"行为背后,潜藏着的是他与祖父平等对话的资格,是他成长为男子汉、彰显男性气概的绝佳时机。

---

① [美]卡罗斯·贝克:《迷惘者的一生》,林基海译,湖南人民出版社1987年版,第43页。

② 海明威还曾将鱼称为"湖里的阿迪第士兵",参见[美]卡罗斯·贝克《海明威传》,林基海译,湖南人民出版社1984年版,第107页。由此可见,在海明威的潜意识中,"渔"行为本身就是一场战斗。因此,对于海明威而言,"渔"行为其实意味着一种"斗鱼"行为。

③ Ernest Hemingway, *Ernest Hemingway: Selected Letters 1917 – 1961*, ed., Carlos Baker, New York: Scribner, 1981, p. 1.

第四章 "渔"行为与海明威现实世界的男性气概

为此,他还在信中特意强调自己的渔获是史无前例的——"迄今为止那里能得到的最大收获了"。在此,我们没有必要追究海明威所言之"最大收获"是否属实。我们可以确信海明威已经把"渔"行为以及由此带来的渔获大小问题视为一件十分重要的事情,是其与成年男性平等对话,完成男性成长仪式的重要环节。因此,我们不难再次确信,在青年海明威的眼里,"渔"行为依然是一种重要的男性气概行为,可以用来建构自己的男子汉身份。

或许会有人质疑海明威在以上这封信中谈及"渔"行为的偶然性。为此,我们不妨看海明威与其父亲之间的一些通信内容。在《书信选集:1917—1961》(*Selected Letters*:*1917—1961*)中,海明威写给其父亲的信大都会提及"渔"行为。在这些信中,海明威除了问候父亲,聊家庭琐事,汇报近况外,每每都不忘提及自己的钓鱼经历或者渔获问题。这些重复性的内容提醒我们:在海明威眼里,"渔"行为不仅是他与父亲的共同爱好,也是他们沟通交流的平台;是两个男人的共同话语,是他们相互认可男子汉身份的重要途径。有例为证:

1922年8月25日,海明威从德国特里堡(Triberg)给父母发去一封信。在例行的问候之后,海明威这样说道:"谢谢爸爸、妈妈的生日问候和那条漂亮的手帕。我很喜欢。我们已在这里钓了好几回鳟鱼,而且哈德莉第一次钓就逮到了三只很大的鱼。"① 这段话的话题转换值得我们注意。海明威先提及自己对父母的感谢,而后直接将话题引向"渔"行为,进而提及妻子哈德莉的渔获。"感谢"与"渔"行为以及"渔获"在表层意思上似乎关联不大,但在所要指涉的主观动机上却是一脉相承的。海明威试图在这段话中拉近自己与父母的距离,让他们肯定自己的所作所为。② 要做到这一点的最好办法就是

---

① Ernest Hemingway, *Ernest Hemingway*:*Selected Letters 1917 – 1961*, ed., Carlos Baker, New York:Scribner, 1981, p.71.
② 海明威的父母一度对海明威的所作所为持否定态度。1920年6月4日父亲写给海明威的批评信以及同年同月母亲递给海明威的批评信都很好地说明了这一点。信件具体内容参见 [美] 肯尼思·S.林恩《海明威》,任晓晋等译,中央编译出版社1997年版,第143页及第145页。

海明威之"渔"与男性气概

诉诸"渔"行为——这是海明威及其父母所共同认可的,彰显男性气概的理想途径。不仅如此,海明威在这段话中还提及哈德莉的渔获颇丰一事。乍看之下,哈德莉的渔获似乎与海明威无关,但海明威确信父母知道哈德莉是在自己的指导下才有如此优秀的表现。因此,海明威在夸奖哈德莉的渔获之时,其实在炫耀自己的"渔"行为,彰显自己的男性气概。

再看1923年11月7日,海明威从加拿大多伦多给父亲寄去的信。在这封信中,海明威故伎重演。在一番寒暄之后又开始将话题引向自己的"渔"行为。他特意告诉父亲自己最近捕到了很多鱼,并希望"来年夏天的六月能到西班牙,钓到更多的鱼"①。海明威的这番话其实蕴含着另一层意思:他在国外一切都好,表现得很像一个男子汉;他希望父亲相信自己在不远的将来会有更为男子汉的作为。因此,这番话是海明威对父亲的一段宽慰,又像海明威对父亲的一段庄严承诺,更是父子两个男人之间关于男子汉身份的交流与探讨。

最后看1925年8月20日,海明威从法国巴黎寄给父亲的信。这封信的开头部分依然是家常式的问候,而后海明威带着略显遗憾的口吻告诉父亲——那年夏天他不够走运,渔获不丰;但随即又将话题转移到自己的弟弟身上:"莱塞斯特(Leicester)能成为一个优秀的渔人是一件大好事。"② 在这封信中,海明威虽然没有像以往那样吹嘘自己最近的渔获大小,却依然将话题锁定在"渔"行为与男子汉身份的范畴内。他所说的"莱塞斯特能成为一个优秀的渔人是一件大好事"其实就在与父亲交流这么一个信息:成为一个优秀的渔人就是有所作为的表现。当然,海明威在此处所提及的"渔人"绝不是职业范畴的"渔民"概念,而是具有"渔人"之征服精神的强者形象。海明威在这段话中恭喜父亲将弟弟培养成一个真正的男子汉的同时,也向我们传达了这样一个信息:"渔"行为是他们父子之间用来认可

---

① Ernest Hemingway, *Ernest Hemingway: Selected Letters 1917–1961*, ed., Carlos Baker, New York: Scribner, 1981, p. 100.
② Ibid., p. 168.

第四章 "渔"行为与海明威现实世界的男性气概

男性气概的重要标准。

杰弗里·迈耶斯在《海明威传》中曾这样提及海明威的信:"他早年的信件也和他后来的信件一样,总是记录着和吹嘘他渔猎收获的数字。"①迈耶斯的这段话可以这样理解:渔猎收获的数字是衡量个体渔猎成果大小的标准。海明威试图通过记录与吹嘘自己的渔获成果,来彰显自己的男性气概,进而从他人那里获得男子汉身份的认可。关于这一点,我们还可以用海明威年轻时的"晚餐事件"来证明:那一次,朋友艾琳·戈尔茨坦(Irene Goldstein)邀请海明威与自己的伯父和伯母共进晚餐。海明威带去了一条鱼,但那"显然是在当地市场上买的鱼"②,海明威却说那是他亲自捕到的。海明威之所以在"晚餐事件"中说自己捕来一条鱼,无非是想在朋友的亲戚面前,用"渔"行为表现自己的男性气概以及男子汉身份。

另一位海明威研究专家林恩甚至将海明威对"渔"行为的强烈情感视为一种"病态"的表现:"就海明威的情况来看,那种激情在他三十几岁时不但未减,反而增强了,直到最终似乎成了一种病态。从黄石河的克拉克福克支流中,他一天之内可以钓上 30 条鳟鱼;在阿肯色州皮戈特镇附近的河边洼地打鹌鹑,他可以随时填弹随时射击;在蒙大拿西部克雷齐的荒山野岭中,他私猎麋鹿;在德赖托图格斯群岛,他垂钓王鱼;在格尔夫河的湍流中,他奋力捕捉巨大的枪鱼。凡此种种,无论'爸爸'海明威在描写哪一种本领时,他都是在狂热地称赞他少儿时代最敬仰的父亲的本事。然而如果说他力求模仿,他更试图超越。父亲自杀了,表现得像个懦夫。而他通常所追求的是创纪录的狩猎壮举,他比自己的良师更具有男子气概。"③

---

① [美]杰弗里·迈耶斯:《海明威传》,萧耀先等译,中国卓越出版公司 1990 年版,第 14 页。
② [美]肯尼思·S. 林恩:《海明威》,任晓晋等译,中央编译出版社 1997 年版,第 144 页。保罗·约翰逊(Paul M. Johnson)在《知识分子》(*Intellectuals*)一书中,也提及此事。参见 Paul M. Johnson, *Intellectuals*, New York: Harper Perennial, 1990, p. 154。此点也可证明,海明威的"渔"行为是值得关注的。
③ [美]肯尼思·S. 林恩:《海明威》,任晓晋等译,中央编译出版社 1997 年版,第 551—552 页。

海明威之"渔"与男性气概

林恩所谓的"病态"其实强调了"渔"行为在海明威精神世界中的重要性。在长大成人的过程中,海明威将"渔"行为视为自己接近父亲,又能超越父亲那样男性的重要手段。因此,与其说海明威的这种心理是一种病态,不如说是海明威对男性气概的痴迷。这也是海明威之子杰克·海明威所谓的"宗教"的内涵所在了。

1920 年,21 岁的海明威曾因为私自外出与一帮男女伙伴游玩的"野餐会"事件[1]遭到母亲格雷丝的严厉斥责。为此,格雷丝还给海明威写了一封信,并在信中批评海明威缺乏"男子汉气概"[2]。母亲关于"男子汉气概"的质疑深深伤害了海明威。然而,海明威并未因此向母亲妥协。为重振男性气概,海明威选择了"渔"行为:"他索性和布鲁贝克、杰克·詹金斯和迪克斯梅尔一起租了一部挂有拖车的汽车到布莱克河去钓鱼,一去就是六天或一个星期。"[3] 需要指出的是:海明威的"钓鱼"之旅是紧随母亲的指责之后。我们不能将这两件事的发生单纯地理解为事件的先后巧合,而应当探讨一下其中的因果关联。倘若只是出于躲避母亲的原因,海明威还可以有"渔"行为以外的其他选择。换言之,海明威选择"渔"行为是别有用意的。对此,林恩在《海明威》一书中,曾对海明威的这种"渔"行为做过这样的解释:"这是他努力使自己振作起来的一种方式。"[4] 林恩所谓的"振作"指的就是海明威重振男性气概的行为。因此,"野餐会"事件之后的海明威所选择的钓鱼之行并非纯粹意义上的休闲放松,而是具有特殊内涵的男性气概的疗伤之旅。此外,杰弗里·迈耶斯也曾指出"渔"行为对于困境中的海明威的作用:"他的写作愈是困难,牛皮就吹得愈大。先是夸大捕鱼数、猎获数,进而夸大打死了

---

[1] "野餐会"事件具体内容参见〔美〕卡罗斯·贝克《迷惘者的一生》,林基海译,湖南人民出版社 1987 年版,第 124 页。

[2] 〔美〕肯尼思·S. 林恩:《海明威》,任晓晋等译,中央编译出版社 1997 年版,第 147—148 页。

[3] 〔美〕卡罗斯·贝克:《迷惘者的一生》,林基海译,湖南人民出版社 1987 年版,第 126 页。

[4] 〔美〕肯尼思·S. 林恩:《海明威》,任晓晋等译,中央编译出版社 1997 年版,第 154 页。

第四章 "渔"行为与海明威现实世界的男性气概

多少德国人。"① 卡罗斯·贝克也曾说:"海明威抵制评论家对他的批评的最好办法是出海钓鱼。"② 由此可见,在海明威身处困境或危机时,"渔"行为往往给予他重新振作的力量与勇气。而这种力量与勇气的本质也正是他一直十分关注的男性气概。

在卡罗斯·贝克的《迷惘者的一生》中,有这么一段关于海明威的婚姻与"渔"行为的描述:"厄内斯特在举行婚礼的前一天(星期天)抵达霍托海湾。由于缺少睡眠,他脸色苍白,眼窝深陷。第二天他便同詹金斯和查理霍普金一起到斯特吉安河去钓鱼。这是这一年的钓鱼季节的最后三天,也是他们三个光棍一起钓鱼的最后一次。"③在以上这段传记文字中,"渔"行为的发生时间是海明威结婚的前一天。这一特殊的时间提醒我们:海明威的这次"渔"行为含有特殊的意义。众所周知,结婚意味着一个男性单身生活的结束。从个体生命阶段看,结婚是人生一个重要的"阈限"。为此,与海明威一同去钓鱼的人的性别也值得我们特别关注。卡罗斯·贝克在以上这段文字中特别强调了"三个光棍"的字眼。这一强调提醒我们:此处的"渔"行为是专属的一种男性气概行为,是一次男性聚会,是海明威告别单身,迈入人生新阶段的成年礼。而这一成年礼本身又是男性气概的集合体以及对男子汉身份的认可。

1935年5月,在巴哈马群岛(Bahamas)的比米尼(Bimini)岛旅行钓鱼的海明威与迈克·斯特拉特(Mike Strater)④ 一同出海钓鱼。对此,卡罗斯·贝克在《迷惘者的一生》中是这样记述的:"五月里的一天他(迈克·斯特拉特)同海明威出海钓鱼,他钓到一条大约有十二尺长的大枪鱼。经过一个小时的相持争斗,迈克终于把鱼拖到

---

① [美]杰弗里·迈耶斯:《海明威传》,萧耀先等译,中国卓越出版公司1990年版,第406页。
② [美]卡罗斯·贝克:《迷惘者的一生》,林基海译,湖南人民出版社1987年版,第429页。
③ 同上书,第139页。
④ 迈克·斯特拉特曾是"梅恩地区捕捉金枪鱼俱乐部的主席,他曾在梅恩地区沿岸捕了十六条大金枪鱼"。参见[美]卡罗斯·贝克《迷惘者的一生》,林基海译,湖南人民出版社1987年版,第482页。

海明威之"渔"与男性气概

船边,不料来了一群鲨鱼,迅速地朝枪鱼袭去。海明威立即朝鲨鱼开枪,说是为了保护迈克的枪鱼不让鲨鱼吃掉。结果却适得其反。水面上泛起一片血红色,那群鲨鱼争相撕食迈克钓到的那条枪鱼。大约又过了一个小时,当迈克把那鱼拖出水面时,那鱼只剩下一小截,大约五百磅左右。"①

从表面上看,海明威在关键的时候帮助了迈克,但其结果却是迈克原先"十二尺长"的辉煌战果荡然无存——"那鱼只剩下一小截,大约五百磅左右"。因此,我们不得不怀疑海明威当时险恶的妒忌心。对此,卡罗斯·贝克在《迷惘者的一生》中指出迈克对海明威的这一做法"窝了一肚子火。因为那条枪鱼是他有生以来钓到的最大的一条,可就糟蹋在海明威手里"②。毫无疑问,迈克的怒火直接指向海明威对他的嫉妒之心。就连海明威本人也对此事的不光彩心有顾忌:"事后,厄内斯特写了一篇文章《总统的胜利》寄给《绅士》杂志。文中没有提到他用小型冲锋枪没打中鲨鱼反而打中迈克的枪鱼一事。"③海明威未提及枪击鲨鱼一事的原因显而易见——他担心这件事传出去后有损自己的声誉。

然而,"枪击鲨鱼"事件不仅表明海明威强烈的妒忌心,还为我们揭示了他对"渔"行为与男性气概关系的独特见解。在同迈克一起钓鱼的时候,海明威不仅在同"大鱼"斗,同时也在心底暗暗地与迈克这只"大鱼"斗。在他将"渔"行为界定为男性气概之表征的基础上,他人丰硕的渔获必定意味着自己男性气概的受损。就像在公开场合被人质疑自己的"男性气概"或"男子汉"身份一样,海明威"枪击鲨鱼"、毁人战果的荒唐举止也就自然在情理之中了。

海明威对他人男性气概的排斥还体现在以下这封信中。该信是海明威1925年7月从西班牙寄给当时的好友菲茨杰拉德的。信的内容如下:"我想知道你眼中的天堂是怎样的——可能是一个美丽的真空,

---

① [美]卡罗斯·贝克:《迷惘者的一生》,林基海译,湖南人民出版社1987年版,第482页。
② 同上。
③ 同上。

第四章 "渔"行为与海明威现实世界的男性气概

里面满是一夫一妻制的有钱人,都是有权有势的名门望族,喝起酒来往死里喝。……在我看来,天堂可能是一个巨大的斗牛场。我占了前两排的位子;场外有一条鳟鱼溪,其他人都不得到此鱼钓;还有两座漂亮的房子,一座给我的老婆孩子住,在那里我拥护一夫一妻制,我会真心真意地爱他们;另一座一共九层,给我的九个情人住。"①

信中提及的"天堂"实际上就是海明威世界中的"人生理想"。在这段信文的开头部分,海明威一定程度上否定了菲茨杰拉德的"天堂",随即大张旗鼓地描述自己的理想国——巨大的斗牛场、满是鳟鱼的溪流、妻儿的房子、情人的房子。换言之,在以上这封写给菲茨杰拉德的信中,海明威对菲茨杰拉德"醉生梦死"的贵族生活表示了蔑视,并以吹捧的口吻构建了自己的男性乌托邦。这一乌托邦的基本要素是:斗牛、渔、情爱。其中,"渔"与"斗牛"则是颇具海明威特点的男性气概表征。他将能够标榜自己男性气概的两种行为置于乌托邦元素的前两位。但在斗牛方面,海明威更多地只是一个看客;在"渔"行为方面,海明威却可以身体力行。他希望在自己的理想国里垄断一整条"鳟鱼溪"的想法,流露出其在"渔行为"方面"天下第一"的沙文主义观念及其极度膨胀的独占欲与个人优越感。

第四节 屠龙精神

尼克·莱恩斯(Nick Lyons)在自己编辑的《海明威论渔》(*Hemingway on Fishing*)一书的前言部分,为突显海明威对"渔"行为的热爱,曾这样评述海明威:"他声称自己不喜欢别人给他照相,却在成千上万张照片中与巨大的死鱼合影留念。"② 尼克·莱恩斯这句话暗含这样一条信息:即便海明威不喜欢照相,他也很喜欢与死去的大鱼合影。对此,我们不禁对其中的原因心生疑问:海明威喜欢与

---

① Ernest Hemingway, *Ernest Hemingway: Selected Letters 1917–1961*, ed., Carlos Baker, New York: Scribner, 1981, p.165.

② Ernest Hemingway, *Hemingway on Fishing*, ed., Nick Lyons, New York: Scribner, 2004, p.xviii.

海明威之"渔"与男性气概

死去的大鱼合影的目的何在？

在回答以上问题之前，我们有必要看一些海明威与死去的大鱼的合影。① 在这些照片中，背景多是悬挂起来的、硕大的枪鱼尸体，背景前则是海明威与不同的人。先看1932年摄于古巴哈瓦那港（Havana Harbor）的这张照片（图2）。②

图2　哈瓦那港

根据美国约翰·肯尼迪总统图书博物馆所提供的文字说明，照片上的人从左往右分别是：一个身份不详的年轻男子、乔·罗素（Joe Russell）以及海明威。照片中间位置悬着一只硕大的枪鱼。海明威手执长长的鱼竿，一手搭着身旁的乔·罗素；乔·罗素也一手搭着身

---

① 这些照片并不代表这类合影的全部；这些只是美国约翰·肯尼迪总统图书博物馆馆藏的一小部分。
② 该图出自约翰·肯尼迪总统图书博物馆网上资源，June 11, 2018, available at http://www.jfklibrary.org/Asset + Tree/Asset + Viewers/Image + Asset + Viewer.htm? guid = {6250FA41-942A-4582-BF56-D8A7437DCED9} &type = Image。

第四章 "渔"行为与海明威现实世界的男性气概

旁的海明威,另一手则举着一杯酒(或其他饮料)①,身份不详的年轻男性则站在稍远处,一脸微笑。值得注意的是:这张照片中没有女人。这一点也暗示了"渔"行为的男性性属特征。

若从"修辞"与"构建"的角度看,照片上最引人注目的莫过于大枪鱼。这只硕大的大枪鱼显然是照片中几个男人的战果。但谁是主要的战果主人呢?我们的目光必定集中在那根长长的鱼竿上。持鱼竿者正是海明威。因此,这张照片的主要内容也就变得清晰明了了:以海明威为首的一群男人俘获了大枪鱼。一旁的乔·罗素的动作值得注意:他手持一杯酒(或其他饮料),表明一种庆祝的姿态。而这种祝贺的对象首先就是海明威。至于稍远处一脸微笑的年轻人,则更是一种羡慕者的姿态。其笑容除了表示欣慰,还带着一丝的崇拜。这种崇拜也可以理解为一个年轻男孩梦想成为雄姿英发的男人的强烈愿望。因此,这张照片所要修辞、构建的显然是以大鱼为对象的"渔"行为的男性气概。其中,海明威似乎有意让他人在照片中充当自己的陪衬,进而更明显地炫耀自己男子汉身份的优势所在。

再看1933年摄于美国基韦斯特(Key West)的这张照片(图3)。②

这同样是一张没有女人出现的照片。根据美国约翰·肯尼迪总统图书博物馆所提供的照片说明,照片上的人从左往右分别是:海明威、卡罗斯·古提瑞茨(Carlos Gutierrez)、乔·罗素(Joe Russell)以及乔·娄(Joe Lowe)。如果说前一张照片特别明显地体现了海明威的"渔"人身份的话,这张照片则会偏弱一些。因为在这张照片中,我们没有看到长长的鱼竿,但我们看到横亘在他们之间的一只巨大枪鱼以及四个男人在小艇"安妮塔"(Anita)号上庆祝渔获的场面。乍看之下,四个男人之间似乎无主次之分。细察之余,我们却发现:照片中的鱼头位置上坐着的是海明威。这一点似乎暗示着海明威

---

① 笔者更倾向于相信那是一杯酒。因为在这种庆功的时刻,只有酒才能为男性气概的彰显增添光彩。

② 该图出自约翰·肯尼迪总统图书博物馆网上资源,June 11, 2018, available at http://www.jfklibrary.org/Asset + Tree/Asset + Viewers/Image + Asset + Viewer.htm? guid = {E578FDE2-150C-45FC-B799-972422B6135C} &type = Image。

海明威之"渔"与男性气概

图 3　基韦斯特

在这群渔夫中的领袖地位。我们不敢断定这四个男人在小艇上欢庆的具体内容，但我们相信他们欢庆的内容绝不仅是大枪鱼可以卖到的好价钱。因为枪鱼的出名并不在于它的商业价值①，而在于它作为一种肉食性的水中猛兽在斗鱼游戏中的特殊地位。这一地位确立的原因就在于人们时常将其视为男性英雄的对手。因此，照片中那只死去的大枪鱼虽然静静地横卧在小艇上，却早已被俘获它的渔人们转化为一种胜利的符号，大肆宣扬着他们的男性气概。

最后看 1935 年 7 月摄于比米尼岛（Bimini）的海明威全家福（图 4）。②

---

①　枪鱼作为一种深海鱼，可能含有重度的汞。因此，其真正的食用人群并不多。其所谓的商业价值也就因此打了折扣。

②　该图出自约翰·肯尼迪总统图书博物馆网上资源，June 11, 2018, available at http://www.jfklibrary.org/Asset+Tree/Asset+Viewers/Image+Asset+Viewer.htm?guid={1331B3F5-5E5B-498B-AFF1-4B9330CD3352}&type=Image。

第四章 "渔"行为与海明威现实世界的男性气概

图4 全家福

根据美国约翰·肯尼迪总统图书博物馆所提供的资料,照片上的人从左往右分别是:妻子波琳(Pauline Hemingway)、儿子格利高里(Gregory Hemingway)、海明威本人、儿子约翰(John Hemingway)以及儿子帕特里克·海明威(Patrick Hemingway)。在这张照片中,最显眼的莫过于背景中的四只大枪鱼了。海明威以最高的身材占据了照片的显眼位置。与前两张不同的是:这一张照片中的海明威带来了三个儿子和第二任妻子。正如自己的父亲那样,海明威也在孩子幼年时期就开始教他们捕鱼的本领。这张照片可以视为这一家庭传统的见证。因此,在这张照片中,海明威与其儿子之间的关系除了父子之情外,又多了一层老渔夫与小渔人之间的师徒之情。海明威似乎[①]在以四只大枪鱼的辉煌渔获宣告:我是伟大的渔人。这一点不由令人联想

[①] 解读照片可能牵涉到诸多主观因素,故笔者在此使用"似乎"一词。下同。

起《圣经》新约中的耶稣基督：耶稣以常人所不及的渔获征服了彼得等凡间渔夫，使他们俯首拜师。耶稣基督也由此得名为"得人渔夫"（Fisher of Men）。我们不敢肯定海明威在留这张照片时是否也有这样一种心理，但我们却从照片与《圣经》新约的比较中，感受到了两者在主题上的互文。此外，与前两张照片略显不同的是：这张照片中出现了女性。这是海明威的第二任妻子波琳——渔夫海明威的配偶。波琳并不擅长"渔"行为，也不太喜欢海明威的各项"渔"活动。在这张照片中，波琳头戴遮阳帽，一副典型的女性装扮。我们从照片上所能看到的是：海明威拥着最喜欢"渔"行为的大儿子约翰·海明威①；波琳虽然站在中间位置，却是距离海明威最远的人。这一点似乎提醒我们："渔"行为是一项典型的男性气概行为。波琳虽站在照片的中间位置，却有点缀之嫌。

总之，在以上照片中，与海明威合影的鱼都是大鱼。这些大鱼（以枪鱼居多）的特点在于体型庞大②，性情凶猛，以肉为食，称得上水中的猛兽。这种水中猛兽也就是本书第二章所提及的大型海怪。因此，在以上这些照片中，海明威似乎在用大枪鱼唤起人们关于大鱼的文化记忆，并将这些死去的大鱼与自己的战利品相联系，进而建构自己勇斗水中猛兽的壮举以及由此体现出来的男性气概。这一点也恰好与约翰·瑞本（John Raeburn）对海明威的评价相吻合。约翰·瑞本认为，海明威刻意在公众场合为自己塑造一种男子汉的形象。③ 倘若将约翰·瑞本的观点与前面尼克·莱恩斯的评价相结合，我们就可以做出这样一番解读：海明威不喜欢照相属实，但若能与"大鱼"为伴，他却来者不拒。因为他十分乐意用"渔"大鱼的行为来彰显自己的男性气概。这也就是我们在前文所提及的"海明威喜欢与死去的大鱼合影的目的何在？"的答案了。

---

① 约翰·海明威与海明威一样对"渔"行为极度痴迷。
② "Marlin_fishing", available at http：//en.wikipedia.org/wiki/Marlin_fishing, June 12, 2018.
③ 参见 John Raeburn, *Fame Became of Him: Hemingway as Public Writer*, Bloomington: Indiana University Press, 1984。

第四章 "渔"行为与海明威现实世界的男性气概

由此可见,海明威具有很深的大鱼情结。其喜好大鱼的原因绝不在于"大鱼"可以卖到的好价钱,而在于"大鱼"所蕴藏的力量。这种力量在西方神话传说中,是一种异常巨大的超自然力。能够征服这种超自然力的只有上帝、海神等超自然的力量。海明威对征服大鱼的痴迷一定程度上体现了这些神话传说在西方文化中的集体记忆沉淀。而且,在海明威的眼里,人对大鱼的征服只有建立在"单打独斗"的基础上才是完美的。有图5[①]为证:

图5 大鱼情结

以上这张照片的拍摄时间不详,却值得我们关注。因为照片中的大鱼是海明威在比米尼岛所捕到的第一条"肢体完好"(Unmutilated)

[①] "galleryFishing", available at http://www.antiquefishingreels.com/galleryFishing.html, March 25, 2013.

的金枪鱼①。所谓"肢体完好"指的是大鱼在拖上岸前未受到其他大鱼的袭击与啃噬。这一点可以充分证明之前的"人""鱼"之战是真正"一对一"的公平较量。从照片上，我们可以看到：大鱼的长度明显超过海明威的身高，宽度也超过海明威身躯的宽度；一副鱼大、人小的样子。同时，我们也不难体会到这张照片所可以修辞构建的东西：海明威战胜了大鱼，而且将其完整地拖上了岸。在这场人与"大鱼"的单打独斗中，海明威毫无悬念地征服了大鱼。这一征服是完美型的胜利。海明威试图用这次完美的"渔"行为充分展示自己的男性英雄气概。

在前文的分析中，本章提及"大鱼非鱼"的概念。换言之，大鱼不只是一种体型巨大的鱼，而是一种大型的水怪，是一种具有破坏力的混沌之龙。若从这层意义上看海明威的大鱼情结及其"渔"行为，我们不禁会提出这样一个问题：海明威之大鱼情结的背后是否蕴藏着一种"屠龙"精神呢？

为此，我们不妨看看1922年2月海明威发表在《多伦多之星周报》（*Toronto Star Weekly*）上的《在西班牙钓金枪鱼》（*Tuna Fishing in Spain*）一文。该文是这样描述海明威"渔"大鱼之过程的："这种事让人背疼、肌腱紧张，是男人才能做的事情，连鱼竿都像锄头柄。但是，你若经历了六个小时的搏斗，再将一条大金枪鱼拉上岸时，你的肌肉会持续紧张到你产生厌恶感。最后你将他拉到船舷边，让这蓝绿色又泛着银光的鱼在平静的大海里随船而动，你会感觉到一种心灵的涤荡。你会毫不窘迫地面对上古之神。他们还会热情地款待你。"②

是什么力量使人在上古之神面前"毫不窘迫"呢？在以上引文中，海明威提供的信息是：经过"六个小时的搏斗"，"将一条大金枪鱼拉上岸"。换言之，是征服大鱼这件事使一个男人可以毫无羞愧地站在上古之神的面前。

---

① "galleryFishing", available at http://www.antiquefishingreels.com/galleryFishing.html, March 25, 2013.
② Ernest Hemingway, *Hemingway on Fishing*, ed., Nick Lyons, New York: Scribner, 2004, p.90.

第四章 "渔"行为与海明威现实世界的男性气概

那么，何谓"上古之神"（Elder Gods）呢？海明威在文中并没有给出确切的说明。因此我们必须考察海明威所生活的文化环境。在西方文化中，"上古之神"的含义主要有两种。一种是指希腊神话中的宙斯以前的神灵。例如，宙斯之前的泰坦神等。另一种指的是古巴比伦神话中的神灵。这些神灵在世界产生光亮之前，居住在黑暗混沌中。他们的主神是马杜克（Marduk）。以马杜克为首的上古神灵与混沌之神提尔马特（Tiamat）展开厮杀。

在以上两种关于"上古之神"的解释中，我们有必要关注第二种说法。因为希腊神话中的"上古之神"其实是希腊神话从古巴比伦神话借鉴来的说法。因此，要理解海明威在以上引文中所提及的"上古之神"，我们有必要梳理一下古巴比伦创世神话《埃努玛·埃立什》（Enuma Elish）中关于马杜克与提尔马特之战的主要内容：在古巴比伦神马杜克诞生之前，甚至在马杜克的父亲埃阿神（Ea）诞生之前，提尔马特与阿普苏（Apsu）是最早存在的一对神灵。阿普苏的意思是"甜水的海洋"；提尔马特的意思则是代表咸水的"大海"。而后，这一对神灵开始繁衍，生出了后代神灵，例如天神安努（Anu）以及地神埃阿（Ea）等。随着神灵数量增多，阿普苏感到威胁，企图杀掉其他后代神灵。众神闻讯后，在地神埃阿的带领下，杀掉了阿普苏。于是，埃阿成了众神之首。后来，阿普苏之子替父报仇，联合提尔马特大败各路神灵。关键时刻，埃阿之子马杜克挺身而出，勇猛异常，亲手杀死了混沌之龙提尔马特，还将其拦腰斩断，用其上身支起天穹，下身筑成大地。天地宇宙秩序焕然一新。马杜克由此确立自己众神之王的地位。[①]

显而易见，以上传说中的上古神灵马杜克勇斗混沌之龙的故事与后世《圣经》中上帝驯服利维坦的传说十分相似。不管海明威是否仔细阅读过古巴比伦神话，其在以上文字中所使用的"上古神灵"

[①] 该部分内容综述了蒂姆西·比埃尔（Timothy K. Beal）在《宗教及其怪兽》（Religion and Its Monsters）一书中对提尔马特（Tiamat）与马杜克（Marduk）之争的描述，参见 Timothy K. Beal, Religion and Its Monsters, New York: Routledge, 2003, p. 16。

总体上还是脱离不了这样一个"屠龙"英雄的形象。

因此,海明威在《在西班牙钓金枪鱼》一文中所提及的"渔"行为所带来的"心灵的涤荡"多少离不开其记忆深处的集体无意识的影响。换言之,这种根植在西方人文化记忆中的"屠龙"情结总会在有意或无意间流淌在一个作家的笔下。

海明威在这段引文中所提及自己与金枪鱼搏斗,其实也在潜意识中使我们联想起远古神话中马杜克与混沌之龙提尔马特之间的斗争。这一点也应和了海明威所说的"心灵的涤荡"。

因此,《在西班牙钓金枪鱼》一文所记述的六个小时的捕鱼活动并非海明威一时兴起的休闲活动,因为它劳其筋骨——"这种事让人背疼、肌腱紧张";更不是为了生计而进行的渔业劳动,因为"你会感觉到一种心灵的涤荡"。确切地讲,这次六个小时的"渔"行为是一次具有古典神话色彩的"屠龙"之旅。也只有这样一次惊心动魄的"屠龙"经历,才能使海明威"毫不窘迫地面对上古之神",而无任何汗颜之担心。

若从阈限理论的角度看,《在西班牙钓金枪鱼》一文中所提及的"大金枪鱼"还可视为一种特殊的"阈限动物"(liminal creatures)[①]。具体而言,只有当渔人战胜了"大金枪鱼",他的灵魂才能在这种"阈限动物"的引导下进入一个全新的世界。这也就是海明威所谓的"心灵的涤荡"的内涵所在了。

这一点不禁令人想起一些面目狰狞的"阈限动物",我们不妨将它们称作"阈限怪兽"。在西方神话故事中,这些"怪兽"往往给英雄主人公制造一系列的困难。当英雄主人公用一定的手段杀死或战胜这一动物时,就顺利地进入了人生的新阶段。因此,这种"阈限怪兽"通常与主人公的历险相伴相生,是主人公所要面对的阈限状态的一部分。例如,希腊神话中的斯芬克斯(Sphnix)就是这样一种阈限怪兽。其面目狰狞,守在忒拜城(Thebes)的入口,给来往的路人出

---

① 海狮、螃蟹、海鸟、青蛙、蝙蝠、海豚/鲸鱼等都可能成为"阈限动物"。它们在神话中往往会变形或者充当灵魂的向导。

第四章 "渔"行为与海明威现实世界的男性气概

古怪的谜语,不少人因为无法解谜而丧命。在这个可怕阈限怪物面前,俄狄浦斯(Oedipus)从容应对,成功破解了斯芬克斯之谜。此后,俄狄浦斯的生命便进入了一个新的阶段。

对于《在西班牙钓金枪鱼》的作者海明威而言,"大金枪鱼"就是这样一种阈限怪兽。为了突出这一点,海明威将大金枪鱼定义为雄性,并特别提及其重量——"他可能重达300磅"[①],而后,海明威还特别指出人与大鱼之间的斗争耗时"六个小时"。

"他""300磅""六个小时"这些字眼的使用就像那些描述怪兽狰狞面目的字眼一样,充分渲染了渔夫通过"大金枪鱼"这一阈限之艰难,也就彰显了渔夫战胜这一怪物的伟大意义。无怪乎,海明威在《在西班牙钓金枪鱼》一文中还指出渔人通过阈限后的生命新境界——上古神灵们"还会热情地款待你"。

由此可见,《在西班牙钓金枪鱼》一文中的"大金枪鱼"具有明显的"阈限动物"或"阈限怪兽"的特点。这一特点使"大金枪鱼"在一定程度上类似于西方神话中惯用的另一种"阈限怪兽"——龙[②]。因此,海明威在这段文字中所描述的"人"与"鱼"搏斗其实就是一首关于英雄"屠龙"的赞歌。海明威在文字书写的潜层流露着"屠龙精神";其大鱼情结的背后隐藏着"屠龙"的冲动[③]。

再看1936年4月海明威在《绅士》(*Esquire*)杂志上发表的《在蓝色的水上:来自墨西哥湾流的信》(*On the Blue water:A gulf Stream Letter*)一文。在该文中,海明威这样描述了征服大鱼的快乐:

---

① Ernest Hemingway, *Hemingway on Fishing*, ed., Nick Lyons, New York:Scribner, 2004, p.90.

② 这里的"龙"当然指的是"西方龙"。在西方神话中,"龙"通常是财宝的守护者,或者是英雄主人公前往某地建立功绩途中的"拦路虎"。因此,"西方龙"是较典型的"阈限怪兽"。

③ 海明威具有"屠龙"的心理冲动。这一点可从《与海明威打猎》(*Hunting with Hemingway*)一书得以体现。该书记述了海明威弟弟莱赛斯特·海明威(Leicester Hemingway)与海明威1941年在一起狩猎的过程。其间,海明威曾将自己及同猎的亲朋好友称作"屠龙英雄"(dragon slayers)。参见 Hilary Hemingway & Jeffry Lindsay, *Hunting with Hemingway*, New York:Riverhead Books, 2000。

海明威之"渔"与男性气概

然而,从汽艇上捕鱼的快乐在哪里呢?快乐来自于这样一种事实:这些古怪、野性的东西在水中游动和腾跃时有着令人不可思议的速度、力气以及美丽,无法用言语形容。如果你没有亲身经历一番,你就无法明白。你在瞬间之内与大鱼紧紧拴在一起。这样你就能近距离地感受到他们的速度、他们的气力,以及他们野性的能量。那情形就像你驾着一匹弓背跃起的骏马。在半个小时、一个小时、五个小时里,你一直与大鱼拴在一起,大鱼也与你紧紧相连。你用调教野马的方式击打、驯服大鱼,将他拉到你的船舷。为了一种荣耀,也因为大鱼在哈瓦那的市场上值很多钱,你用鱼钩将大鱼引到船舷,拉上甲板。然而,将大鱼拉上船不是真正的兴奋所在;真正的快乐在你勇斗大鱼的过程中。①

以上这段文字说明了海明威大鱼情结的快乐所在。

首先,他描述了大鱼的神奇:"这些古怪、野性的东西",其速度与气力"令人不可思议"而且"无法用言语形容"。这些文字的使用给我们留下这样一种印象:大鱼是一种超越常人想象的神奇的怪物。

其次,他做了一个类比,将驯服大鱼的感觉比作征服一匹野马。乍看之下,这一类比似乎只是海明威的自由联想。细察之余,我们却有必要将其纳入西方神话的框架,重新考察一番。在第一章所列的《海神凯旋》图中(图5),本章分析过海神波塞冬的坐骑——一种似马非马、鱼尾形的海兽。因此,对于以上这段引文中出现的"野马"形象,我们不妨做这样一番深层的解读:海明威的这一类比不是随想型的,而是基于西方文化大背景的集体无意识的体现。在这一类比中,海明威很可能在无意识中将渔人与海神的形象相联系,将斗鱼的愉悦想象成海神的荣耀。

最后,海明威否定了捕大鱼的经济目的——"真正的快乐在你勇斗大鱼的过程中"。由此可见,在海明威的世界里,大鱼非鱼;捕大

---

① Ernest Hemingway, *Hemingway on Fishing*, ed., Nick Lyons, New York: Scribner, 2004, p. 129.

第四章 "渔"行为与海明威现实世界的男性气概

鱼也因此成为一种具有抽象内涵的仪式。在这仪式的背后,隐藏着海明威对英雄的崇拜。这一英雄的具体形象可能是海神、上帝,还可能是希腊神话中珀耳修斯那样的屠龙英雄们。

对此,我们可以在《在蓝色的水上:来自墨西哥湾流的信》一文的结尾部分找到新的例证:"在海上,大鱼虽然出现在不可预知的、充满野性的瞬间,却能带来一种巨大的快乐;在他为你或生或死的一小时内,你的气力控制住他的气力;能征服这样一个海洋统治者无疑会给你带来满足感。"① 在以上这段话中,海明威将"大鱼"称为"海洋统治者"。这不禁令人联想起《圣经》中的利维坦。《约伯记》第 41 章曾这样形容利维坦:"凡高大的,它无不藐视。它在骄傲的水族上作王。"(《约伯记》41:34)"它在骄傲的水族上作王"这一句无疑应和了海明威所说的"海洋统治者"。由此可见,海明威眼中的"大鱼"是带有宗教神话色彩的。这也是其不断地在自己笔下渲染"大鱼"之神秘色彩的原因所在。其眼中的大鱼至少带有利维坦的影子。众所周知,西方文化中的利维坦是一种水中怪兽,水中的"龙"(the dragon that is in the sea)②。因此,我们得出这样一个结论:在《在蓝色的水上:来自墨西哥湾流的信》一文中,海明威在描述自己的大鱼情结时,同样流露出传统文化所遗留下来的"屠龙"记忆。

此外,在海明威 1949 年发表的《伟大的蓝色河流》(*The Great Blue River*)一文中,我们同样可以感受到海明威的屠龙精神。在这篇散文中,海明威描述了自己勇斗大鱼的一些心得。其中有一段是这样的:"当他掉过头来时,你使劲地打他,一遍又一遍地使劲打,并放鱼钩勾他。接着,他若开始逃而非跳跃,你就再打他三四遍,甚至要更多次,因为他可能一口咬住假饵、鱼钩等所有东西,紧紧地咬住,夺路而逃。你却未能钩住他。"③

---

① Ernest Hemingway, *Hemingway on Fishing*, ed., Nick Lyons, New York: Scribner, 2004, p. 133.
② 这一点已在本书第一章论述利维坦的部分得以说明。
③ Ernest Hemingway, *Hemingway on Fishing*, ed., Nick Lyons, New York: Scribner, 2004, p. 145.

以上引文中的"他"仍然指的是枪鱼。由此可见，为了显示大鱼的强大，海明威又一次将枪鱼的性别抽象化地统一成了雄性。而后，我们看以上这段引文中的以下字眼——"使劲地打"（strike hard）、"钩住"（hook）。这些词似曾相识。因为在《圣经》中，这些词都是用来描述上帝勇斗大鱼利维坦之情形的。

有例为证：《以赛亚书》第51章这样描述了上帝耶和华斗鱼的场面："从前砍碎拉哈伯，刺透大鱼的，不是你么？"（《以赛亚书》51：9）《以赛亚书》这节中的"砍碎"类似于海明威在《伟大的蓝色河流》中所用的"使劲地打"；又如，《诗篇》第74章中也有类似的描写："你曾用能力将海分开，将水中大鱼的头打破。你曾砸碎鳄鱼的头，把他给旷野的禽兽为食物。"（《诗篇》74：13—14）《诗篇》这段经文中的"鳄鱼"指的就是大鱼利维坦，其中使用的"打破""砸碎"也无疑与海明威的"使劲地打"表达了相近的意思；再如，《约伯记》中的上帝曾这样炫耀自己的伟力："你能用鱼钩钓上鳄鱼吗？"（《约伯记》41：1）此处的鳄鱼依然是利维坦；捕捉利维坦的方式则是"钓上"。"钓上"与海明威所使用的"钩住"也有许多相似之处。正如《太阳照常升起》这一小说题目所蕴含的《圣经》典故一样，海明威在《伟大的蓝色河流》中所使用的"使劲地打""钩住"这些词同样为我们展现了文字的互文①，以及这种互文所体现出来的共同的文化记忆。对于海明威而言，这种共同的文化记忆就是其对西方文化中的屠龙英雄的尊敬与认同。

对此，著名海明威研究专家卡罗斯·贝克在《海明威传》中的文字记载能为我们提供更多的帮助。

首先，卡罗斯·贝克曾提及这样一条信息：海明威"喜欢引用朗费罗的名诗《海沃莎》中的富有戏剧性段落"②。以上引文中的"《海沃莎》"指的就是美国著名诗人朗费罗的长篇叙事诗《海华沙之歌》。

---

① 这种互文的原因有集体无意识的影响，也不排除个人意识的作用。
② ［美］卡罗斯·贝克：《海明威传》，林基海译，湖南人民出版社1984年版，第9页。

第四章 "渔"行为与海明威现实世界的男性气概

在这首美国史诗中,主人公海华沙的英雄地位是通过杀掉大鱼怪"弥歇-拿马"这一功绩得以确立的。不可否认,基督徒诗人朗费罗在写作这篇长诗时,一定程度上深受《圣经》之影响,有意使用了上帝驯服利维坦的情节。因此,在《海华沙之歌》中,大鱼怪"弥歇-拿马"成了水中巨龙利维坦的替身;海华沙也自然成为征服水中巨龙的"屠龙英雄"。海明威对《海华沙之歌》的喜好使我们有理由相信其对海华沙的崇拜以及这种崇拜背后所包含的屠龙精神。

此外,卡罗斯·贝克在《海明威传》中还讲述了一则海明威捕鲸的故事:

> 另外一天,他们刚吃完中餐,卡洛斯突然听到船头舷窗附近水面一阵闷水声,禁不住一怔。起初他还以为是在附近的古巴或美国的炮舰往水里开枪。接着他看见一大群鲸的黑色背脊在海浪中忽沉忽浮,在阳光下发出明亮的光泽。厄内斯特闻讯赶来,连忙拿起望远镜观察,一数,总共有二十条。其中有两三条最大的,身长大约有七丈。他急忙跑去船头摆好捕鲸炮。他们用一组救生带把一个救生圈系好。卡洛斯开着船笔直朝两条并肩而游的鲸中间驶去。其中一条突然向他们喷水,把甲板弄得湿淋淋的到处是水。厄内斯特摆了摆头,定了定神,然后对着那笨重地摇摆着背的脊瞄准。过了一会儿,轰隆一声炮响,水面上泛起一股浓烟。炮弹击中了那鲸的口鼻部位。海明威手执鱼叉,摆好架势准备等鲸的头露出水面吸气时往它头部猛击。但这无异于用棍棒去驱赶巨龙。那鱼叉一碰就松了,可那巨鲸却若无其事,耀武扬威地往深海处游去。这是海明威第一次也是最后一次捕鲸的经历。他永远忘不了这次经历。当十月二十六日清晨"彼拉"号起锚返航回凯岛时,他还津津有味地谈到这件事。①

---

① [美]卡罗斯·贝克:《海明威传》,林基海译,湖南人民出版社1984年版,第470—471页。

海明威之"渔"与男性气概

按卡罗斯·贝克的文字表述，这次"捕鲸"之旅的确惊心动魄。海明威不仅用炮弹轰击巨鲸，还"手执鱼叉，摆好架势准备等鲸的头露出水面吸气时往它头部猛击"。对此，卡罗斯·贝克不禁加入这样一段联想："这无异于用棍棒去驱赶巨龙。"贝克的这段联想值得我们注意。首先，贝克将巨鲸联想成了"巨龙"。确切地说，这种"巨龙"就是水中的巨龙或海中的巨龙。这一联想正好体现了西方文化对巨鲸的集体想象。美国著名作家梅尔维尔就曾说："在许多古代史话中，鲸鱼和龙常是奇怪地混淆在一起，彼此互相替代。"[①] 此外，《约拿书》中吞噬约拿的大鱼也是巨鲸。这些点点滴滴的文化记忆都将"鲸"的形象投射为一种水中怪兽，一种难以对付的混沌之龙。因此，在上文贝克的联想以及梅尔维尔的判断中，巨鲸作为"巨龙"的形象会让人不禁想起《圣经》中的混沌之龙"利维坦"。卡罗斯·贝克虽以"用棍棒去驱赶巨龙"否定了海明威用"鱼叉"勇斗巨鲸的有效性，却在不经意间为我们呈现了海明威作为屠龙勇士的形象。我们不能断定海明威"手执鱼叉"勇斗巨鲸是否是在刻意表现自己的屠龙英雄气概；我们却从贝克的联想中，至少看到勇斗巨鲸这一事件帮助海明威彰显屠龙精神的可能性。此外，海明威"摆好架势准备等鲸的头露出水面吸气时往它头部猛击"这段文字与《圣经》中的"你曾用能力将海分开，将水中大鱼的头打破"（《诗篇》74：13—14），再次形成明显的互文。而且，贝克在后文紧接的那句："那鱼叉一碰就松了，可那巨鲸却若无其事，耀武扬威地往深海处游去。"似乎又呼应了《圣经》中的另一段文字"你能用倒钩枪扎满它的皮，能用鱼叉叉满它的头吗？"（《约伯记》41：7）众所周知，《约伯记》41章的这句话是以反问的语气来否定约伯征服大鱼的可能性，进而突显上帝屠龙的唯一性。从以上这些互文现象中，我们不难看出卡罗斯·贝克对待海明威捕鲸的态度：其虽然否定了海明威用鱼叉捕鲸的合理性，却在集体无意识的层面折射出其对海明威屠龙英雄形象的认

[①] [美] 赫尔曼·梅尔维尔：《白鲸》，成时译，人民文学出版社 2001 年版，第 378 页。

第四章 "渔"行为与海明威现实世界的男性气概

同感。相信这种认同感也正是海明威捕鲸时的期望所在。这也正好解释海明威虽然在捕鲸事件中铩羽而归,却在日后"还津津有味地谈到这件事"的原因了。

若按形式分,海明威的"渔"行为可以具体分为两类:(1)内河的垂钓;(2)外海的游钓。在这两种形式的"渔"行为中,海明威都对大鱼情有独钟。为此,在许多场合中,海明威都要不计其烦地提及自己渔获的重量与大小。在海明威的眼中,"渔"行为以及这种行为之后捕获的大鱼可以有效地提升自己的男子汉形象,甚至可以帮助自己实现"屠龙"英雄的梦想。这也就是海明威在照片中时常以大鱼为背景的用意所在。

海明威传记作家杰弗里·迈耶斯曾说:海明威"常常幼稚地认为善饮便是大丈夫"[1]。换言之,饮酒这一行为已成为海明威眼中的男人标识。为此,我们不妨做这样一番类比:海明威现实世界中的"渔"行为也正如他的饮酒行为一样,也是一种十分男人的行为。

若从朱迪丝·巴特勒的"性属"视角看,这种十分男人的"渔"行为就是海明威不断用来抵抗男性气质危机、构建男性性属,寻求身份认同的一种重要手段,一种典型的"男性气概行为"。

当然,在西方文化的大背景下,海明威的大鱼情结不是个案,而是基于整个西方文化记忆的集体无意识体现;海明威的屠龙精神也不是主观臆断,而是建立在"大鱼非鱼"之理论基础上的理性分析。在当今的英美社会,我们依然可以看到海明威式的大鱼情结以及屠龙精神。以总部位于美国的国际捕鱼协会(International Game Fishing Association)为例,该协会每年都要组织各种类型的捕鱼比赛。比赛的内容多为渔获的多少与大小。从每年趋之若鹜的参赛情况来看,西方社会的大鱼情结依然是一种普遍的现象。当代西方媒体也喜欢用这种征服大鱼为主题进行报道与宣传。由此可见,大鱼作为一种具有神话色彩的阈限动物,已经成为一种符号,与屠龙英雄的出现相伴

---

[1] [美]杰弗里·迈耶斯:《海明威传》,萧耀先等译,中国卓越出版公司1990年版,第342页。

相生。

　　总之，在以上的分析中，本章依然围绕"渔"行为的性属内涵展开讨论，结合海明威身处的时代环境以及家庭环境深入分析了其"渔"行为背后的男性气质危机。而后，本章结合三部主要的海明威传记，详细讨论了危机中的海明威如何采用"渔"行为彰显自己的男性气概，进而如何以"渔"行为构建自己的男子汉身份。此外，本章还以海明威的书信选集以及海明威的若干涉"渔"散文为细读对象，深入分析了海明威的大鱼情结以及由大鱼情结所流露出的屠龙精神，进而较为全面地阐述了现实世界中的海明威与"渔"行为之间的关系。

第五章 "渔"行为与海明威文本世界的男性气概

前文的分析表明：作为承载西方文化记忆的一种男性气概行为，"渔"行为以男性气概之表征手段的形式根深蒂固地融进海明威的现实生活。这种行为是否也影响了海明威的作品呢？我们有必要深入海明威的文本世界，一探究竟。

第一节　太阳为何照常升起

要分析《太阳照常升起》中的"渔"行为对于男性气概的建构意义，我们必须先回答这样一个问题：太阳何时不升起？有人可能说：该小说扉页的《圣经》引言就告诉我们太阳起落本身就是自然界的正常现象：

> 一代过去，一代又来，地却永远长存。日头出来，日头落下，急归所出之地。风往南刮，又向北转，不住地旋转，而且返回转行原道。江河都往海里流，海却不满。江河从何处流，仍归还何处。——《传道书》(《太阳照常升起》：1)①

---

① 本节所有《太阳照常升起》的引文均出自赵静男的中文译本，参见［美］海明威《太阳照常升起》，赵静男译，上海译文出版社1984年版。以下若在此引用该译本原本，均以"书名+冒号+页码"形式标注出处。

的确，这段《圣经》引言确实交代了题目"*The Sun Also Rises*"（《太阳照常升起》）的文字出处，却不意味着其讲清了小说的深层结构与内涵。为此，我们不妨回到原先的那个问题：太阳何时不升起？

一 "食日之龙"勃莱特

太阳其实一直在宇宙中发光、发亮。太阳之升起与否只是相对于地平线，而且相对于人类视线而言的两种视觉状态。根据人类的日常经验，阴雨天的时候，太阳似乎不升起；日食的时候，我们也看不见太阳之升起。

对于文化记忆而言，真正能勾起人类恐惧感的当属以上天象"日食"。中国神话研究学者袁珂先生在《中国神话传说词典》中曾提及台湾日月潭传说中的"天龙食日"现象："台湾日月潭，古有雌雄恶龙，分别吞食日月沉潭底，使世界变为黑暗。"①

东西方文化虽有差异，却在"日食"这一天象的神话解释上有不小的相似处。

以西方文化源头之一的《圣经》为例，我们分析一下日食（solar eclipse）所隐藏的神话内涵。

在英文《约伯记》第 26 章中，有这样一句描述海怪拉哈伯（Rahab）的话："by his spirit he has garnished the sky."（Job：26-13）②对此，德国学者赫尔曼·冈克尔（Hermann Gunkel）在《创世记》（*Genesis*）一书中作了这样一种解释："拉哈伯这种怪物在夜间扣留了太阳，使之不能在白天升起。"而且，两位学者还明确指出这段经文中拉哈伯的特别属性："在《约伯记》第 26 章第 13 节中，其可能是

---

① 系袁珂先生引自 1980 年《榕树文学丛刊》上有关"日月潭"的资料。参见袁珂主编《中国神话传说词典》，上海辞书出版社 1985 年版，第 77 页。

② 和合本译文："藉他的灵使天有妆饰"未能很好地将英语原文意思传达出来；故此处直接引用英文，并用赫尔曼·冈克尔（Hermann Gunkel）的话作进一步解释。

第五章 "渔"行为与海明威文本世界的男性气概

造成日食的神话怪兽。"①

赫尔曼·冈克尔所谓的"造成日食的神话怪兽",在学者瑞贝卡·沃森(Rebecca S. Watson)的论文中有了更直截了当的表达。瑞贝卡·沃森认为:拉哈伯这种怪兽其实是一种"食日之龙"(eclipse-dragon)②。这种龙"吞噬太阳或月亮或用自己的身躯包住太阳或月亮"③。此外,根据维基百科英文版④:拉哈伯(Rahab)一词的原义是"喧哗"(noise)、"混乱"(tumult)、"自大"(arrogance);是一种藏身于黑暗与混沌之中的"水中之龙"(water-dragon),因此相当于《圣经》中的利维坦。⑤

由此,我们得出结论:在西方文化中,太阳无法升起的原因是混沌之龙、食日之龙"拉哈伯"的阻挠。

那么,《圣经》中的"拉哈伯"与《太阳照常升起》又有何关系呢?

我们还得参考《圣经》的说法。在《圣经》中,拉哈伯(Rahab)除了指"水中之龙""食日之龙"以外,还是一个妓女的名字。

在《约书亚记》第二章的开头部分,我们就可见到妓女拉哈伯:"当下,嫩的儿子约书亚从什亭暗暗打发两个人作探子,吩咐说:你们去窥探那地和耶利哥。于是二人去了,来到一个妓女名叫喇合的家里,就在那里躺卧。"(《约书亚记》2:1)该中文译本中的"喇合"对应的英文就是"Rahab"(拉哈伯);译文中的"那地"指的就是"上帝应许之地"(promised land)⑥。

根据《圣经》记载,妓女拉哈伯住在上帝应许之地的耶利哥城(Jericho)。她帮助两个以色列探子成功隐身在自己家中。出于回报,

---

① Hermann Gunkel, *Genesis*. trans. Mark E. Biddle Macon. GA: Mercer University Press, 1997, p. 124.
② Rebecca S. Watson, *Chaos Uncreated: a Reassessment of the Theme of "Chaos" in the Hebrew Bible*, Berlin: Walter de Gruyter, 2005, p. 307.
③ Ibid., p. 308.
④ "Rahab", available at http://en.wikipedia.org/wiki/Rahab, July 8, 2017.
⑤ 从这个意义上说,拉哈伯也是一种大鱼。
⑥ 参考的是詹姆斯国王版(King James Version)《圣经》英语原文。

两个探子承诺将来以色列攻城时,将保证拉哈伯及其家人免遭屠戮。后来,耶利哥城沦陷,拉哈伯因为曾经救助过以色列探子而安然无恙。后来,她不再做妓女,嫁了人家,过上了受人尊敬的生活。又据《圣经》记载,拉哈伯之所以愿意背叛自己所属的耶利哥城,是因为她知道上帝已将这块土地赐给了以色列人。①

由此,我们不难从妓女拉哈伯的故事中提炼出以下几个关键词:(1) 背叛(betrayal),(2) 应许之地(promised land),(3) 以色列人(Israelis)。拉哈伯的背叛是因为其隐藏了敌国的探子,因此其出卖了自己的属国。从这一点看,拉哈伯不忠诚;对应许之地的认识是拉哈伯隐藏探子的原因所在;以色列人也是犹太人,因此拉哈伯投靠了犹太人。

以上面几个关于拉哈伯的关键词为基础,我们不妨将《太阳照常升起》中的勃莱特形象与之进行一番比较:(1) 勃莱特放荡成性,像个妓女;(2) 勃莱特背叛一个个男人,毫不忠诚;(3) 曾经投靠犹太人(投入科恩的怀抱);(4) 在犹太人科恩的眼里,勃莱特就像是上帝的应许之地。② 由此可见,《太阳照常升起》中的勃莱特就是《圣经》中的妓女拉哈伯。这不仅是本书的主观猜测,也是海明威在小说中处处暗示的信息,是其特别设置的,隐于水下的冰山一角。

此外,我们还有必要看看《太阳照常升起》1926 年 6 月在美国初版时的以下这张封面图片(图 1)③:

---

① 参见《约书亚记》第二章:"我知道耶和华已经把这地赐给你们,并且因你们的缘故我们都惊慌了。"(《约书亚记》2∶9)

② 《太阳照常升起》中有这样一段文字,描述了科恩眼中的勃莱特:"他目不转睛地看着,活像他那位同胞看到上帝赐给他的土地时的神情。科恩当然要年轻得多。但是他的目光也流露出那种急切的、理所当然的期待。"参见〔美〕海明威《太阳照常升起》,赵静男译,上海译文出版社 1984 年版,第 24 页。所谓"上帝赐给他的土地"也就是圣经所谓的"上帝应许之地"(promised land)。

③ "Hemingwaysun", available at http://en.wikipedia.org/wiki/File:Hemingwaysun1.jpg, July 8, 2017.

第五章 "渔"行为与海明威文本世界的男性气概

图1 《太阳照常升起》初版

在该书初版的这个封面①上：一个衣着性感、肢体半露的短发女人慵懒地坐着，整个身躯却异常庞大，将身后的太阳几乎全部挡住；那轮被女人肢体挡住的太阳呈现出黑的色调，暗淡无光。在此，我们不妨结合相关的《圣经》典故来解释这幅封面图片。

首先，封面图片上那个衣着性感、肢体半露的短发女人想必就是

---

① 这张封面不太可能是海明威本人绘制的，却应该经过海明威的挑选并得到其认可。因此，该封面图片在一定意义上能够体现小说的主题以及海明威的部分真实意图。

海明威之"渔"与男性气概

勃莱特——小说唯一的女主角。在《太阳照常升起》中,勃莱特就是一个妖艳异常、留着短发的女性:"勃莱特非常好看。她穿着一件针织紧身套衫和一条苏格兰粗呢裙子,头发朝后梳,像个男孩子。"(《太阳照常升起》:24)

其次,封面图片上短发女人的坐姿应和了《以赛亚书》中的一句话:"埃及的帮助是徒然无益的。所以我称她①为坐而不动的拉哈伯。"(《以赛亚书》:30:6—7)②《以赛亚书》中的"坐而不动的拉哈伯"无疑生动地呈现在《太阳照常升起》初版的封面上。

由此,我们基本认定《圣经》中的"拉哈伯"与《太阳照常升起》中的勃莱特之间的关系。

然而,英文《圣经》中的"Rahab"一语双关:既指妓女拉哈伯,又指"水中之龙"或"食日之龙"。上文所指的"拉哈伯"与勃莱特之关系究竟涉及"Rahab"的哪一层意思呢?

两者兼有。妓女拉哈伯只是勃莱特的表象;"食日之龙"拉哈伯才是勃莱特的本质。否则,海明威就不会借迈克之口,转述科恩的说法,将勃莱特称作希腊神话中的妖怪瑟茜(Circe)了:

"嗨,勃莱特。告诉杰克,罗伯特称呼你什么来着。你知道,妙极了。"

"啊,不行。我不能说。"

"说吧。都是自己朋友。我们都是好朋友吧,杰克?"

"我不能告诉他。太荒唐了。"

"我来说。"

"别说,迈克尔。别傻啦。"

---

① 本文的修正与强调。和合本原文为"他",但英文圣经的原文是表女性的"her"。由此可见,拉哈伯即使以"食日之龙"的形象出现,也是雌性的。这一点与《太阳照常升起》初版封面的女性暗合。

② 引自中文和合本。

第五章 "渔"行为与海明威文本世界的男性气概

"他叫她迷人精（瑟茜）①，"迈克尔说，"他硬说她会把男人变成猪。妙哉。可惜我不是个文人。"（《太阳照常升起》：158）

以上这段对话在两个人之间展开，说话人分别为：迈克尔与勃莱特。迈克尔转述犹太青年科恩的说法，将勃莱特称作"瑟茜"。

所谓"瑟茜"（Circe）指的是希腊神话中的一个女妖②，主要与奥德修斯的传奇有关。据荷马的《奥德修斯》记载，"瑟茜"让奥德修斯的船员吃下放了魔水的食物后，都变成了猪。幸好奥德修斯留守船上。知情后，在赫尔墨斯等神的指引下，奥德修斯抵制了瑟茜女妖的诱惑，将自己的手下成功救出。希腊神话中的这一故事其实讲述了女妖与男性英雄之间的对抗。瑟茜用魔水将船员变成猪的情节其实暗指女妖对男性气概的削弱及其对男性身份的剥夺；奥德修斯拯救自己的手下也就意味着男性英雄气概对女妖的征服。因此，该神话传说中其实隐藏着"男性气概之危机与男性气概之重获"这样一个母题。小说《太阳照常升起》也暗藏着这样一个结构。海明威笔下的勃莱特以"瑟茜"之名，同样威胁着男性人物之气概。

主人公巴恩斯就是首当其冲的受害者。从生理上看，巴恩斯的危机来自战争对他肢体的摧残。在这场战争中，巴恩斯就像传说中的"渔王"（Fisher King）③一样下身受伤，失去了作为男人的生理标志。生理器官的受伤沉重打击了巴恩斯的自信心，他甚至试图通过邀请妓女充当自己未婚妻的方式来表征自己的男性气概，但随着妓女乔杰特真实身份的暴露，巴恩斯的一番苦心遭到情人勃莱特的讥讽。然而，使巴恩斯最受打击的还是自己在勃莱特面前的有心无力。对此，勃莱特的反应明显是对其男性气概的摧残：

---

① 原译本中的中文是"迷人精"，无法直接译出英语原文中的 Circe（瑟茜），故在此加括号作补充说明。

② "瑟茜"的身份有多种：女妖（enchantress）、女神（goddess）、仙女（nymph）、女巫（witch）等。鉴于"瑟茜"对奥德修斯一行人的诱惑，本书更倾向于用女妖的说法。

③ 马尔科姆·考利认为：《太阳照常升起》中的那个男主人公像渔王一样受了伤。参见［美］马尔科姆·考利《海明威作品中的噩梦和宗教仪式》，载董衡巽主编《海明威研究》，中国社会科学出版社 1980 年版，第 126 页。

> "别碰我，"她说，"请你别碰我。"
> "怎么啦？"
> "我受不了。"
> "啊，勃莱特。"
> "别这样。你应该明白。我只是受不了。啊，亲爱的，请你谅解！"
> （《太阳照常升起》：29）

勃莱特虽然爱巴恩斯，却因为巴恩斯的受伤无法实现肢体上的亲近。这种无奈在勃莱特的回答中就表现为"别碰我"这样一种拒绝性的警告。这一警告虽然不一定充满恶意，却时刻提醒巴恩斯男性身份丧失的事实。对巴恩斯而言，勃莱特的拒绝无疑是对其男性气概的否定与阉割。为此，海明威描述了巴恩斯在失眠中哭泣的情形：

> 我睡不着，只顾躺着寻思，心猿意马。接着我无法控制自己，开始想起勃莱特，其他的一切念头就都消逝了。我思念着勃莱特，我的思路不再零乱，开始好像顺着柔滑的水波前进了。这时，我突然哭泣起来。过了一会儿，感到好过些，躺在床上倾听沉重的电车在门前经过，沿街驶去，然后我进入了睡乡。
> （《太阳照常升起》：35）

海明威在以上这段描述中，用哭泣解构了巴恩斯的男性气概，强调了勃莱特对巴恩斯所构成的威胁之大。而且，在随后的段落中，海明威将巴恩斯受挫的原因直接归咎为勃莱特的背叛：

> 就是这个勃莱特，为了她我真想哭。我想着最后一眼看到她在街上行走并跨进汽车的情景，当然啦，不一会儿我又感到糟心透了。在白天，我极容易就可以对什么都不动感情，但是一到夜里，那是另一码事了。（《太阳照常升起》：39）

第五章 "渔"行为与海明威文本世界的男性气概

"她在街上行走并跨进汽车"这一句指的是勃莱特离开巴恩斯的住所,跨进一个伯爵的车了。海明威对勃莱特的这段描写暗示着勃莱特在感情上的放纵与随意;"跨进汽车"的动作也暗示了勃莱特另投他人之怀抱。因此,海明威在这段文字中为我们呈现的是一个不忠的勃莱特;其背叛情人的行径暗合了《圣经》中妓女拉哈伯的背叛与不忠;当然,从勃莱特对巴恩斯造成的伤害看,勃莱特又无异于《圣经》中的"食日之龙"拉哈伯。在这只怪兽面前,巴恩斯的男性气概已被吞噬殆尽,剩下的只有其在夜晚独处时的哭泣。

我们再看犹太青年罗伯特·科恩的危机。

科恩原本就是男性气概群体中的消解分子。海明威从小说一开始就不遗余力地嘲讽科恩的男性气概:科恩虽是名校学生,却一直有着强烈的自卑感。为此,他通过打拳来彰显自己的男性气概。然而,科恩并不喜欢拳击;他学习拳击的目的纯粹是为了"抵消在普林斯顿大学被作为犹太人对待时所感到的低人一等和羞怯的心情"(《太阳照常升起》: 4)。由此可见,海明威对犹太青年科恩持鄙视态度,以至于还要将科恩用来表征男子汉身份的拳击实践消解为一种"假胸毛"一样的表面文章。接着,海明威又动用"女人的力量"来解构科恩的男子汉形象:

> 他结婚五年,生了三个孩子,父亲留给他的五万美元几乎挥霍殆尽(遗产的其余部分归他母亲所有),由于和有钱的妻子过着不幸的家庭生活,他变得冷漠无情,使人讨厌。正当他决心遗弃他妻子的时候,她却抛弃了他,跟一位袖珍人像画家出走了。
> (《太阳照常升起》: 5)

被第一任妻子抛弃之后,科恩又被一位叫弗朗西斯的女人捏在手心。弗朗西斯甚至不准科恩谈论其他女子:"科恩始终没法摆脱她的掌握。"(《太阳照常升起》: 6) 在小说一开始,海明威就用以上这些细节描述了科恩的外强中干。他使用女性对科恩的抛弃与控制的情节消解了科恩的男性气概,矮化了他的男性形象。

海明威之"渔"与男性气概

然而,真正阉割巴恩斯男性气概的人是勃莱特。在勃莱特面前,科恩言听计从;即使勃莱特厌烦了他,科恩还是如影随形。为此,海明威在小说中,以巴恩斯的视角,以一处街景生动地描述了勃莱特对科恩的掌控自如:

> 我登上一辆公共汽车,站在车后的平台上,驶向马德林教堂。从马德林教堂沿着嘉布遣会修士大街走到歌剧院,然后走向编辑部。我在一位手执跳蛙和玩具拳击手的男子身边走过。他的女伙计用一根线操纵玩具拳击手。她站着,交叉着的双手攥着线头,眼睛却盯着别处。(《太阳照常升起》:40)

海明威将以上这一片段加入小说的整体叙事显然是有特别用意的。在街头的这一幕中,"玩具拳击手"的意象不禁令人想起曾经的拳击冠军罗伯特·科恩。"女伙计用一根线操纵玩具拳击手"显然暗示着勃莱特对科恩的操控自如。"眼睛却盯着别处"则暗示勃莱特对科恩的不屑一顾。由此可见,海明威成功地使用玩偶形象向读者传达了这样一个信息:勃莱特吞噬了科恩作为男人的尊严与灵魂;科恩已沦为一个没有真正男性生命的玩偶。

小说中的其他人物也面临男性气质危机。

在这些人物中,最值得一提的有迈克尔以及罗梅罗。迈克尔是令勃莱特厌恶的未婚夫。其在小说中的形象主要表现为:一个破产者、一个酒鬼、一个一直待岗的未婚夫。所谓"破产者",指的是迈克尔在事业上的失败,失去了男性气概的一个基本表征——养家糊口的本事;所谓"酒鬼"指的是迈克尔一天到晚饮酒度日,用酒精麻醉自己的男性气概,眼睁睁地看着自己的未婚妻成为情场上的交际花;所谓"待岗的未婚夫",指的是迈克尔一直期待以"丈夫"的身份征服自己的未婚女人勃莱特,却一直遭到勃莱特的拒绝,而且勃莱特还时常在其他人面前揭他的老底,让其狼狈与难堪。在勃莱特面前,迈克尔永远是个危机中的男人。

即便斗牛勇士罗梅罗,也是"食日之龙"勃莱特的玩偶。罗梅罗之"无能"体现在其与迈克尔同样的遭遇——无法上岗的未婚夫。勃莱特看上了罗梅罗,其中的原因更多的是她爱罗梅罗健壮挺拔的躯体。以至于罗梅罗试图以"留长发""结婚"的形式征服勃莱特时,遭到了勃莱特的断然拒绝。从此意义上看,罗梅罗虽然英气十足,却依然在男性气概层面上遭到勃莱特的打击与阉割。我们在小说中甚至能感受到这样一种无奈:罗梅罗可以挥洒自如地征服任何一头雄壮的公牛,却无法驯服勃莱特这样一只咄咄逼人的"食日之龙"。

至此,我们已经一一领略过《太阳照常升起》中的主要男性人物以及他们所面临的男性气质危机。这些身处危机的男性正如被海怪拉哈伯缠绕的太阳一样,遭受着"阴性力量"的摧残,久久无法升起。这也是海明威在小说尾部让勃莱特频频称自己为"坏女人"(《太阳照常升起》:202)的原因所在吧。

由此,我们得出以下结论:将男性变成猪的"瑟茜"与吞噬太阳的海怪拉哈伯其实是异名同质的。它们一起将神话的意蕴投向《太阳照常升起》的女主人公勃莱特。因此,作为男性气质危机的始作俑者,勃莱特不仅是"瑟茜"一样的女妖,更是一只吞噬男性气概的"食日之龙"拉哈伯、一只承载着西方文化记忆的大鱼怪。

二 渔夫使徒巴恩斯

(一)名字中的渔夫身份

如果说勃莱特是拉哈伯、利维坦那样的大鱼,巴恩斯则是肩负"驯龙"使命的渔夫使徒。

为此,我们不妨先看巴恩斯的名字起源。正如《老人与海》中的圣蒂雅各的名字一样,海明威对巴恩斯的命名也不是随意的。在巴恩斯的名字背后隐藏着又一座冰山的角。

《太阳照常升起》的文本提醒我们:巴恩斯的全名是杰克·巴恩斯(Jake Barnes)或雅各布·巴恩斯(Jacob Barnes)[①]。在此,我们

[①] 在小说《太阳照常升起》中,巴恩斯的名字有两种叫法。男性朋友多用"杰克"称呼他;其自我介绍或勃莱特叫他时多用"雅各布"。

不妨借鉴 H. R. 史东贝克（H. R. Stoneback）关于西班牙名字圣蒂雅各（Santiago）的研究成果，系统分析巴恩斯名字背后的玄机。

在《朝圣的几种变形：海明威的神圣风景》（*Pilgrimage Variations: Hemingway's Sacred Landscapes*）一文①中，H. R. 史东贝克披露了这样一个历史细节："1954 年，海明威写信给罗伯特·布朗神父：'你了解圣蒂雅各；你也知道这个名字不是随便取的。'"② 史东贝克认为：海明威的这句话内涵丰富。首先，"你了解圣蒂雅各"传达的信息是：作为一个神父，布朗神父对圣蒂雅各这样一个宗教名的了解一定要超过一般人；"你也知道这个名字不是随便取的"则传达了这样的信息：一般的读者肯定不知道圣蒂雅各（Santiago）即圣·詹姆斯（Saint James），也就是圣·雅各（Saint Jacques）的典故。我就是仿圣·詹姆斯的名，将老渔人取名为圣蒂雅各的。更具体地说，老渔人的名字不仅是圣·詹姆斯的化身，还与圣蒂雅各大教堂（Compostela）有关。③ 因此，圣蒂雅各的名字就让人联想起渔夫圣·詹姆斯④以及圣·詹姆斯的使徒身份。

此外，维基百科英文版也对"圣蒂雅各"作了这样的解释："Santiago，也称为 San Tiago, Santyago, Sant-Yago, San Thiago，是一个西班牙词，源于希伯来文名字雅各 Jacob，最初此名指的是大圣人圣·詹姆斯（Saint James the Great）。"⑤

由此可见，雅各布·巴恩斯并非等闲之辈。

巴恩斯的名"雅各布"暗示了其"渔夫"身份。因此，巴恩斯前往潘普洛纳（Pamplona）之目的与其说是看斗牛，不如说是对"渔夫之神"圣蒂雅各的朝拜。为此，海明威还特意在小说中安排了这样

---

① H. R. Stoneback, "Pilgrimage Variations: Hemingway's Sacred Landscapes", *Religion & Literature*, Vol. 35, No. 2/3, 2003, pp. 49–65.
② 海明威与神父的这段对话摘自两人的书信集。该书信集尚未出版。参见 H. R. Stoneback, "Pilgrimage Variations: Hemingway's Sacred Landscapes", *Religion & Literature*, Vol. 35, No. 2/3, 2003, p. 53.
③ 此部分内容综述了史东贝克的主要观点。参见同上。
④ 在中文《圣经》的翻译中，James 一般译为雅各，故有《雅各书》。
⑤ "Santiago", available at http://en.wikipedia.org/santiago, December 1, 2017.

第五章 "渔"行为与海明威文本世界的男性气概

一段关于巴恩斯祈祷的文字:

> 我看见那座大教堂就在街道尽头,就向它走去。我第一次看见这大教堂时,觉得它的外表很不顺眼,可是现在我却很喜欢它。我走进大教堂。里面阴沉而幽暗,几根柱子高高耸起,有人在做祷告,堂里散发着香火味,有几扇精彩的大花玻璃窗。我跪下开始祈祷,为我能想起来的所有人祈祷,为勃莱特、迈克、比尔、罗伯特·科恩和我自己,为所有的斗牛士,对我爱慕的斗牛士单独——为之祈祷,其余的就一股脑儿地放在一起,然后为自己又祈祷了一遍,但在我为自己祈祷的时候,我发觉自己昏昏欲睡,所以我就祈求这几场斗牛会是很精彩的,这次节期很出色,保佑我们能钓几次鱼。(《太阳照常升起》:105—106)

巴恩斯初见大教堂的感觉值得我们仔细揣摩:从"很不顺眼"到"很喜欢",海明威都未说明其中原因,让人觉得这种感情的发生与转变似乎是一种本能,一种与生俱来的情感。所谓"与生俱来",也意味着这种情感的先天获得。因此,我们可以得出这样一个推测:海明威对巴恩斯这一情感变化的描述其实反映了他对这个人物的特殊寄托——文字深层结构中的巴恩斯不是凡人。

H. R. 史东贝克的研究也有助于我们更好地理解以上这段引文。史东贝克认为:巴恩斯所祈祷的教堂就是潘普洛纳大教堂(Cathedral Pamplona);该教堂就位于前往圣蒂雅各朝圣大道(Pilgrimage Road of Santiago)的途中。因此,其认为《太阳照常升起》所讲述的故事其实是巴恩斯的朝圣之旅。

本书拟在史东贝克观点的基础上提出自己的观点:既然巴恩斯的西班牙之行是朝圣之旅,圣蒂雅各自然是其膜拜的对象。从圣蒂雅各渔夫使徒的身份看,巴恩斯的朝圣对象自然是"渔夫"之神。当然,这种"渔夫"之神又可能令人想起"得人渔夫"(Fisher of Men)耶稣基督或上帝耶和华。然而,海明威并不是一个虔诚的教徒。因此,巴恩斯在潘普洛纳大教堂的祈祷不单纯意味着其对圣蒂雅各的宗教崇

海明威之"渔"与男性气概

拜，也可能是其出于宗教文化的影响，将渔夫、使徒、圣蒂雅各的形象与上帝驯服大鱼的形象相结合，寄托自己降伏"大鱼"拉哈伯的梦想。因此，在以上的小说引文中，我们发现巴恩斯的祈祷中还包括这样一行字："保佑我们能钓几次鱼。"对于惜字如金的海明威而言，这一行文字不太可能是一种随意的文字表达。由此可见，巴恩斯名字的背后确实隐藏着海明威对其渔夫身份的暗示。而且，《圣经》文化中的渔夫又往往与大鱼相连。将巴恩斯视为一个肩负"驯龙"使命的渔夫，也是顺理成章的事。

（二）"神圣"的钓鱼之旅

既然是"渔夫"，就要有相应的"渔"行为。为此，从小说第八章开始到第十二章，海明威抛开其他话题，专心描述"神圣"的钓鱼之旅。

1. 钓鱼人选

钓鱼之旅之"神圣"首先体现在钓鱼人选上。为维护"渔"行为的神圣性，海明威在钓鱼人选方面，费尽心思：他以不同的理由将不适合钓鱼之旅的人全部清除出局。

勃莱特就是首当其冲的一个。当迈克问巴恩斯要用什么钓鱼用具时，勃莱特就主动提出退出："我不想钓鱼"（《太阳照常升起》：91）。勃莱特回答十分简单，却只是文字的表面。海明威用勃莱特的"我不想钓鱼"，表达了"渔"行为的性属特点：在海明威的意识中，"渔"行为是具有男性文化内涵的行为，女人必定要出局[①]。而且，勃莱特对男性气概的倾轧明显暗合了神话中的"食日之龙"拉哈伯。作为一种混沌水怪的化身，勃莱特本身就是"渔"行为之对象。因此，勃莱特的出局是意料之中的事。

迈克尔是第二个出局的。尽管迈克尔说自己无法前行是因为勃莱

[①] ［美］肯尼思·S. 林恩在《海明威》一书中曾提及这样一处细节：当年海明威夫妇曾与友人去布尔戈特钓过鱼。哈德莉在这次钓鱼之旅中钓到了六条鱼。但在《太阳照常升起》的小说文本中，这六条鱼的功劳就归到了巴恩斯的名下。由此可见，在海明威眼里，"渔"行为是典型的男性行为，女人必须走开。参见［美］肯尼思·S. 林恩《海明威》，任晓晋等译，中央编译出版社1997年版，第359—360页。

第五章 "渔"行为与海明威文本世界的男性气概

特需要陪伴，我们还是很容易看出海明威将其排除的原因所在：迈克尔是一个失去男性气概的人物。酒精麻醉了他作为男人的勇气与神经。作为一个破产者，迈克尔无法胜任男性养家糊口的传统角色；作为一个老兵，迈克尔还曾试图用假勋章彰显自己的英雄气概，混进一个所谓的皇家宴会，结果出尽洋相、落荒而逃。迈克尔在经济上的无能，在人格上的虚伪与无德让勃莱特鄙夷不屑。迈克尔也早已在勃莱特的冷嘲热讽中变得麻木不仁。可以说，迈克尔无异于行尸走肉，更无须提他的男性气概了。对待迈克尔这样一个空有一副男人皮囊的人，海明威自然会将其抛弃。

第三个出局的人就是科恩。这也是预料之中的事，因为科恩本就不是一个男子汉。海明威之所以缓些时候驱逐这个假男人，是因为他与巴恩斯之间还曾有一个"钓鱼之约"：

> 听说弗朗西斯已去英国，我收到科恩一封短简，说要到乡下去住两周，具体去向尚未决定，不过他要我遵守去年冬天我们谈过的计划：到西班牙去作一次钓鱼旅行。他写道，我可以随时通过他的银行经纪人和他取得联系。(《太阳照常升起》：76)

由此看来，科恩还真有意参加，况且他在巴荣纳还催问巴恩斯："你把我的钓线带来了没有，杰克？"(《太阳照常升起》：98)

然而，科恩就是这样一个伪君子。正如他对拳击的态度一样，"渔"行为也并非其真实爱好，而只是在公共场合标榜自己是男人的一种手段。其希望与巴恩斯同游的真正目的还在于他对勃莱特的依赖。因此，在后来的行程中，科恩就表现出心不在焉的样子：在从法国进入西班牙的路上，科恩打起了瞌睡，巴恩斯与比尔却感到十分愉悦；而且，自从巴恩斯与科恩在巴荣纳会合以来，科恩就一直"心神不定"(《太阳照常升起》：103)。原来他一心牵挂着勃莱特。最终，在心灵的煎熬中，科恩告知巴恩斯自己要放弃这次钓鱼之旅，原因是"我担心发生了差错"(《太阳照常升起》：109)。科恩所谓的"我担心发生了差错"，无非是要等待勃莱特的到来，继续争取机会博得她的欢心。他的这种想法是可悲的。勃莱特对他的多次拒绝早已将他的男性气概阉割殆尽；他却依旧毫无廉耻地如影随形。即便在小说人物巴恩斯及比尔的眼里，失去男性气概的科恩也早已失去钓鱼之旅的资格：

"至于这个罗伯特科恩嘛，"比尔说，"他叫我恶心。让他见鬼去吧，他留在这里我打心眼里高兴，这样我们可以不用跟他一起钓鱼了。"

"你说得真对。"（《太阳照常升起》：112）

由此可见，科恩失约"渔"行为也是意料之中的事。将"渔"行为视为男性气概之神圣表征的海明威当然不会让科恩滥竽充数；最后一个排除科恩，更体现科恩的虚伪以及海明威对这个伪君子的鄙视与憎恶。

2. 钓鱼之路

此次钓鱼之旅的神圣也体现在钓鱼之路的"漫长艰苦"以及"一直向上"两个特点上。

首先，看钓鱼之路的"漫长艰苦"。小说并没有给出具体的天数，但我们从以下的行程信息中可以获知：全程耗费了三天半；而且，其中的三天时间里主人公都是以车代步的。

第一天行程：

（1）我和比尔乘早车离开道赛车站。（《太阳照常升起》：93）
（2）等到四点一刻，我们才吃上午饭。（《太阳照常升起》：96）
（3）我们观看日落。（《太阳照常升起》：97）
（4）天黑下来了……九点左右，我们开进巴荣纳。（《太阳照常升起》：97）
（5）马车在旅馆门前停下，我们全都下车走进旅馆……我们每人弄到了一个舒适的小房间。（《太阳照常升起》：98）（巴恩斯在旅馆过夜，暗示着第一天行程的结束。）

第五章 "渔"行为与海明威文本世界的男性气概

第二天行程:

（1）早晨，天气晴朗，人们在城里街道上洒水，我们三人在一家咖啡馆里吃早饭。（《太阳照常升起》：99）

（2）他堆好旅行包，我们随即出发顺大街出城。（《太阳照常升起》：100）

（3）蒙托亚看见我们很高兴……然后我们洗脸洗澡，收拾干净了下楼到餐厅吃午饭。（《太阳照常升起》：103）

（4）那晚吃晚饭时，我们发觉罗伯特·科恩已经洗过澡……（《太阳照常升起》：106）（晚饭意味着第二天即将过去。）

第三天行程:

（1）第二天早晨，我买了三张到布尔戈特去的公共汽车票。（《太阳照常升起》：108）

（2）午饭后，当我们背着旅行包和钓竿袋出来动身到布尔戈特去的时候，广场上热得烤人。（《太阳照常升起》：113）

（3）半夜里我醒过来一次，听见刮风的声音。（《太阳照常升起》：121）（海明威用"半夜"提醒我们第三天已经过去。）

第四天行程:

（1）早晨我一醒过来就走到窗前往外探望。（《太阳照常升起》：122）

（2）我们把中午吃的冷餐和两瓶酒塞进帆布背包，比尔背上了。（《太阳照常升起》：127）（第四天的一半即将过去）

紧接着，海明威利用对话和旁白式的评价，连续三次感叹旅程之艰苦：

(1)"这次旅行真是一次艰苦的跋涉。"(《太阳照常升起》:128)

(2)"路太远了……"(《太阳照常升起》:128)

(3)这是一段很长的路程……已经疲惫不堪了。(《太阳照常升起》:129)

值得注意的是:钓鱼之路不仅对巴恩斯、比尔而言,漫长而艰苦,对《太阳照常升起》的读者而言,阅读这段描写钓鱼之路的文字也是一个"漫长而艰苦"的过程。

为此,本书针对小说的英文原版做了一次字数统计。结果发现:从开始涉及"钓鱼"话题的第八章开始,到钓鱼之旅结束的第十二章,海明威总计使用了18496左右个英文单词。其中,用来描写巴恩斯从法国道赛车站出发到钓鱼之地的文字则多达11310个单词,所占篇幅比例高达61%。[1] 这就意味着一心期盼着阅读钓鱼细节的读者必须读完这61%的篇幅,才能看到伊拉蒂河畔的钓鱼情景。[2] 对于海明威的读者而言,这也是一次艰苦的文字跋涉。这一阅读感受似乎更明显地提醒我们注意巴恩斯钓鱼之路的漫长与艰苦。

其次,钓鱼之路呈现"一直向上"的特点。

巴恩斯、比尔先从法国道赛车站乘火车到巴荣纳。在巴荣纳与科恩会合后,雇汽车前往潘普洛纳。在前往潘普洛纳的路上,海明威开始着力描写钓鱼之路的"向上"特点:

(1)我们经过几处景色优美的花园,回头久久注视市区,然后驶上青葱而起伏不平的原野,公路始终向上爬行。(《太阳照常升起》:100)

---

[1] 计算方法如下:用电脑分别算出第八章到第十二章的总字数以及该部分描述钓鱼途中经历的文字的字数。篇幅比例数值为四舍五入的结果。

[2] 真正描写两人"渔"行为场面的内容则只有2504个单词,所占比例仅为14%左右。由此可见,海明威对巴恩斯之"渔"的描述更注重"钓鱼之路"的漫长与艰辛。

（2）接着公路拐了个弯，开始向山上攀登。
（《太阳照常升起》：101—102）

（3）我们全都上了车，驶上尘土飞扬的白色大道，开进西班牙。一开始，景色几乎依然如故；后来，公路绕着小山包盘旋而上，我们不停地向山上爬行，穿过丛山间的隘口，这才到了真正的西班牙。（《太阳照常升起》：102）

（4）下面是大草原和几条清澈的溪流，我们越过一条小溪，穿过一个幽暗的小村庄，又开始爬山。（《太阳照常升起》：102）

在后来的行程中，海明威依然不厌其烦地强调"向上"的概念。例如：

（1）然后我们又上路，驶出小镇，公路开始向山上攀登。
（《太阳照常升起》：115）

（2）汽车沿公路不断地向上爬。（《太阳照常升起》：117）

（3）随着汽车沿公路缓缓攀登，我们看到另一些山峦出现在南边。（《太阳照常升起》：118）

即便到了布尔戈特，海明威依然努力突出钓鱼之路的向上性。其中，有一点特别值得注意：从钓鱼之旅的第四天开始，海明威不再让巴恩斯及比尔乘坐任何交通工具，而是让他们用最原始的徒步方式完成余下的"钓鱼之路"：

大路爬上一座山，我们进入密林，路还是一个劲儿往上爬。有时地势下落，接着又陡然升起。我们一直听到树林里牛群的铃铛声。大路终于在山顶穿出树林。我们到了当地的最高点，就是我们从布尔戈特望到过的树木繁茂的群山的顶峰。

（《太阳照常升起》：128）

即使徒步，"钓鱼之路"依然一直向上，直到"当地的最高点"，巴恩斯才真正靠近钓鱼圣地伊拉蒂河。"当地的最高点"提醒我们：那是陆地离天最近的地方。这不禁令人联想起《马太福音》中的"登山宝训"（Sermon on the Mount）。所谓"登山宝训"，指的是耶稣基督在山上给予使徒的训诫。耶稣训诫使徒的这座山位于加利利海西岸（the west of the Sea of Galilee）。巴恩斯所登的山也正好处于滨海位置。① 因此，我们有理由将巴恩斯登上"当地的最高点"这一情节联想为使徒登山接受耶稣训诫的神话移位。"登山宝训"的内容是这样的：

> 虚心的人有福了，因为天国是他们的。
> 哀恸的人有福了，因为他们必得安慰。
> 温柔的人有福了，因为他们必承受地土。
> 饥渴慕义的人有福了，因为他们必得饱足。
> 怜恤人的人有福了，因为他们必蒙怜恤。
> 清心的人有福了，因为他们必得见神。
> 使人和睦的人有福了，因为他们必称为神的儿女。
> 为义受逼迫的人有福了，因为天国是他们的。
>
> 人若因我辱骂你们，逼迫你们，捏造各样坏话毁谤你们，你们就有福了。
>
> 应当欢喜快乐，因为你们在天上的赏赐是大的。在你们以前的先知，人也是这样逼迫他们。（《马太福音》5：3—12）

"登山宝训"的内容其实可以总结为这样一句话：好人得福；尤其是困境中的好人会得福。对于困境中的好人而言，"登山宝训"无疑是上帝的赐福；好人从赐福中得以拯救。巴恩斯就是这样一个困境

---

① 小说曾提及该山脉临近大海。小说描述巴恩斯等人乘车前往潘普洛纳时，有这么一段叙述："接着公路拐了个弯，开始向山上攀登，我们紧靠山坡行进，下面是河谷，几座小山往后向海边伸展。这里望不到海。离海太远了。只能看见重重叠叠的山峦，但是能够估摸出大海的方向。"（《太阳照常升起》：100—101）由此可见，潘普洛纳在靠海的地方。因此，位于潘普洛纳地区的布尔戈特也在滨海地区。

第五章 "渔"行为与海明威文本世界的男性气概

中的好人。

海明威通过比尔的话说出了巴恩斯的困境：

"你是一名流亡者。你已经和土地失去了联系。你变得矫揉造作。冒牌的欧洲道德观念把你毁了。你嗜酒如命。你头脑里摆脱不了性的问题。你不务实事，整天消磨在高谈阔论之中。你是一名流亡者，明白吗？你在各家咖啡馆来回转悠。"

（《太阳照常升起》：125）

比尔的这段话从侧面暗示了这样一条信息：作为一个危机中的流亡者，巴恩斯需要精神上的拯救，因此他更需要朝圣①。同时，海明威又通过比尔的话肯定了巴恩斯的"好人"特点：

"我认为亨利也是位出色的作家，"比尔说，"你呢，是个大好人。有人当面说过你是好人吗？"

"我不是好人。"

"听着。你是个大好人，我喜欢你，胜过世界上任何一个人……"（《太阳照常升起》：126）

由此可见，巴恩斯在钓鱼之路上一直向上的跋涉过程就像一个使徒登山聆听耶稣的训诫，接受上帝的赐福，寻求精神救赎一样。从这层意义上看，巴恩斯的钓鱼之路更像是一条朝圣之路：漫长、艰苦、一直向上，直到离天最近的神圣之地。

3. 钓鱼之地

巴恩斯钓鱼之旅的"神圣"还体现于钓鱼之地的"圣容显现"

---

① "朝圣者"（pilgrim）一词源于拉丁文"peregrinus"，其原义就是流亡异乡的人。这一点正好暗合了巴恩斯的身份——"一名流亡者"。参见张德明《朝圣：英国旅行文学的精神内核》，《浙江大学学报》（人文社会科学版）2010年第4期，第76页。

（Transfiguration）以及"圣灵神迹"（Miracle）。

首先，"圣容显现"指的是"基督以光芒四射的荣耀出现在三个门徒面前"①。对此，《马太福音》是这样描述②的：

17：1 过了六天，耶稣带着彼得，雅各，和雅各的兄弟约翰，暗暗地上了高山。

17：2 就在他们面前变了形象。脸面明亮如日头，衣裳洁白如光。

（《马太福音》17：1—3）③

这段话所对应的英语《圣经》原文④是：

17：1 And after six days Jesus taketh Peter, James, and John his brother, and bringeth them up into an high mountain apart,

17：2 And was transfigured before them: and his face did shine as the sun, and his raiment was white as the light.

以上经文为本章读解《太阳照常升起》中的"圣容显现"提供了三条重要信息：（1）核心人物是耶稣（Jesus）；（2）见证"圣容显现"的三个门徒中，有一个是雅各（James）；（3）该福音书用"日头"（sun）以及"白"（white）两个元素来形容使徒所见的圣容。

其次，《马可福音》也描述了"圣容显现"：

9：2 过了六天，耶稣带着彼得，雅各，约翰，暗暗的上了高

---

① 参见《新牛津英汉双解大词典》关于"Transfiguration"的词条释义，转引自金山词霸2009版。

② 关于"圣容显现"的内容也出现在《马可福音》9：2—3中，内容与《马太福音》相似。

③ 粗化斜体字表示强调。下同。以下引文有"粗化斜体字"出现则表同样目的。不再另外说明。

④ 参见网址 http://www.edzx.com/zxdj/kjv.htm, 2018年7月6日。

第五章 "渔"行为与海明威文本世界的男性气概

山,就在他们面前变了形象。

9:3 衣服放光,极其洁白。地上漂布的,没有一个能漂得那样白。

其对应的英语《圣经》原文①是:

9:2 And after six days Jesus taketh with him Peter, and James, and John, and leadeth them up into an high mountain apart by themselves: and he was transfigured before them.

9:3 And his raiment became shining, exceeding white as snow; so as no fuller on earth can white them.

《马可福音》第九章中的描述与《马太福音》十分相似②:除了提及耶稣(Jesus)外,还提及门徒雅各(James),而且用"放光"(shining)形容当时的太阳(sun)当空,还连用两个"白"(white)突出圣容之圣洁。

由此可见,不论是《马太福音》的作者,还是《马可福音》的作者,他们在描述"圣容显现"时,都共同呈现了以下四个元素:(1)雅各(James),(2)耶稣(Jesus),(3)太阳(sun),(4)白(white)。

在《太阳照常升起》中,海明威也动用了这四大元素,在钓鱼之地安排了一段类似的"圣容显现":

坝脚下,白沫四溅的河水非常深。当我挂鱼饵的时候,一条鳟鱼从白沫四溅的河水里一跃而起,窜进瀑布里,随即被冲了下去。我还没有来得及挂好鱼饵,又有一条鳟鱼向瀑布窜去,在空中画出一条同样美丽的弧线,消失在轰隆隆地奔泻而下的水流中。我装上一个大铅坠子,把钓丝投入紧靠水坝木闸边泛着白沫

---

① 参见网址 http://www.edzx.com/zxdj/kjv.htm,2018年7月6日。
② 《路加福音》9:28—36 也有类似说法,此处不再做分析。

的河水中。(《太阳照常升起》:130)

这段文字所对应的英文原文如下:

In the white water at the foot of the dam it was deep. As I baited up, a trout shot up out of the white water into the falls and was carried down. Before I could finish baiting, another trout jumped at the falls, making the same lovely arc and disappearing into the water that was thundering down. I put on a good-sized sinker and dropped into the white water close to the edge of the timbers of the dam.①

以上这段文字暗合了《圣经》对"圣容显现"的描述。

原因如下:首先,这段文字中的"我"指巴恩斯;而巴恩斯的名就是雅各(James)②。其次,文中出现了"鱼"(fish)。这是象征耶稣(Jesus)的传统基督教符号。③ 再次,根据小说对时间的叙述,巴恩斯看到鳟鱼跃起的时间应该在正午阳光最强烈的时候④,因此以上这段小说引文也包含了太阳(sun)。最后,在80个单词组成的小说原文里,海明威连用了三次"white"(白色);这说明海明威对"白"(white)的刻意强调。由此可见,海明威在以上段落中,确有重现"圣容显现"之意。

我们看钓鱼之地的"圣灵神迹"(Miracle)。所谓"圣灵神迹",指的是:由于神的介入,出现了意想不到的事情(an unexpected event

---

① 以上英文引文出自 Ernest Hemingway, *Hemingway on Fishing*, ed., Nick Lyons, New York: Scribner, 2004, p. 65。
② 本章已在前文解释过雅各与巴恩斯姓名的关系。
③ 在希腊文中,"鱼"写成"Ichthys",意即"耶稣—基督—圣子—拯救者"(Jesus-Christ-Of God-Son-Savior)。因此,早期基督教一般将"鱼"(Fish)视为耶稣的象征,影响至今。例如,在今天的美国,人们在私人小汽车的背部还经常看到车主用来标榜自己基督徒身份的"耶稣鱼"(Jesus Fish)。
④ 从"这时中午刚过,树荫的面积不大……"一句(《太阳照常升起》:131)可以判定巴恩斯钓鱼时正好是中午时分。

第五章 "渔"行为与海明威文本世界的男性气概

attributed to divine intervention)①。

在《太阳照常升起》中,海明威也安排了这样一段"圣灵神迹":

> 我不知道第一条鳟鱼是怎么上钩的。当我正要动手收钓丝的时候,才感到已经钓住一条了,我把鱼从瀑布脚下翻腾的水里拉出来,它挣扎着,几乎把钓竿折成两半,我把它呼地提起来放在水坝上。这是一条很好的鳟鱼,我把它的头往木头上撞,它抖动几下就僵直了,然后我把它放进猎物袋。当我钓到这条的时候,好几条鳟鱼冲着瀑布跳去。我装上鱼饵,把钓丝又抛到水里,马上又钓到一条,我用同样的方法把它拉上来。一会儿我就钓到了六条。
>
> (《太阳照常升起》:130)

以上这段文字描述的是巴恩斯与比尔到达钓鱼之地,准备开始钓鱼时的场景。这一场景紧随前面所分析的"圣容显现"。

我们有必要注意这样几处细节:(1)我不知道第一条鳟鱼是怎么上钩的;(2)我装上鱼饵,把钓丝又抛到水里,马上又钓到一条。这些细节留给我们这样一个问题:巴恩斯之渔为何如此容易?

答案似乎很简单:钓鱼之地伊拉蒂河的生态好、鱼多。这固然是一种解释,但这一解释忽略了海明威深藏在这些细节底下的文化"冰山"。为此,我们不妨先看《圣经》所记录的"圣灵神迹"。

《路加福音》第五章中有这么一段话:

> 5:5 西门说,夫子,我们整夜劳力,并没有打着什么。但依从你的话,我就下网。
>
> 5:6 他们下了网,就圈住许多鱼,网险些裂开。
>
> (《路加福音》5:5—6)

---

① "Miracle", available at http://en.wikipedia.org/wiki/Miracle, June 16, 2018.

以上经文描述了耶稣的一大"神迹":"神奇的一网鱼"(miraculous draught of fishes)。其核心内容是渔夫在耶稣的帮助下,轻而易举地捕到了许多鱼,进而跟从了耶稣。这段经文强调了渔夫捕鱼所借助的耶稣神力以及耶稣对渔夫"整夜劳力",却毫无收获的拯救。以此为背景,我们就不难解释巴恩斯的困惑——"我不知道第一条鳟鱼是怎么上钩的"。

(三)仪式之"渔"

以上关于"渔夫身份"以及"神圣钓鱼之旅"的分析提醒我们:巴恩斯之"渔"绝非世俗意义上的户外娱乐活动。为此,海明威在行文过程中不断强调、暗示了巴恩斯之"渔"与世俗化"渔"行为之间的区别。

例如,在前往巴荣纳的火车上,巴恩斯与比尔遇上了美国老乡。美国老乡中的男主人问:

"你们俩都去比亚里茨?"
"不。我们到西班牙去钓鱼。"
"哦,我自己向来不喜欢这个。可在我的家乡有很多人爱好。我们蒙大拿州有几个蛮好的钓鱼场所。我同孩子们去过,但是从来不感兴趣。"
"你那几回出去,可也没少钓鱼啊。"他妻子说。
(《太阳照常升起》: 95)

对于这个美国同胞而言,"渔"行为只是一种爱好;对于比尔而言,"渔"行为不仅是一种爱好;对于蒙大拿老乡的妻子而言,"渔"行为等同于"鱼"数量的多少。对此,海明威没有安排巴恩斯做任何回应。巴恩斯的"被"沉默暗示了海明威对巴恩斯之"渔"的独特看法。又如,跨过西班牙国境线时,巴恩斯问及西班牙哨兵的钓鱼经历:哨兵说"没有",原因是"他不感兴趣。"(《太阳照常升起》:101)与火车上的情形十分相似,海明威依然没有安排巴恩斯对被询

第五章　"渔"行为与海明威文本世界的男性气概

问者做任何回应。巴恩斯再次"被"沉默。

海明威在相距不大的文字篇幅中，连续两次安排类似的情节，让巴恩斯询问他人关于"渔"行为的看法。询问的结果也很相似：对方都说"没有"，并将"没有"的原因归结为"没兴趣"；而后的结果又都是巴恩斯"被"沉默。这一现象提醒我们：巴恩斯对"渔"行为之理解与他人不同。

此外，海明威还以比尔为例，反衬巴恩斯之"渔"的独特性：

比尔把背包靠在一根树干上，我们接上一节节钓竿，装上卷轴，绑上引线，准备钓鱼。

"你说这条河里肯定有鳟鱼？"比尔问。
"多得很哩。"
"我要用假蝇钩钓。你有没有麦金蒂蝇钩？"
"盒子里有几个。"
"你用蚯蚓钓？"
"对。我就在水坝这儿钓。"
"那我就把蝇钩盒拿走了。"他系上一只蝇钩，"我到哪儿去好？上边还是下边？"
"下边最好。不过上边的鱼也很多。"
比尔顺着河边向下边走去。(《太阳照常升起》：129)

以上这段对话同时也说出了巴恩斯之"渔"与比尔之"渔"的不同：比尔用假饵钓鱼，巴恩斯则坚持用蚯蚓做饵；"假饵"意味着比尔之"渔"的工业化色彩；"蚯蚓"则意味着巴恩斯之"渔"的原始与传统。由此可见，比尔之"渔"更像世俗意义上的户外娱乐活动；巴恩斯之"渔"则因此不同于世俗之"渔"。

那么，巴恩斯之"渔"的独特之处在哪？

本章认为海明威笔下的巴恩斯之"渔"的独特在于其充满了"仪式"的味道。

所谓"仪式"，指的是"用于特定场合的一套规定好了的正式行为，它们虽然没有放弃技术惯例，但却是对神秘的（或非经验的）存在或力量的信仰，这些存在或力量被看作所有结果的第一位的和终极的原因"①。

对于巴恩斯之"渔"而言，"特定场合"就是其钓鱼之旅的"朝圣"特点；"规定好了的正式行为"则是巴恩斯按部就班的一套钓鱼程序：挖鱼饵——挂鱼饵——装铅坠子——投入钓丝——收钓丝——把鱼拉上来。而且，小说还特别详细地描述了巴恩斯收拾渔获的程序：

> 天很热，因此我把鱼肚子一一剖开，掏出内脏，撕掉鱼鳃，把这些东西扔到河对岸。我把鱼拿到河边，在水坝内侧平静而停滞的冷水里洗净，然后采集一些羊齿植物，将鱼全放进猎物袋：铺一层羊齿植物，放上三条鳟鱼，然后又铺上一层羊齿植物，再放上三条鳟鱼，最后盖上一层羊齿植物。裹在羊齿植物里的鳟鱼看来很美，这样，袋子鼓起来了，我把它放在树荫下。
>
> （《太阳照常升起》：130—131）

至于"神秘"，我们从前文对"钓鱼之旅"之神圣内涵的分析可见一斑。而且，若从"圣灵神迹"的角度看，巴恩斯的渔获也可视为圣灵所赐。因此，他要像对待圣物一样收拾渔获："铺一层……放上三条……然后又铺上一层……再放上三条……最后盖上一层……"海明威以精确的数字与慢节奏，将巴恩斯收拾渔获的动作描述成一场小心翼翼、一丝不苟的神秘仪式。

那么，什么才是巴恩斯之"渔"所追求的"信仰"呢？

巴恩斯之"渔"所追求的"信仰"就是"拯救"。

"拯救"意味着被拯救者需要身处困境。海明威为巴恩斯设定的最大困境莫过于"下身受伤"。就像受伤的"渔王"需要"圣杯"的

---

① 引用了人类学家维克多·特纳（Victor Turner）的观点。引文系彭兆荣的译文，转引自彭兆荣《人类学仪式的理论与实践》，民族出版社2007年版，第15页。

第五章 "渔"行为与海明威文本世界的男性气概

拯救一样,巴恩斯也需要"圣灵"来拯救。为此,我们依然得回到"圣灵神迹"的话题。

除了前文提及的"神奇的一网鱼"外,《圣经》还提及这样一个"圣灵神迹":"治好枯手男人"(the healing of the man with a withered hand)①。对此,《路加福音》第六章是这样描述的:

> 6:6 又有一个安息日,耶稣进了会堂教训人。在那里有一个人右手枯干了。
>
> 6:7 文士和法利赛人窥探耶稣,在安息日治病不治病。要得把柄去告他。
>
> 6:8 耶稣却知道他们的意念。就对那枯干一只手的人说,起来,站在当中。那人就起来站着。
>
> 6:9 耶稣对他们说,我问你们,在安息日行善行恶,救命害命,哪样是可以的呢?
>
> 6:10 他就周围看着他们众人,对那人说,伸出手来。他把手一伸,手就复了原。(《路加福音》6:6—10)

"枯手"可以视为一部分萎缩"无能"的机体。因此,"枯手男人"也可以解释为一部分肌体"无能"的男人。巴恩斯的伤虽然在下身,却也是像"手"一样的肌体的一部分。而且,海明威在小说中常常使用一些别的事物来象征巴恩斯的下身之伤。其中最典型的一个例子便是小说结尾的一段:

> 前面,有个穿着卡其制服的骑警在指挥交通。他举起警棍。车子突然慢下来,使勃莱特紧偎在我身上。(《太阳照常升起》:270)

在以上这段文字中,海明威显然使用了"警棍"暗喻男性生殖

---

① 该典故在《马太福音》《马可福音》以及《路加福音》中均有相似的记载。此处以《路加福音》的经文为例。

器。① 既然如此，我们就无法排除海明威将"受伤的下身"联想成"枯手"的可能性。而且，在描述巴恩斯之"渔"的过程中，海明威还提及巴恩斯读的一本小说。该小说讲"有个男人在阿尔卑斯山中冻僵了，掉进一条冰川里，就此失踪了，他的新娘为了看到他的尸体在冰川堆石里显露出来，打算等上整整二十四年，在此期间，那个真心爱她的情人也等待着"（《太阳照常升起》：131）。

我们不妨用一个短语来形容这个小说故事的男主角——"一个冻僵的男人"（a frozen man）。"冻僵"（frozen）与"萎缩"（withered）的相似也更有力地支持了本章的观点：巴恩斯就是《太阳照常升起》中那个"冻僵的男人"、一个"枯手男人"。因此，巴恩斯寻求耶稣的"拯救"也成为情理之中的事。如果说《路加福音》中的"枯手男人"从耶稣那里得到的拯救是"枯手逢春"的话，海明威试图让巴恩斯从耶稣那里获得的"拯救"显然也是"枯木逢春"类的幸福——重获男性特征。然而，以现实为题材的小说文本中很难出现神幻奇迹，因此海明威无法像《圣经》作者们那样随心所欲地制造出"枯手逢春"那样的肢体康复奇迹；他只能将巴恩斯所获得的"拯救"描述成一种精神上的复苏，一种男性气概的重生。

男性气概的重生使巴恩斯在精神上得以拯救、安抚与愉悦。为此，海明威让巴恩斯在"渔"行为结束后，"闭上眼睛。躺在地上感到很舒适"（《太阳照常升起》：135）；还为巴恩斯之"渔"总结了愉快的心情：

> 我们在布尔戈特待了五天，钓鱼钓得很痛快。夜晚冷，白天热，但即使在白天最热的时候也有微风。天这么热，在很凉的河里蹚水非常舒服。当你上岸坐着的工夫，太阳就把你的衣衫晒干了。
>
> （《太阳照常升起》：137）

---

① 这是多数评论的共识。

三 驯龙母题与男性气概的建构

以上分析使我们确信：海明威在《太阳照常升起》中设置了这样一组原型："食日之龙"拉哈伯以及"渔夫使徒"圣蒂雅各。

根据《圣经》文化，只有代表男性英雄力量的上帝才能驯服海中的"食日之龙"拉哈伯。因此，作为一个驯龙母题，对拉哈伯的驯服本身蕴含着男性气概的建构意义。这也形成了"渔"行为在《太阳照常升起》中的属性内涵：巴恩斯就是代表上帝力量的渔夫使徒，勃莱特就是代表破坏男性气概的"食日之龙"拉哈伯。勃莱特在小说结尾依在巴恩斯身上的一幕就暗示了渔夫使徒对大鱼怪拉哈伯的最终驯服。因此，从大结构看，海明威在小说中精心布置了一个上帝驯龙的神话；这一结构有力地建构了小说主人公巴恩斯的男性气概，并响亮地回答了这样一个问题：太阳为何照常升起？

由此可见，征服拉哈伯本身就是"渔"行为的一种形式。"渔"行为也因此成为颇具男性文化内涵的男性气概行为。为突出"渔"行为对巴恩斯男性气概的建构意义，海明威还使用了"斗牛"行为。① "斗牛"虽有表征男性气概的传统，却在《太阳照常升起》中解构了人物的男性气概。其中原因如下：

（一）"斗牛"其实暗指雄性气概的毁灭

总体而言，斗牛的过程大致如下：斗牛士（雄性动物）用夸张的手段将公牛（雄性动物）激怒，接着以冷酷的表情与娴熟的技巧将公牛一剑刺死。全场的观众（雄性动物居多）随之看到健硕的公牛缓缓瘫倒。为此，我们可以参照海明威的描述：

> 在斗牛场中央，罗梅罗半面朝着我们，面对着公牛，从红巾褶缝里抽出短剑，踮起脚，目光顺着剑刃朝下瞄准。随着罗梅罗朝前

---

① 其他行为诸如拳击、饮酒、召妓等，也解构了小说中其他男性人物的英雄气概。例如，巴恩斯是拳击冠军，却只是用拳击作秀；迈克尔嗜酒如命，变成了行尸走肉；巴恩斯召妓，却出了洋相。

刺的动作，牛也同时扑了过来。罗梅罗左手的红巾落在公牛脸上，蒙住它的眼睛，他的左肩随着短剑刺进牛身而插进两只牛角之间，刹那间，人和牛的形象混为一体了，罗梅罗耸立在公牛的上方，右臂高高伸起，伸到插在牛两肩之间的剑的柄上。接着人和牛分开了。身子微微一晃，罗梅罗闪了开去，随即面对着牛站定，一手举起，他的衬衣袖子从腋下撕裂了，白布片随风呼扇，公牛呢，红色剑柄死死地插在它的双肩之间，脑袋往下沉，四腿瘫软。

（《太阳照常升起》：238—239）

以上描述的确展现了斗牛士的勇猛，但也暗示了雄性动物之间的力量消减：斗牛士罗梅罗杀死公牛，毁灭了一种动物的雄性气概；罗梅罗与公牛之间的斗争其实是两种雄性力量之间的相互毁灭。此外，公牛对犍牛的伤害也有力解构了雄性气概。海明威用一系列雄性力量的毁灭暗示了其对男性气概的解构。

（二）"斗牛"表演毁灭了罗梅罗

海明威在小说中将罗梅罗描述为一个正在崛起的斗牛新星，甚至让酒店老板蒙托亚将其视为神圣的英雄。然而，也就因为斗牛表演，"食日之龙"勃莱特引诱罗梅罗之后，又以年龄差距的原因抛弃了罗梅罗。勃莱特的抛弃对罗梅罗而言，无疑是在精神层面对罗梅罗男性气概的一次毁灭。

（三）"斗牛"表演激化了矛盾，引起了男人间的斗殴与混战，消减了整个群体的男性气概

这次混战的导火索是勃莱特与罗梅罗的私通。勃莱特的裙下之奴科恩为此恼羞成怒，暴打了与勃莱特有关的所有男人；事后又后悔不堪，抱头痛哭。由此可见，海明威用挨打、痛哭解构了这些人的男性气概。在描述科恩暴打罗梅罗的片段中，海明威虽然描述了罗梅罗百折不屈的精神，却也可视为罗梅罗对科恩男性气概的消减。①

---

① 这一点就像斗牛对男性气概的解构作用一样。当科恩暴打罗梅罗时，罗梅罗就像公牛一样倔强地反抗。其结果在总体上还是呈现为两股男性力量的消减。

第五章 "渔"行为与海明威文本世界的男性气概

由此可见,《太阳照常升起》中的"斗牛"并没有建构起海明威心目中的男性气概。海明威在小说第二部末尾为我们呈现了巴恩斯对斗牛节的失望之情:

> 过了一会儿,比尔说:"呃,这次节日真精彩。"
> "是啊,"我说,"一刻也没闲着。"
> "你不会相信。真像做了一场妙不可言的噩梦。"
> "真的,"我说,"我什么都信。连噩梦我都相信。"
> "怎么啦?闹情绪了?"
> "我情绪糟透了。"
> "再来一杯苦艾酒吧。过来,侍者!给这位先生再来一杯苦艾酒。"
> "我难受极了。"我说。
> "把酒喝了,"比尔说,"慢慢喝。"
> 天色开始黑了。节日活动在继续。我感到有点醉意,但是我的情绪没有任何好转。
> "你觉得怎么样?"
> "很不好。"
> "再来一杯?"
> "一点用也没有。"(《太阳照常升起》:243)

为强调"渔"行为对男性气概的建构作用,海明威在小说中特别安排了一段"渔"友惜别的场景。在这段场景中,海明威引入一个叫哈里斯的英国人。哈里斯是一个参加过大战的人,是一个经历战争考验的男子汉。因此,海明威安排哈里斯与巴恩斯惺惺惜别,是有特殊目的的。具体场景如下:

巴恩斯收到迈克尔发来的信,信中提及会合的约定。巴恩斯认为有必要信守原先的约定,决定离开布尔戈特。"渔"友哈里斯则力劝巴恩斯留下,巴恩斯却两次婉拒,坚持要信守曾经的约定:

海明威之"渔"与男性气概

"希望你还不打算走。"

"要走。恐怕就坐下午的汽车走。"

"这有多糟糕啊。我本指望咱们再一起到伊拉蒂河去一趟哩。"

"我们务必赶到潘普洛纳。我们约好朋友在那里会合。"

"我真倒霉。咱们在布尔戈特这里玩得多痛快。"

"到潘普洛纳去吧。我们在那里可以打打桥牌,何况佳节也快到了。"

"我很想去。谢谢你的邀请。不过我还是待在这里好。我没有多少钓鱼的时间了。"

"你是想在伊拉蒂河钓到几条大鳟鱼。"

"嘿,你知道我正是这么想的。那里的鳟鱼可大着哩。"

"我倒也想再去试一次。"

"去吧。再待一天。听我的话吧。"

"我们真的必须赶回城去。"我说。(《太阳照常升起》:140)

巴恩斯坚持赶回潘普洛纳的决定说明了巴恩斯信守诺言的男性气概。这一点与科恩在钓鱼之路上的临场违约形成鲜明的对照。为此,三个"渔"友一同饮酒惜别:

"咳。你们不了解,对我来说在这里和你们相逢的意义有多么重大。"

"我们过得再快活也没有了,哈里斯。"

哈里斯有点醉意了。

"咳。你们确实不明白有多么大的意义。大战结束以来,我没有过多少欢乐。"

"将来我们再约个日子一起去钓鱼。你别忘了,哈里斯。"

"一言为定。我们一起度过的时间是多么快活。"

(《太阳照常升起》:142)

第五章 "渔"行为与海明威文本世界的男性气概

在以上这段文字中,哈里斯所说的"一言为定"是对巴恩斯发出的同"渔"邀请的回应与肯定。这一肯定同时也是哈里斯对巴恩斯"渔"友身份的肯定。作为男性气概的仪式性表征,"渔"行为显然与男子汉身份紧密相连。因此,哈里斯(一个接受过战争洗礼的男子汉)对巴恩斯之"渔"以及巴恩斯之同"渔"邀请的肯定无异于一种接受与认可。从象征层次看,哈里斯的接受与认可显然指向巴恩斯的男性气概与男子汉身份。

为此,文中出现了巴恩斯与哈里斯干杯的场面——两个男人之间的共同喜悦与相互认同跃然纸上:

"来,再享用一杯。"我说。
"巴恩斯。真的,巴恩斯,你没法了解。就这么一句话。"
"干了吧,哈里斯。"(《太阳照常升起》:143)

不仅如此,海明威还用临别之际的礼物暗示了哈里斯对巴恩斯的认可与接纳:

我们上车的时候,他递给我们每人一个信封。我打开我的一看,里面有一打蝇钩。这是哈里斯自己扎的。他用的蝇钩都是自己扎的。
"嗨,哈里斯——"我开口说到这里。
"不,不!"他说。他正从汽车上爬下去,"根本不算是头等的蝇钩。我只是想,有朝一日你用它来钓鱼,可能会使你回忆起我们曾经度过一段快乐的日子。"(《太阳照常升起》:143)

由此可见,经历了仪式之"渔"的巴恩斯真正获得了男性气概的拯救:在一个只有男人的世界里,他享受这一神圣仪式带来的快乐与幸福,并在"渔"的过程中结交了一个男子汉"渔"友,还从他那里获得了男子汉身份的认同。这对于一度身陷男性气质危机的巴恩斯而言,无疑是男性气概的枯木逢春。

总之,"太阳照常升起"的原因是海明威在小说中找到了自己对男性气概的精神寄托。这一寄托的对象就是巴恩斯。虽然巴恩斯是一个肌体无能的人,却在精神上成为海明威理想化的男性气概的拥有者。为此,海明威不吝文字铺陈,大肆渲染了巴恩斯之"渔"的精神收获;又不惜以冗长的细节描写斗牛节,解构男性人物的英雄气概。因此,小说第二部结尾部分对巴恩斯失落、沮丧之情的描绘与愉快的布尔戈特"钓鱼之旅"相比,显示出巨大的差距。这种差距的原因体现于海明威在小说中的这样一句暗示:"我擦掉竿袋上的尘土。这尘土看来是联结我和西班牙及其节日活动的最后一样东西了。"(《太阳照常升起》:253)换言之,一度期盼在西班牙斗牛节上得到心灵涤荡的巴恩斯并没有在传统意义上表征男性气概的斗牛节上找到心灵的慰藉;真正令他备感珍惜的却是与"尘土"有关的"渔"行为。因为"渔"行为,巴恩斯找到了身份认同;也正因为"渔"行为,海明威成功再现了上帝驯龙的男性英雄神话。

第二节 老人之"渔"

1952年9月,海明威在写给伯纳德·贝瑞森(Bernard Berenson)的信中这样提及《老人与海》:"大海就是大海。老人就是老人。男孩就是男孩。鱼就是鱼。鲨鱼全都是鲨鱼,无所谓更好的鲨鱼或更坏的鲨鱼。人们所说的象征主义都是一派胡言。"[1]

海明威的"醉翁之意"显然不在前半句,而在于后半句的"象征主义"问题。其所说的"一派胡言"显然针对那些脱离小说文本以及小说文化土壤的个人化、主观臆断式的解释。正如董衡巽先生所说:"海明威所反对的是牵强附会,而并不反对读者从《老人与海》中去体会'象征和寓言的意味'。"[2]

---

[1] Ernest Hemingway, *Ernest Hemingway: Selected Letters 1917–1961*, ed., Carlos Baker, New York: Scribner, 1981, p. 780.

[2] [美]海明威:《老人与海》,董衡巽等译,漓江出版社1987年版,第15页。

第五章 "渔"行为与海明威文本世界的男性气概

若从"渔"行为的角度看《老人与海》,我们会发现:小说中的大鱼确实很大,但不是一般的大鱼;老人确实老,却不是一般的老人;联系大鱼和老人的"渔"行为更不是渔民养家糊口的一般生计。换言之,在西方大鱼神话的框架中,海明威改造了一个普通古巴渔夫的故事①;通过描述一个老汉非同寻常的"渔"行为,建构了自己心目中真英雄的男性气概。

一 关于大鱼的文化记忆

所谓"关于大鱼的文化记忆",我们不妨再次引用②加拿大学者诺斯若普·弗莱的那句话:"白鲸不会滞留在麦尔维尔的小说里:他被吸收到我们自《旧约》以来关于海中怪兽和深渊之龙的想象性经验中去了。"③ 在海明威的《老人与海》中,我们发现弗莱所说的"白鲸"已经游到海明威的文本世界里。

在《老人与海》中,大鱼是"一条奇妙的鱼,古怪的鱼"(李锡胤:29)④;老人"从没有遇到过这么有力、行动又这么特殊的鱼"(李锡胤:29)。从大鱼文化的角度看,《老人与海》中的大鱼不仅包括枪鱼⑤,也应该包括鲨鱼;因为在关于大鱼的文化记忆中,大鱼都是体形庞大、令人恐惧的混沌水怪。对于老人而言,它们都是必须征服的对手;对于海明威而言,如何将《老人与海》写成一部关于大鱼的文化记忆,则成为其小说成功的关键。为此,他不遗余力地在小说中渲染"鱼之大"与"鱼之恐怖",重温"大鱼非鱼"的文化

---

① 海明威曾用通讯稿的方式报道过一个古巴渔夫面对失去的大鱼,痛哭不止的故事。参见董衡巽主编《海明威研究》,中国社会科学出版社1980年版,第14页。
② 本书在第一章曾提及弗莱的这句话。为强调大鱼文化的概念,此处再次引用。
③ 诺斯若普·弗莱:"作为原型的象征",转引自叶舒宪主编《神话——原型批评》,陕西师范大学出版社1987年版,第153页。
④ 《老人与海》的中译本较多,水平参差不齐。为保证译文能忠实地体现原著,本书拟采用以下两个《老人与海》中译本:(1)[美]海明威:《老人与海》,李锡胤译,四川人民出版社1987年版。(2)[美]海明威:《老人与海》,黄源深译,译林出版社2007年版。为区别这两种译本,本节拟采用译者名加页码的方式标注引文。即当选用译本(1)时,标注为"(李锡胤:页码)";选用译本(2)时,标注为"(黄源深:页码)"。
⑤ 许多中文译本根据读音译为"马林鱼",本书倾向于"枪鱼"的译法。

记忆。

（一）鱼之大

在《老人与海》中，用字精简的海明威不惜重墨，使用一系列与"大"有关的词汇描写"鱼"。为此，我们有必要以《老人与海》的英文原版为研究对象，统计相关词频。统计发现：在《老人与海》中，海明威频繁使用"big""huge""great"这些表示"大"的词汇来描写老人的对手——枪鱼以及鲨鱼。其中，"big"约[①]28 次，"huge"10 次左右，"great"约 11 次。有时，海明威甚至使用"big fish""great fish""huge fish"这些直接表示"大鱼"的字眼刺激人们[②]的阅读神经，力图勾起人们关于"大鱼"的文化记忆。

此外，海明威还频频使用"unbelievably""could not believe"这样表示"难以置信"的词汇及短语，从"重量""长度""体积"三个角度强调大鱼不可思议的重，暗示着这种大鱼的超自然属性。有例可证：

（1）He was happy feeling the gentle pulling and then he felt something hard and *unbelievably* heavy[③]。

参考译文：他高兴地体会鱼缓缓拉动绳子。突然，他感到一个猛烈的力，一个难以相信的重量。（李锡胤：25）

（2）He saw him first as a dark shadow that took so long to pass under the boat that he *could not believe* its length. [④]

参考译文：第一眼见到鱼像条阴影似的从船底游过，游了好一会儿，老人不敢相信真有这么大。（李锡胤：58）

（3）When he was even with him and had the fish's head against

[①] 此处的词频统计在客观的基础上，涉及笔者对个别无关语句的主观判断，可能因此在数值上与他人的统计产生出入，但这不影响本书对这一词频结果的引用目的。故用"约"及"左右"表示谨慎。下同。

[②] 这里的人们应该指具有西方文化背景或具有西方文化知识的人群。对于非西方或无西方文化知识的人群而言，可能在跨文化阅读的过程中产生较严重的他者想象。

[③] [美]海明威：《老人与海》，黄源深译，译林出版社 2007 年版，第 91 页。

[④] 同上书，第 123 页。

the bow he could not believe his size.①

参考译文：船靠拢大鱼，船头正好与鱼头相并，老人不敢相信鱼果真有这么大。（李锡胤：62）

不仅如此，海明威还使用具有"至今为止从未……"意思的短语②，强调大鱼之"大"的空前绝后与无与伦比，将大鱼之"大"推向了最高层次：

（4）I have never seen or heard of such a fish. But I must kill him.③

参考译文：我从没有见到过或听说过这么大的鱼。可是我必须把它弄死。（李锡胤：47）

（5）Never have I seen a greater, or more beautiful, or a calmer or more noble thing than you, brother.④

参考译文：我从没见过比你大，或者比你漂亮或者比你更安详、更高尚的生物了，老弟。（李锡胤：59）

总之，以上这些引文告诉我们：海明威在突出大鱼之"大"方面是不遗余力的；他像一个精神强迫症患者一般，一遍又一遍地强调小说中的大鱼之"大"，提醒人们注意大鱼的超自然特点；并以此与西方大鱼神话形成互文，引发人们对文化记忆的共鸣。

（二）鱼之恐怖

鱼之恐怖主要体现于海明威对大鱼出场时的昏暗气氛的描写。海明威在小说中频繁描述海面的黑与暗，为大鱼出没营造阴沉昏暗的混沌世界。为此，海明威在英文原文中，频繁将"dark""darkness"这些表示"黑暗"的词汇与"water"（水）、"fish"（鱼）这些词并置，试图以文字的重复提醒读者：大鱼来自黑暗的混沌⑤世界。以下试举几例：

---

① ［美］海明威：《老人与海》，黄源深译，译林出版社2007年版，第128页。
② 分别为Never have I seen；have never seen；have ever seen。
③ ［美］海明威：《老人与海》，黄源深译，译林出版社2007年版，第113页。
④ 同上书，第125页。
⑤ 在西方，海水通常是混沌的象征。

例1：He looked down into the water and watched the lines that went straight down into the dark of the water. He kept them straighter than anyone did, so that at each level in the darkness of the stream there would be a bait waiting exactly where he wished it to be for any fish that swam there. ①

参考译文：他低头看水下的钓丝直坠向深暗的海底。没有第二个人能够像他那样保持钓丝铅直地沉下；这样，不管鱼儿在多深的水层下游，鱼饵都能准确无误地送到它们嘴边。
（李锡胤：18）

在以上英文引文中，海明威将"黑暗"（dark 及 darkness）与"海水"（water）、"鱼"（fish）的意象并置，暗示大鱼来自昏暗的世界。

例2：As he looked down into it he saw the red sifting of the plankton in the dark water and the strange light the sun made now. He watched his lines to see them go straight down out of sight into the water and he was happy to see so much plankton because it meant fish. ②

参考译文：老人往海底望去，看见幽暗中一片红色的浮游生物，还有此刻太阳光幻成的奇异光辉。他定睛看，钓丝笔直下垂，望不到头。浮游生物使他高兴，因为有它就有鱼。（李锡胤：20）

以上这段引文又一次将黑暗的水世界与"鱼"并置，以"幽暗中"浮游生物的存在暗示了大鱼在黑暗中存在的可能性。

例3：This far out, he must be huge in this month, he

---

① ［美］海明威：《老人与海》，黄源深译，译林出版社2007年版，第83页。
② 同上书，第86页。

第五章 "渔"行为与海明威文本世界的男性气概

thought. Eat them, fish. Eat them. Please eat them. How fresh they are and you down there six hundred feet in that cold water in the dark.①

参考译文：离岸这么远，在这月份里，一定是条大的，他想。吃吧，鱼儿，吃吧。请用吧，沙丁鱼多新鲜，你躲在六百尺以下的凉水里，黑魆魆的。（李锡胤：24）

这段引文再次将"鱼"（fish）、"水"（water）、"黑"（dark）并置，突出黑暗中的大鱼形象。值得注意的是：这三个词的并置出现在老人"想"的过程中。这意味着在老人的脑海中，大鱼就是一种来自黑暗混沌水体的怪物。

例4：He knew what a huge fish this was and he thought of him moving away in the darkness with the tuna held crosswise in his mouth.②

参考译文：他知道这条鱼相当大，想象它在黑暗中横叼着金枪鱼游动。（李锡胤：25）

以上这段引文十分特别：它在小说中的位置紧挨着例3的引文，这意味着海明威的重复与强调。海明威强调的依然是这样一句话：大鱼在黑暗的水体中游动。稍有不同的是，这次的大鱼咬着金枪鱼，一副狰狞的魔怪意象。

例5：His choice had been to stay in the deep dark water far out beyond all snares and traps and treacheries.③

参考译文：它的选择是深深躲藏在水底，避开各种诱惑和

---

① ［美］海明威：《老人与海》，黄源深译，译林出版社2007年版，第90页。
② 同上书，第91页。
③ 同上书，第96页。

海明威之"渔"与男性气概

诡计。

（李锡胤：30）

在以上引文中，"fish"（鱼）并没有出现。但"his choice"（它的选择）表明：黑暗的（dark）深水（water）依然是大鱼的藏身之所。

值得注意的是，在"它的选择"之后，海明威指出了与之对应的"我的选择"："My choice was to go there to find him beyond all people."（我的选择是从黑暗的水底将他弄出来，这是常人无法企及的事①。）从"常人无法企及"（beyond all people）的使用，我们不难看出：海明威已将老人排除在"常人"之外，大鱼也因此不是"常人"所能征服的大鱼，大鱼的神秘形象也因此跃然纸上。

此外，为突显"大鱼"与"黑暗世界"的关系，海明威还在小说中描述了老人与黑人扳腕子、比手劲的一幕：

太阳落下了，老人为了鼓舞自己，回想起那年在卡萨布兰卡一家小饭铺里跟从西恩富戈斯来的一个黑人大汉扳腕子的情景。那黑人是码头上力气最大的一位。他俩用粉笔在桌上画两道线，各人把胳膊肘放到线上，伸出前臂，紧握两手，相持了一天一夜。各人都竭力想把对方的手压倒在桌面上。拿这场比赛打赌的人不少，煤油灯光下人们出出进进。他盯住黑人的手和臂，间或盯住那张黝黑的脸。过了八个小时以后，裁判每四个钟头一换，轮流去睡觉。他的指甲下面和黑人的指甲下面都渗出鲜血，两人四只眼，互相瞪着，打量对方的手和臂，而赌客们一会儿进一会儿出，累了就坐到靠墙的高背椅上观战。四周板壁涂成亮蓝颜色，灯光投上他俩的影子。黑人的影子很魁梧，风吹焰动，人影随着晃悠。（李锡胤：43—44）

---

① 因其他译本有误，此处引文系笔者自译。

第五章 "渔"行为与海明威文本世界的男性气概

以上引文中连续出现的六个"黑"其实都是对英语原文"negro"一词的翻译。由此可见，海明威有意用"negro"的六次重复为读者呈现一个昏暗的世界。加上晃动的"影子"，淌出的"鲜血"，漫长的等待，海明威在以上这段关于扳腕子的描述中，向读者暗示了一种压抑、昏暗的搏斗场面。这一场面显然也暗示着小说在后文所描述的老人勇斗大鱼的场面。

值得注意的是，英语"negro"是一个特别的词汇。据《新牛津英汉双解大词典》①："negro"一词是白人对黑人的蔑称，带有较强的种族歧视与侮辱性；在现代英语中，"negro"一词也因其内涵的偏激而遭弃用，转向"black"的使用。那么，海明威为何冒天下之大不韪，在此连用六个"negro"呢？如果为突显"黑"的概念，用"black"不正好顺理成章吗？

本书认为："negro"的重复使用首先当然是为了强调黑的概念，让读者将"黑人"与小说中的"大鱼"联系在一起；其次，"negro"的使用能引发读者的不适感。在这一词的背后隐藏的是白人与黑人之间的冲突，冲突的背后又隐藏着流血与灾难。因此，"negro"的使用不论对于白人、黑人还是其他有这段历史记忆的人群，都会引发一种不适的恐惧心理。海明威所需要的正是这样一种效果：让读者在不适的恐惧中，将黑人与黑暗世界中的大鱼联系在一起；并在人和大鱼的联想中感受压抑、恐怖的气氛。

（三）神秘之鱼

海明威对大鱼之"黑暗世界"的描述就像西方表现大鱼怪的宗教画②一样，在层层涂抹的过程中，以"暗黑"的色调勾勒出一只西方文化记忆中的神秘大鱼。这不禁令人再次想起叶芝的诗歌——《鱼》(*The Fish*)③：

---

① 转引自金山词霸 2009 牛津版。
② 详见本书第一章所引用的大鱼图。
③ 已在前文标注过出处。

纵然月亮沉落，潮色惨淡
你在潮涨潮落间四处躲藏
后人却将知晓
我曾撒网
你又如何几度疯狂
跃过小小的银线网
后人还将想起你那时的凶悍
并对你诅咒不断

在这首诗中，我们看到海明威与叶芝之间的"互文"现象："小小的银线网"反衬了"鱼之大"；"纵然月亮沉落，潮色惨淡，你在潮涨潮落间四处躲藏"以昏暗的背景突出了"鱼之恐怖"。加上"凶悍""诅咒"这些具有承载文化记忆的词，叶芝诗中的"大鱼"与海明威笔下的大鱼一样，共同指向令人恐惧的大水怪——"利维坦""拉哈伯"这样的混沌之龙。真可谓大鱼非鱼。

不仅如此，"大鱼非鱼"的文化记忆还体现于《老人与海》所频繁提及的海滩上的狮子。就像人们对《老人与海》内涵的众说纷纭一样，学界对狮子象征意义的解释也各有千秋。本书在此挑起"狮子"话题的目的不在于加入一场关于象征意义之"对错"的二元辩论，而在于指出"狮子"在小说中的"暗示"功能。具体而言：海明威频繁提及"狮子"的目的不在于一种确定的象征内涵，而在于暗示"大鱼"非"鱼"的文化现象。

首先，我们要注意小说提及的"狮子"是"海滩上的狮子。"（李锡胤：13）在总计6次涉及"狮子"的文字中，海明威3次提及"海滩"。有例为证：

（1）我像你这么大，乘横帆船到过非洲，傍晚在海滩上，见过不少狮子。（李锡胤：11）。

（2）现在梦里只看见从前熟悉的土地和海滩上的狮子。
（李锡胤：13）

第五章 "渔"行为与海明威文本世界的男性气概

（3）后来他望见黄灿灿一长条海滩，暮色之中第一只狮子走下滩来，接着又是好几只。黄昏的微风向海面吹去，船抛锚停泊，他下巴颏儿抵着船头木板，等着瞧更多的狮子，心情很好。

（李锡胤：52）

其次，"海滩上的狮子"又有什么与众不同呢？从现实世界的角度看，"海滩上的狮子"可能只是来到海边的草原狮。我们无法排除这种可能性。但我们怀疑这种可能性①与小说主题以及西方文化的关联性。

为此，我们有必要从文字暗示的角度解读小说中出现的"海滩上的狮子"。

在《老人与海》的英文原版中，"海滩上的狮子"即"lions on the beach"。根据《新牛津英汉双解大词典》②的解释，"beach"（海滩）蕴含"by the sea"（海边）的意思。因此，"lions on the beach"就可以解释为"lions by the sea"（海边的狮子）；我们也就因此将"lions"（狮子）与"sea"（大海）联系在一起。换言之，海明威在用文字组合暗示这样一种信息关联：狮子—大海。

狮子与大海的关系又在哪里呢？我们不妨从西方神话传说中寻找答案。

例如，公元 10 世纪左右，古希腊语专家苏伊达斯（Suidas）在大海怪克托斯（Ketos）的定义中曾这样提及"狮子"："克托斯（Ketos）又名海怪、大鱼、鲸鱼。是一种海兽，有多种形态：狮子样，鲨鱼样，豹子样，以及河豚样。这种海兽也可以是一种叫作 malle 的锯鳐，很难对付，也可以是公羊模样，一种面目可憎的动物。"③ 苏伊达斯的解释为我们提供了这样一条重要信息：海中有狮子样的大鱼。

---

① 有评论抛开"海滩"的概念，单独提及"狮子"作为"百兽之王"所代表的"勇气"。
② 转引自金山词霸 2009 牛津版。
③ "KETEA"，available at http://www.theoi.com/Ther/Ketea.html，May 2, 2019.

又如，在《以西结书》中，"狮子"依然与"大鱼"一同出现："从前你在列国中如同少壮狮子，现在你却像海中的大鱼。你冲出江河，用爪搅动着水，使江河浑浊。主耶和华如此说：我必用多国的人民，将我的网撒在你身上，把你拉上来。"(《以西结书》32：2)《以西结书》的这段经文提醒我们：上帝捕的既是大鱼，也是水里的狮子。

由此可见，狮子与大海的关系在于"大鱼"；"海滩上的狮子"与"大鱼"是同源的。它们的源头共同指向西方神话中的大海怪——《圣经》学者约翰·代伊（John Day）所说的"混沌怪兽"。因此，"海滩上的狮子"以类似大鱼的意象暗示着这样一个信息：《老人与海》中的"狮子"并不是现实世界中的狮子，而是大鱼的另一种说法而已。这也正是"大鱼非鱼"的文化记忆在小说文本中的又一体现。

二 非同寻常的"渔"行为

既然大鱼非鱼，《老人与海》中的"渔"行为也自然不是一般的"渔"行为。其"非同寻常"之处主要表现在以下两方面：（1）"独一无二"的渔人身份；（2）真英雄的"通过仪式"。

（一）"独一无二"的渔人身份

海明威在《老人与海》中曾以男孩的口吻对老人的渔人身份做过这样的定义："捕鱼能手是不少，有的真也了不起。可你是独一无二的。"（李锡胤：12）

何谓"独一无二"[①]呢？

海明威在小说开头就为此做了回答：

他是一位老人，独自驾小船在湾流中捕鱼。（李锡胤：1）

他一连出海八十四天，没捕到一条鱼。（李锡胤：1）

海明威的回答确实体现了老人的独特之处：一个老人为何独自驾船外出捕鱼呢？一个渔夫怎么可能接连八十四天两手空空呢？这些

---

① 在《老人与海》的英文原版中，"独一无二"对应的英文是"only you"。

"独一无二"的事情正暗示着老人与一般渔夫的区别。

1. 罗伯特·维克斯的质疑

正因为老人的"独一无二",海明威便可以从容面对罗伯特·维克斯(Robert P. Weeks)的质疑了。在"《老人与海》中的伪造"(Fakery in *The Old Man and the Sea*)一文①中,罗伯特·维克斯指出《老人与海》中存在以下问题:

(1) 老人简直就是"千里眼"(clairvoyance)②;因为只有千里眼才能感知"一百尺以下的鱼"。

(2) 老人无法根据鱼吃饵的方式判定鱼的种类;因为海明威在《古巴海域的枪鱼》一文中曾否定过这种方法。

(3) 老人无法凭肉眼辨认出水中枪鱼的性别;因为迈阿密大学海洋实验室的鱼类学专家吉尔伯特·沃斯(Gilbert Voss)曾说:"若没有内脏解剖,这些鱼的性别是不可辨的。"③

维克斯的质疑严谨认真,值得钦佩,却到底无法撼动《老人与海》的经典地位;因为小说中的老人根本就不是一般的渔夫,他的名字"Santiago"(圣蒂雅各④)本身就意味着其身份的"独一无二"。在前一节关于《太阳照常升起》的分析中,本书曾提及 H. R. 史东贝克(H. R. Stoneback)关于"Santiago"一名的研究成果。史东贝克认为:海明威在《老人与海》中将老人命名为"Santiago",是有意安排的。这一名字指的就是渔夫使徒圣·詹姆斯(Saint James)⑤。此外,"Santiago,也称为 San Tiago, Santyago, Sant-Yago, San Thiago,是一个西班牙词,源于希伯来文名字雅各 Jacob,最初此名指的是大圣人

---

① Robert P. Weeks, "Fakery in *The Old Man and the Sea*", *College English*, Vol. 24, No. 3, 1962, pp. 188 – 192.

② Ibid., p. 188.

③ Ibid., p. 189.

④ 本书借用李锡胤译本之"圣蒂雅各"的译法。这一译法较好地体现了"Santiago"一词的文化内涵。

⑤ 此部分综述了史东贝克的主要观点。参见 H. R. Stoneback, "Pilgrimage Variations: Hemingway's Sacred Landscapes", *Religion & Literature*, Vol. 35, No. 2/3, 2003, p. 53。

圣·詹姆斯（Saint James the Great）"①。

由此可见，老人确非一般的渔夫。从海明威给老人命名开始，老人就注定要做"圣·詹姆斯"那样的渔夫使徒，将"捕鱼谋生"升华到"勇斗大鱼"，将"渔"行为融入《圣经》文化——驯服混沌大鱼。

2. 宗教图案的暗示

《老人与海》中暗藏着典型的宗教画意象，其中最为典型的便是"鱼"和"鸟"的同台表演。为此，我们还得先看海明威在英语原文中的描述：

> In the dark the old man could feel the morning coming and as he rowed he heard the trembling sound as flying fish left the water and the hissing that their stiff set wings made as they soared away in the darkness. He was very fond of flying fish as they were his principal friends on the ocean. He was sorry for the birds, especially the small delicate dark terns that were always flying and looking and almost never finding, and he thought, the birds have a harder life than we do except for the robber birds and the heavy strong ones. Why did they make birds so delicate and fine as those sea swallows when the ocean can be so cruel? She is kind and very beautiful. But she can be so cruel and it comes so suddenly and such birds that fly, dipping and hunting, with their small sad voices are made too delicately for the sea. ②

参考译文：

黑暗之中，老人感觉凌晨了。他划着桨，听见飞鱼颤巍巍跃出海面。然后掠水飞行，僵直的鱼翅咻咻作响。他很爱飞鱼，把它们当作海上良伴。他可怜海面上的鸟儿，尤其可怜那纤小的海鸥，它们不停地飞行，不停地觅食，几乎总找不到吃的。他想：

---

① "Santiago", available at http://en.wikipedia.org/santiago, December 1, 2017.
② [美]海明威：《老人与海》，黄源深译，译林出版社2007年版，第82页。

第五章 "渔"行为与海明威文本世界的男性气概

鸟儿比我们人还苦命,除了凶残有力的猛禽以外。为什么生出这些娇柔可爱的鸟儿,譬如说海鸥?海有时为何又变得如此残忍?她是慈爱的,也是美丽的,可是她一霎时又会翻脸无情。那小鸟,只惯于这么轻轻地飞,轻轻地点水、觅食,叫声也这么低、这么悲哀,怎受得了海的暴虐?(李锡胤:16)

以上这段引文讲述的是老人告别男孩,驾船离岸后,在海上见到的第一幕。这幕景象中出现了以下几种生物:人、鱼、鸟。其中,"人"和"鱼"的出现对于一部捕鱼故事而言,自然是情理之中的主流意象;相比之下,"鸟"的出现明显有些突兀。而且,海明威不惜重墨,连续7次提及"鸟"的意象(5次用"birds" +1次"dark terns" +1次"sea swallows")。对于惜墨如金的海明威而言,这又一次意味着强调与突出。"鸟"意象的重复提醒我们:海明威试图提高"鸟"一词出现的频率,将"鸟"意象与其他的主流意象融为一体。这种融合就为我们呈现了一幅颇有意味的宗教背景画:鱼+鸟+渔夫。为此,我们不妨参考以下这幅基督教图像(如图2)[①]:

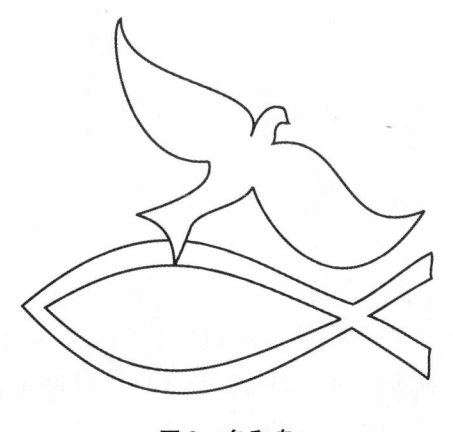

图2 鱼和鸟

[①] 图片出自 http://www.bestfreechristian.com/clipart_02/image_035.htm,2009年8月3日。

海明威之"渔"与男性气概

以上这幅图摘自一个名为"最佳自由基督徒"(best free Christian)的英语宗教网站,是典型的西方基督教图案组合——鱼和鸽子(fish and dove)——代表着上帝的存在。

以此为讨论基础,我们回看以上那段小说引文。我们不禁惊叹:海明威7次提及"鸟"意象的这段文字竟然与上文提及的"鱼和鸽子"的基督教图案组合如此相似。海明威试图以"鱼+鸟"组合的文字刺激人们关于"鱼和鸽子"的基督教文化记忆,并让这种记忆影响他们对"老人"身份的定义——老人是一个生长在宗教环境中的渔夫。[①]

有人可能质疑以上解释的偶然性与巧合性。为此,我们不妨再看一例:

The bird went higher in the air and circled again, his wings motionless. Then he dove suddenly and the old man saw flying fish spurt out of the water and sail desperately over the surface.

"Dolphin," the old man said aloud. "Big dolphin."[②]

参考译文:

那鸟儿飞高了,又打起圈子来,平展着双翼。一会儿,鸟儿突然潜入水中,老人定睛一看,只见几条鱼跳出空中,贴着海面,没命地飞逃。

"鲯鳅,""老人说出声来","大鲯鳅。"(李锡胤:19)

从表面上看,这一例讲的是一只鸟俯冲到水里捕鱼的情形;其实却呈现了"鱼和鸽子"的基督教图像组合。在这段文字中,海明威描写鸟捕鱼的动作词"dove"(俯冲)值得我们特别注意。在英文中,"dove"一语双关:既是动词"dive"(俯冲)的过去式,

---

[①] 这与小说中的老人声称不信教并不矛盾。本书在此处的分析揭示的是海明威在塑造老人形象时,所受的基督教文化影响。

[②] [美]海明威:《老人与海》,黄源深译,译林出版社2007年版,第85页。

第五章 "渔"行为与海明威文本世界的男性气概

也是一个名词,表示"鸽子"。海明威迫不及待要在这段文字中提醒读者:"鸟"即"鸽子"。同样,对于"鱼"即上帝的暗示,海明威也表现得更为直接:他让老人看直接叫出了"鱼"的名字——"dolphin"(海豚)①,甚至强调这是——"big dolphin"(大海豚)。所谓"big dolphin"(大海豚),则是指代上帝的典型基督教图案。

由此可见:海明威在以上这段引文中隐藏了这样一组文字组合:"鸟—鸽子" + "鱼—海豚";这一文字组合更为生动地展现了"鱼和鸽子"(fish and dove)的基督教图案组合,更强烈地暗示了老人之"渔"的宗教背景与基督教文化记忆。

3. "斗鱼"方式的互文

《老人与海》中有大量描述老人同鱼搏斗的文字;这些文字与《圣经》中的"斗鱼"文字遥相呼应。

首先,我们看《圣经》② 中的两段"斗鱼"文字:

例1:Canst thou fill his skin with barbed irons? Or his *head* with fish spears?(Job 41:7)

参考译文:你能用倒钩枪扎满它的皮,能用鱼叉叉满它的头吗?(《约伯记》41:7)

例2:Thou didst divide the sea by thy strength:thou brakest the heads of the dragons in the waters. Thou brakest the heads of leviathan in pieces, and gavest him to be meat to the people inhabiting the wilderness. (Psalms 74:13 – 14)

参考译文:你曾用能力将海分开,将水中大鱼的头打破。你

---

① 前面参考译文中的"鲯鳅",其实是海豚的一种。笔者认为"鲯鳅"无法将"dolphin"的宗教内涵体现出来,故此处还是译为"dolphin"的通称"海豚"。在基督教文化中,"海豚"(dolphin)一度是表征上帝的图案。

② 由于中文版圣经在译介英文原版圣经时,会出现一些较大的词义变化,故此处以英文圣经文本为主,中文为参考译文。

曾砸碎鳄鱼的头，把他给旷野的禽兽①为食物。
（《诗篇》74：13—14）

以上这两段"斗鱼"文字的相同之处在于：两者都描绘了上帝勇斗大鱼；两者都将勇斗大鱼的方式描述为击打大鱼的"头"（head）。在《老人与海》中，我们也能看到海明威用大量篇幅描绘这种斗鱼场面：

例1：The old man hit him on the head for kindness and kicked him, his body still shuddering, under the shade of the stern.②

参考译文：老人出于善意，在鱼头上敲了一记，又踢了它一脚。在船尾的背阴处，那鱼的身子还在颤抖着。
（黄源深：18）

例2：When the old man had gaffed her and clubbed her, holding the rapier bill with its sandpaper edge and clubbing her across the top of her head until her colour turned to a colour almost like the backing of mirrors.③

参考译文：老人用手钩把雌鱼钩上来，抓住边缘像砂纸一样的长剑般的嘴，对着头顶敲打它，直到鱼的颜色转成镜子衬里的红色。（黄源深：24）

例3：Its jaws were working convulsively in quick bites against the hook and it pounded the bottom of the skiff with its long flat body, its tail and its head until he clubbed it across the shining golden head until it shivered and was still.④

参考译文：它用又胖又长的身子、它的尾巴，还有它的头使劲拍打舱底，最后老人照准金光闪闪的鱼头狠揍了几棍，它才颤抖一阵，终于不动弹了。（李锡胤：46）

---

① 根据英语圣经詹姆斯国王版（King James Version）原文，应为"人"，而非"禽兽"。
② ［美］海明威：《老人与海》，黄源深译，译林出版社2007年版，第88页。
③ 同上书，第95—96页。
④ 同上书，第112页。

第五章 "渔"行为与海明威文本世界的男性气概

例4：The stars were bright now and he saw the dolphin clearly and he pushed the blade of his knife into his head and drew him out from under the stern.①

参考译文：这时，星星很亮，他能看清鱀鳅。他把刀插进鱼头，把鱼从船尾下方拖了出来。（黄源深：40）

例5：The shark's head was out of water and his back was coming out and the old man could hear the noise of skin and flesh ripping on the big fish when he rammed the harpoon down onto the shark's head at a spot.②

参考译文：鲨鱼的头钻出水面，背也露了出来，老人听见鲨鱼撕开大鱼皮肉的声音，他把鱼叉猛地往下刺向鲨鱼头部，插进两眼之间那条线与从鼻子笔直往后的那条线的交点上。（黄源深：52）

例6：But the shark came up fast with his head out and the old man hit him squarely in the center of his flat-topped head as his nose came out of water and lay against the fish.③

参考译文：鲨鱼飞快地浮上来，脑袋露出水面，老人趁鲨鱼的鼻子出水依着大鱼的时候，对着它扁平的脑袋的正中扎了下去。（黄源深：56）

例7：The two sharks closed together and as he saw the one nearest him open his jaws and sink them into the silver side of the fish, he raised the club high and brought it down heavy and slamming onto the top of the shark's broad head.④

参考译文：两条鲨鱼同时逼近。他看见离他最近的一条张大嘴巴，咬住了大鱼银色的一侧，于是便高高举起短棍，重重地敲了下去，打在鲨鱼大脑袋的顶上。（黄源深：59）

---

① [美]海明威：《老人与海》，黄源深译，译林出版社2007年版，第115页。
② 同上书，第131—132页。
③ 同上书，第136—137页。
④ 同上书，第139页。

例 8：He swung at him and hit only the head and the shark looked at him and wrenched the meat loose.①

参考译文：他挥动棍子，连击它的脑袋。那鲨鱼瞪眼望着老人，拧下一块鱼肉。（李锡胤：74）

例 9：He clubbed at heads and heard the jaws chop and the shaking of the skiff as they took hold below.②

参考译文：他用短棍去打鲨鱼头，听见鲨鱼嘴巴咔嚓咬下去，在底下咬住大鱼时小船在摇晃。他只能凭感觉和听觉死命打下去，只觉得短棍被什么东西抓住，就没了。

（黄源深：61）

例 10：He swung the tiller across the shark's head where the jaws were caught in the heaviness of the fish's head which would not tear.③

参考译文：鲨鱼的腭卡在鱼脑袋的硬骨上，咬不下来。他狠揍一下、两下，又一下。（李锡胤：78）

以上 10 个例子表明：海明威的确在小说中使用大量笔墨强调了斗鱼方式与《圣经》文化的遥相呼应。在以上 10 段英语原文中，我们发现：老人斗鱼的击打方式都是用"一个英语动词 + 'head'"的结构来表达的；这一结构与前文所列的《圣经》中的击打方式非常相似。这种相似意味着：在描述斗鱼方式方面，《老人与海》与《圣经》呈现互文的现象。这种互文现象突显了老人与《圣经》文化之间的关系。有人说老人就是上帝。本书认为不尽然，因为老人的形象更接近于上帝的使徒。"Santiago"这一名字本身就揭示了老人的身份——使徒圣·雅各。作为上帝的使徒，老人所采用的斗鱼方式自然也会和师父如出一辙了。想必这就是海明威在小说中大肆泼墨，描述老人击打大鱼头部的原因所在。

---

① ［美］海明威：《老人与海》，黄源深译，译林出版社 2007 年版，第 140 页。
② 同上书，第 143 页。
③ 同上。

第五章 "渔"行为与海明威文本世界的男性气概

总之,在斗鱼方式的选择上,海明威的文本体现了文化记忆的影响;海明威也以斗鱼方式的互文暗示了老人与众不同的使徒渔夫身份。也正因使徒渔夫的身份,海明威才会让老人在钓鱼的过程中,不停地呼唤上帝的援助。有例为证:

第一节 "它要吞饵,"老人说,"天主保佑它吞下去。"
(李锡胤:24—25)
第二节 "天主叫它跳吧,"老人说,"钓丝绰绰有余,足够它跳的。"
(李锡胤:32)
第三节 "天主保佑我治好抽筋,"他说,"因为不知道鱼儿会出什么花招。"(李锡胤:37)

4. 两难困境与使命

阅读《老人与海》的细心之人总要面对这样一个困惑:老人喜欢鱼,为什么又要杀死鱼?这个困惑其实也是小说为我们呈现的一个两难境地。用《老人与海》中的文字来描述,就是:"我喜欢你,也很尊敬你,但今天天黑之前,我要杀死你。"(黄源深:27)

老人的两难境地令人不禁想起莎士比亚的《奥赛罗》(Othello)[①]。在这部经典名剧中,骁勇善战的英雄奥赛罗听信手下伊阿古(Iago)的谗言,要以"正义"(Justice)之神的名义杀死心爱的美丽妻子苔丝狄蒙娜(Desdemona)。在将动手时,奥赛罗陷入了两难的痛苦中:

是有理由的,是有理由的,我的心哟;贞洁的星辰,让我诉说给你听吧!是有理由的。但是我不令她流血;我也不在她那比

---

① 海明威在《永别了武器》(A Farewell to Arms)中曾引用过奥赛罗的典故。这说明海明威对此剧的熟悉程度。因此,本书在此使用《奥赛罗》解释老人之渔的两难境地是十分必要的。

海明威之"渔"与男性气概

雪还白的和石膏像一样平滑的皮肤上划出伤痕。可是她非死不可,否则她要骗害别的男人……芬芳的呼气,几乎使得"正义"折断她的剑!再吻一下,再吻一下。如果你死后还是这样,我就杀你,并且以后还是爱你。①

奥赛罗所谓的"理由"就是要完成"正义"之神所赋予的使命:杀了苔丝狄蒙娜,让他不再"骗害别的男人"。当然,奥赛罗所说的"别的男人"其实就包括自己。对于听信谗言,认为妻子不忠的奥赛罗而言,苔丝狄蒙娜的存在令其蒙羞,严重威胁其对自己男子汉身份的认同;同时他又要以履行"正义"之神的使命为"理由",杀死自己喜爱备至的"天生尤物"②。

令人惊叹不已的是:海明威笔下的老人"圣蒂雅各"也经历着与奥赛罗几乎雷同的心理斗争:

> 你把鱼杀了,不光是为了活命和卖给人家当食品,他想。你杀它是出于自尊,因为你是个渔夫。它活着的时候你喜欢它,死了你还是喜欢。要是你喜欢它,杀了它就不是罪过。要不,会不会是更大的罪过?(黄源深:55)

就像奥赛罗在苔丝狄蒙娜生前死后都会爱她一样,老人对"大鱼"的"喜欢"也是横跨生死的——"它活着的时候你喜欢它,死了你还是喜欢。"而后,海明威得出理由——"要是你喜欢它,杀了它就不是罪过。要不,会不会是更大的罪过?"这个"理由"本身也是一个两难的困境。"要是你喜欢它,杀了它就不是罪过"的原因在于:杀了大鱼,就能为大鱼免除先天的"罪过";"要不,会不会是更大的罪过?"的原因在于:不杀大鱼就违背了上帝赋予的先天使命,

---

① [英]威廉·莎士比亚:《莎士比亚全集》(下卷),梁实秋译,内蒙古文化出版社1995年版,第699页。

② 同上。

第五章 "渔"行为与海明威文本世界的男性气概

违背上帝的意志当然是更大的罪过。由此可见,老人喜欢鱼就如同奥赛罗喜欢苔丝狄蒙娜美丽的外表一样;老人要杀死鱼就犹如奥赛罗为了"正义"要杀死美丽的苔丝狄蒙娜一般。

那么,什么是"大鱼的罪过"?什么又是"上帝赋予的先天使命"呢?我们不妨看这样一段《圣经》原文①:

In that day the lord with his sore and great and strong sword shall punish leviathan the piercing serpent, even leviathan that crooked serpent; and he shall slay the dragon that is in the sea. (Isaiah27:1)

参考译文:到那日,耶和华必用他刚硬有力的大刀,刑罚鳄鱼,就是那快行的蛇,刑罚鳄鱼,就是那曲行的蛇。并杀海中的大鱼。(《以赛亚书》27:1)

对此,海明威在小说中是这样回应的:

You were born to be a fisherman as the fish was born to be a fish. San Pedro was a fisherman as was the father of the great DiMaggio.②

参考译文:就像鱼生来就是鱼那样,你生来就是个渔夫。圣·彼得是个渔夫,就像名将迪马乔的父亲是个渔夫一样。(黄源深:54)

若将人名"DiMaggio"去除,以上这段小说原文就呈现出十足的《圣经》味道:You were born to be a fisherman as the fish was born to be a fish. San Pedro was a fisherman as was the father of the great.

本书在第二章已经论述过"大鱼"与"利维坦"之间的等同关

---

① 因为要比较海明威小说原文与圣经原文的相似之处,所以再次使用英汉双语进行引用。
② [美]海明威:《老人与海》,黄源深译,译林出版社2007年版,第134页。

系，因此，小说原文中的"the fish"（大枪鱼）自然可以指代以上《圣经》引文中的"leviathan"（利维坦），因此"鱼生来就是鱼"这句话就意味着小说中的大鱼就是《圣经》文化记忆中的利维坦。英文中的"father"（父亲）在宗教场合的意思就是"上帝"，因此以上小说引文中的"父亲"也可以视为"上帝"的代名词。

此外，从老人名字"Santiago"看，"Santiago"所指代的渔夫圣·雅各与渔夫圣·彼得一样都是上帝的使徒，两者可谓兄弟。因此，以上的小说引文就可以替换成："圣·雅各是个渔夫，就像名将迪马乔的父亲是个渔夫一样。"换言之，老人的身份是上帝赐予的，老人也因此肩负上帝的使命。由此可见，海明威所说的"大鱼的罪过"就在于"大鱼"源自"利维坦"的罪；"上帝赋予的先天使命"则是：做一个渔夫，勇斗海中的"大鱼"。对此，海明威在小说中做了以下暗示：

You killed him for pride and because you are a fisherman. ①
参考译文：你杀它是出于自尊，因为你是个渔夫。（黄源深：55）

海明威在以上引文中所使用的"pride"一词不仅表达了"自尊"的意思，更有一种以此为荣的自豪感。换言之，"渔夫"身份给予老人特殊的荣耀，老人要以杀大鱼的"渔"行为证明自己对得起这份荣耀。然而，从现实世界的角度看，小说中的这个老人其实是一个家徒四壁，生活拮据的渔夫；现实世界的渔夫身份对老人而言，只意味着贫穷与破落，何谈"荣耀"呢？因此，海明威所谓的"渔夫"与"荣耀"的关系必定是文化记忆层面的。在《圣经》文化的语境中，"渔夫"的荣耀就意味着上帝的使命——勇斗大鱼、驯服利维坦；在《老人与海》中，这份荣耀就是以类似上帝之"渔"的行为证明老人的男性英雄气概：

---

① ［美］海明威：《老人与海》，黄源深译，译林出版社2007年版，第134页。

第五章 "渔"行为与海明威文本世界的男性气概

　　它跳起来,几乎像是要让我瞧瞧它有多大。无论如何,我现在明白了,他想。我真希望能让它看看我是怎样一个人。但那样它会看到我的手在抽筋。让它认为我比现在的我更有男子气概,我会是那样的。(黄源深:32)

　　以上这段引文传递了这样的信息:"大鱼"的罪过不仅因为其"利维坦"的影子,也因为其对老人之"男子气概"的挑战。这一挑战也是对男子汉身份认同的威胁。对海明威而言,这种男子汉身份认同就意味着奥赛罗所谓的"正义"之神。

　　总之,在《老人与海》中,海明威让老人以伟大渔夫的特别身份出场,以圣徒①使命为"荣耀"(pride),在杀与不杀的两难境地中勇斗大鱼,进而证明自己"廉颇未老"的男性英雄气概;他将上帝勇斗利维坦的《圣经》神话巧妙融入男子汉传奇,以英雄屠龙的传说将"渔"行为所蕴含的男性气概推向极致,为读者展现其心中真英雄的伟大形象。

(二)英雄的通过仪式

　　以上分析为本书解决了老人之"渔"的文化记忆问题。它意味着:《老人与海》中的老人之"渔"不再是世俗意义上的渔民生计,而是一个具有宗教神话背景,充满屠龙气息的英雄文化现象。用斯蒂思·汤姆森的话来说,老人之"渔"体现了一种永恒的叙事母题。②在这一母题的背后,隐藏着这样一种叙事策略:男性英雄身份的确立需要用征服大鱼的行为来体现。

　　《老人与海》无疑是这一叙事策略的最佳实验场之一。③为充分

---

① 海明威在文中虽然提及老人不是虔诚的信徒,却不意味着老人的"渔"行为不具有圣徒使命的色彩。

② 前文已提及:汤姆森在《民间文学母题索引》中,将"英雄勇斗大鱼"列为一个重要的叙事母题,母题号为A972.7。其中的内容是:"大鱼被英雄所杀,切成16片。"

③ 与此类似的还有海明威的其他小说以及其他作家的涉"渔"作品,例如梅尔维尔的《白鲸》。

海明威之"渔"与男性气概

利用"英雄勇斗大鱼"的母题，彰显这一母题所包含的男性英雄文化，海明威在小说中为老人安排了一个"通过仪式"（Rites of Passage）。他试图通过这一仪式向读者展现男子汉身份丢失、重拾、重获的一个过程。

首先，我们看"通过仪式"的具体概念。我们有必要请教人类学家阿诺德·根纳普（Arnold van Gennep）。在《通过仪式》（The Rites of Passage）一书中，根纳普认为：所有的通过仪式都包括三个阶段："分离期"（separation）①、"过渡期"（transition）、"接纳融合期"（incorporation）②。在第一阶段"分离期"中，主人公一般要从其以前的生活环境中脱离从来，在空间上远离以前的群体；在第二阶段"过渡期"中，个体要在分离后的空间里，以具体行动为以后进入新的生命阶段做准备；最后一阶段是"接纳融合期"，个体最终跨越"门槛"（threshold）阻碍，成功进入人生新境界③。对此，英国人类学家维克多·特纳（Victor Turner）进行了更为细致、更具可操作性的解释：

> 所有的通过仪式或"转换仪式"都有着标识性的三个阶段：分离（separation）阶段、边缘（margin）阶段［或叫阈限阶段，阈限（limen）这个词在拉丁文中有"门槛"的意思］以及聚合（aggregation）阶段。第一个阶段（分离阶段）包含带有象征意义的行为，表现个人或群体从原有的处境——社会结构里先前固定的位置，或整体的一种文化状态（称为"旧有形式"），或二者兼有——之中"分离出去"的行为。而在乎二者之间的"阈限"时期里，仪式主体［被称作"通过者"（passenger）］的特

---

① 此处关于通过仪式三个时期的英文是该书的译者选用的词汇。这三个词与后文维克多·特纳所说的三个时期的英文表达有些出入，但表达的具体意思一致。

② Arnold van Gennep, *The Rites of Passage*, trans. Monica B. Vizedom and Gabrielle L. Coffee, Intr. by Solon T. Kimball, Chicago: University of Chicago Press, 1960, p. 166.

③ 以上综述了阿诺德·根纳普的主要观点。参见 Arnold van Gennep, *The Rites of Passage*, trans. Monica B. Vizedom and Gabrielle L. Coffee, Intr. by Solon T. Kimball, Chicago: University of Chicago Press, 1960。

第五章 "渔"行为与海明威文本世界的男性气概

征并不清晰;他从本族文化中的一个领域内通过,而这一领域不具有(或几乎不具有)以前的状况(或未来的状况)的特点。在第三个阶段(重新聚合或重新并入阶段),通过过程就圆满地完成了。仪式主体——无论是个人还是群体——重新获得了相对稳定的状态,并且还因此获得了(相对于其他人的)明确定义……①

其次,我们看《老人与海》中男子汉身份变化的三个阶段——丢失、重拾、重获。

1. 身份丢失阶段

男子汉身份丢失阶段,也就是"通过仪式"中的"分离阶段"。在这一阶段,作为阈限实体的主人公"可能会被表现为一无所有的人……他们没有地位,没有财产……在亲属体系中也没有他们的位置……"②。令人惊奇的是,海明威在小说开头就是这样描绘老人的:老人果然穷得几乎一无所有:"一些简单的渔具、一条床、一张小桌、一把椅子……一块放炭炉做饭的小地方"(李锡胤:6),还有两张亡妻留下来的圣像画。海明威用一个破旧的棚屋暗示这样一个事实:老人是个没有地位、没有财产的人。

"亡妻"意味着老人失去了"有妇之夫"的男人身份;而后,老人又因为连续八十四天的渔而无获,面临失去"渔夫"身份的危机;周围人的轻视与怀疑正将他从原有位置上驱逐出去:

> 他一连出海八十四天,没捕到一条鱼。前四十天有个孩子跟着,后来孩子的爸妈见老人总是空手回来,就说他交上了最倒霉的背运,硬要孩子换一条渔船。果然,孩子新跟的渔夫第一个礼拜就捕到三条好大的鱼。(李锡胤:1—2)

---

① [英]维克多·特纳:《仪式的过程——结构与反结构》,黄剑波等译,中国人民大学出版社2006年版,第95页。
② 同上。

总之，海明威在小说开篇就阉割了老人的阳刚之气：经济地位、丈夫角色、"渔夫"身份。失去了这些东西，老人也就失去了传统意义上的男子汉身份。在小说开头，海明威呈现的是一个危机中的男人，一个需要重获男子汉身份认同的人。为此，海明威为老人安排了第八十五天的行程——独自驾船到很远的海上捕鱼。这也就意味着老人告别原来的生活环境，在空间上远离以前的群体。

2. 重拾身份阶段

重拾身份阶段的老人进入了"通过仪式"的"阈限期"。

在这一阶段，海明威为老人安排了强大的"阈限怪兽"——大鱼。"阈限怪兽"也称"阈限动物"（liminal creatures），是神话英雄人物进入生命新阶段过程中必然遇上的一种动物。因此，大鱼的出现可谓老人重拾男子汉身份的关键。在西方文化的共同记忆中，大鱼就是"利维坦""拉哈伯"等混沌水怪的化身；征服大鱼的"渔"行为也就意味着征服混沌之龙，重整宇宙秩序的男性英雄气概。从仪式通关的角度看，《老人与海》中的大鱼是老人顺利通过阈限期的最大障碍。要重拾昔日男子汉的雄风，老人必须以屠龙的气概征服这条从没见过的大鱼。

从这层意义上看，《老人与海》中的大鱼与怪兽斯芬克斯（Sphnix）扮演着同样的角色。在"斯芬克斯之谜"（Riddle of Sphnix）中，俄狄浦斯（Oedipus）也面临人生道路上的一个重要的"通过仪式"。俄狄浦斯必须以"解谜"的形式征服怪兽斯芬克斯，才能获得群体的认可，顺利进入生命的下一阶段。《老人与海》中的圣蒂雅各（Santiago）也必须用"渔"行为的方式杀死海中大鱼，才能重新唤起人们对"英雄勇斗大鱼"之屠龙文化的共同记忆，才能使曾经共同生活的群体重新认可老人的英雄地位与男子汉身份。

这一点也不禁让人想起中国古典小说《水浒传》中的"武松打虎"。众所周知，武松的一举成名，主要是因为其在景阳冈打死了一只吊睛白额的大老虎。若从"通过仪式"的角度看，景阳冈上的一幕就是武松的"阈限期"。在景阳冈上，武松遇到了"阈限怪兽"；只有除去怪兽，武松才能证明自己的男性气概，从群体中获得好汉身份的认同。因此,"阈限怪兽"老虎的出现,帮助武松获得了"打虎英雄"的美誉。这一美誉无疑就是一种群体的认同。

在《老人与海》中,《水浒传》所谓的"打虎英雄"就是杀死海中大鱼的老人。如果说,在中国文化的语境下,施耐庵必须通过"打虎"行为来帮助武松度过阈限期的话,海明威则必须通过"渔"行为帮助《老人与海》中的老人重新找回"胜者圣蒂雅各"(Santiago El Campeon①)(李锡胤:44)的头衔。换言之,如果说施耐庵将"打虎"视为"包装"武松英雄形象的必备条件的话,老人之"渔"也自然是海明威用来"包装"老人男子汉形象,塑造自己心目中英雄偶像的一种重要手段。

由此可见,老人之"渔"不是一般的渔民生计;它是老人跨越阈限、通过阈限期的重要方法。与中国文化中的"打虎"一样,老人之"渔"彰显的也是英勇无敌的男性气概。然而,在中国文化的语境中,"渔"行为却无法建构起海明威式的"屠龙"英雄气概;因为中国文化背景下的"渔"行为要么是一种渔民生计,要么就是文人出世态度的消极隐喻。也正因如此,在武松成就英雄伟业的道路上,施耐庵只能将老虎作为通过仪式中的"阈限怪兽"了。这一现象反过来提醒我们:身处异质文化环境中的读者要真正理解《老人与海》中"渔"行为,就必须真正以西方文化为解读背景,从西方人的文化记忆中搜寻"渔"行为的男性文化内涵;从勇斗大鱼的神话中理解"渔"行为对于西方男子汉身份建构的重要意义。只有这样,身处异质文化的读者才能在解读过程中,摆脱本民族文化的负迁移影响,避免对老人之"渔"做出过于抽象、过于随意、过于主观的解释。

3. 重获身份阶段

重获身份阶段也意味着通过仪式中的"接纳融合期"。在这一时期,老人终于杀掉海中大鱼,重归故里。

令人深思的是,海明威让老人带回的其实已不是大鱼,而是一副

---

① [美]海明威:《老人与海》,黄源深译,译林出版社2007年版,第110页。

雪白的大鱼骨架。对于现实世界中的渔夫而言，这副骨架已没有太多的经济价值。因此，老人带回骨架的目的已不在于世俗层面的鱼市交易，而是为了一种身份的证明：老人试图用骨架来说明其在大海上的传奇经历，证明其渔夫英雄身份的重获。

老人带回的骨架最终得到了群体的认可。大家忙着测量骨架的长度，还发出惊讶的感叹。其中，为证明老人身份的重获，海明威特意安排了一个"前后呼应"式的结构——男孩马诺林（Manolin）的回归。当老人连续四十天渔而无获时，马诺林在父亲的劝说下离开了老人；老人这次带回的骨架让男孩欣喜若狂，不仅奔走相告，还决定不再理会父母的意见①，从此与老人出海同"渔"："我不管他们。昨天捉两条。以后我跟你一起，要向你学的东西还多着呢！"（李锡胤：82）这一回答标志着男孩马诺林的回归，也是老人重归群体后获得的最有力的身份认同。

总之，在《老人与海》中，"渔"行为不再是一种简单的渔民生计，而是一种强而有力的男性气概之建构手段。在海明威笔下，这种行为承载着西方社会关于"海中大鱼"以及"英雄勇斗大鱼"的文化记忆。为寄托自己理想中的男性气概，海明威在小说中成功改造了现实生活中渔夫故事，以勇斗海中大鱼的叙事情节生动呼应了《圣经》神话中的屠龙壮举，以通过仪式的程式安排了主人公男子汉身份认同的前因后果。老人之"渔"有力地帮助海明威唤起人们关于大鱼神话与男性气概之关系的文化记忆，又婉转地暗示了自己对于男子汉身份确立的看法与心路历程。

第三节　尼克·亚当斯之成长

一　《印第安营地》之"渔"

乍看之下，讨论《印第安营地》（*Indian Camp*）中的"渔"行为

---

① 在小说开头，马诺林离开老人时，说的是"爸叫我走的。我还是孩子，只得听爸的。"（李锡胤：82）。由此可见，老人带回的大鱼骨架彻底征服了男孩，老人也从男孩那里得到了真正的身份认可。

第五章 "渔"行为与海明威文本世界的男性气概

是不可思议的事情。原因如下：即便海明威在结尾处提及"一条鲈鱼跳出水面"（《尼克·亚当斯故事集》：11）①，短篇小说《印第安营地》也没有任何文字直接描述过"渔"行为。

的确如此，但《印第安营地》也确实蕴含着"渔"行为。只不过这一内容是通过神话中的"鱼腹"原型间接体现的。

所谓"鱼腹"指的是大鱼之腹。为此，我们不妨重述一下前文提过的赫拉克勒斯勇斗大鱼怪"克托斯"的故事。在希腊神话中，海神波塞冬为惩罚特洛伊国王言而无信，派"克托斯"袭扰特洛伊城，劫走公主赫西俄涅。国王随即向赫拉克勒斯求助。赫拉克勒斯接受请求，前去营救。就在公主险遭吞食之际，赫拉克勒斯钻入克托斯之腹，持刀碎其内脏；而后，又挖洞从其腹中爬出。

《印第安营地》的情节与赫拉克勒斯神话似乎颇为相似：父亲带着叔叔及尼克，接受了印第安人危急时刻的请求，在黑暗的夜色中乘船涉水，前去救人。父亲所要救的是一个女人及其腹中的生命；父亲所面临的难题是女人的难产——生命困于腹中。换言之，父亲所面临的困境是"腹"对生命的威胁。而后，父亲用"刀"剖开了"腹"，男婴随即出"腹"，女人的生命也得以挽救。

由此可见，《印第安营地》为我们间接呈现的其实是英雄的"渔"行为——赫拉克勒斯勇斗大鱼怪克托斯的神话。海明威用临盆之"腹"生动地象征了神话中的"大鱼之腹"对生命的束缚②；用父亲的剖腹手术重写了赫拉克勒斯英勇破"腹"的"渔"行为。具体分析如下：

（一）大鱼恐惧——鱼腹之困

要分析《印第安营地》中的"大鱼恐惧"，我们得从其姐妹篇③

---

① 本书所引用的尼克系列故事出自董衡巽等译的《老人与海》一书。该书包括《尼克·亚当斯故事集》与《老人与海》两部分。为区别前文所涉及的《老人与海》的引文，本节所引用的尼克系列故事原文均采用以下方式标注：(《尼克·亚当斯故事集》+ 冒号 + 页码）。参见［美］海明威《老人与海》，董衡巽等译，漓江出版社 1987 年版。

② 《圣经·约拿书》中所提及的大鱼吞噬约拿的故事也是"鱼腹"恐惧的体现。

③ 在《尼克·亚当斯故事集》中，《三声枪响》是开篇故事，《印第安营地》则名列第二，紧随其后。这两个故事一前一后，内容互补，可以视为一种短篇连载的姐妹篇。这也是当年海明威研究专家菲利普·杨（Philip Young）编辑《尼克·亚当斯故事集》的意义所在吧。

海明威之"渔"与男性气概

《三声枪响》(*Three Shots*) 讲起。

在《三声枪响》中,海明威讲述了这样一个故事:父亲与叔叔外出捕鱼,让年幼的尼克穿过漆黑的树林回营地睡觉,并嘱咐尼克:"如果发生什么紧急情况,他可以打三下枪,他们就会回来的。"(《尼克·亚当斯故事集》:3)回到营地的尼克因为一种莫名的恐惧,放了三枪,召回了父亲和叔叔,中断了他们的"渔"行为。对此,叔叔颇为不满。由此可见,三声枪响是尼克恐惧的表现;也是他召回父亲及叔叔,从两个"渔夫"那寻求保护的手段。

尼克莫名的恐惧到底是什么呢?《三声枪响》没有直接点出,而是以"冰山"风格将尼克的恐惧形容为其在夜里对一种奇怪声响的恐惧。为此,我们有必要参考海明威传记作家林恩所提供的信息。在《海明威》一书中,林恩指出《印第安人营地》印刷前的原稿中曾有这样一段文字:

> "一天夜里,晚餐后,尼克·亚当斯的父亲和乔治叔叔划船消失在密执安湖的夜幕中,他们凭借着一盏灯去捕鱼,让年仅10岁的尼克孤身穿越黑黢黢的森林,回到他们的帐篷中去。"[①]

从现有的海明威短篇文本看,遭省略的以上这段文字显然是《三声枪响》中的内容。对此,林恩指出:在删除的段落结尾,"读者会发现尼克对于海上女妖的死亡召唤是多么地敏感与脆弱,尽管读者不知其潜在原因"。[②] 林恩所说的尼克对"海上女妖"的恐惧,其实也可以视为尼克对海怪的一种恐惧。这种恐惧与西方文化记忆中的"大鱼恐惧"无疑是同源的。这种恐惧感从《三声枪响》一直蔓延到《印第安营地》中。对此,我们从两部短篇之间良好的连贯性中可见一斑。先看《三声枪响》的结尾:

---

① [美]肯尼思·S. 林恩:《海明威》,任晓晋等译,中央编译出版社1997年版,第45页。
② 同上。

第五章 "渔"行为与海明威文本世界的男性气概

> 眼下他又在营帐里脱衣服。他注意到墙上两个人的影子,但是他不去看他们。接着他听见船拖到岸边;两个人影不见了。他听见他父亲同什么人在说话。
>
> 接着他父亲叫道:"穿衣服,尼克。"
>
> 他快快穿上衣服。他父亲进来,在露营带里摸索。
>
> "穿上大衣,尼克。"他父亲说。(《尼克·亚当斯故事集》:5)

再看《印第安营地》的开头:"又一条划船拉上了湖岸。两个印第安人站在湖边等待着。"(《尼克·亚当斯故事集》:6)

《印第安营地》中的"又一条划船"显然呼应着《三声枪响》中的"他听见船拖到岸边";《三声枪响》中的"什么人"也因此对应着《印第安营地》中的"印第安人"。

既然《三声枪响》与《印第安营地》之间衔接流畅,我们就可以对《印第安营地》的开头做这样一番深入解读:兼具"渔夫""医生"双重身份的父亲带着叔叔及深陷"大鱼恐惧"的尼克,一同前往印第安营地。

为突出印第安营地暗藏的"大鱼恐惧",海明威以尼克的视角有意识地强调了路上的黑暗:除了直接描写"黑暗"(dark)[①]以外,海明威还使用一些表示"亮光"(light, lamp)的词来反衬夜的黑。[②] 临近印第安营地时,海明威还以狗的阻拦烘托了印第安营地令人恐慌的气氛:"有一只狗汪汪地叫着,奔出来……又有几只狗向他们冲过来。"(《尼克·亚当斯故事集》:7)

在随后的场景中,象征大鱼恐惧的"鱼腹之困"出现了——一个印第安妇女因难产而痛苦尖叫:

> 屋里,木板床上躺着一个年轻的印第安妇女。她正在生孩

[①] 例如:"两条船在黑暗中划出去。"(《尼克·亚当斯故事集》:6);"乔治叔叔正在黑暗中抽雪茄烟。"(《尼克·亚当斯故事集》:6)。

[②] 例如:"他手里拿一盏灯笼。"(《尼克·亚当斯故事集》:6);"从剥树皮的印第安人住的棚屋里,有灯光透出来。"(《尼克·亚当斯故事集》:7)

子，已经两天了，孩子还生不下来。营里的老年妇女都一直在帮助她。男人们跑到了路上，直跑到再听不见她叫喊的地方。在黑暗中坐下来抽烟。尼克，还有两个印第安人，跟着他爸爸和乔治叔叔走进棚屋时，她正好在尖声直叫。她躺在双层床的下铺，盖着被子，肚子鼓得高高的。她的头侧向一边。上铺躺着她的丈夫。三天以前，他把自己的腿给砍伤了，是斧头砍的，伤势很不轻。他正在抽板烟，屋子里气味很坏。（《尼克·亚当斯故事集》：7）

在以上引文中，海明威用产妇的尖叫渲染了"鱼腹之困"对生命的威胁，同时也阉割了印第安男人的男性气概：能逃走的男人们躲到听不见尖叫声的地方，用"抽烟"的方式①无奈地抵抗恐惧的侵袭；因伤逃不走的（产妇的丈夫）只能躺在产妇的上铺，用"抽烟"的方式垂死挣扎，最后竟不堪恐惧的摧残，割喉自杀。印第安丈夫的自杀以"鲜血直冒，流成一大摊"（《尼克·亚当斯故事集》：10）的恐怖将"鱼腹之困"所象征的大鱼恐惧推向了极致。

（二）斗鱼英雄——尼克之父

首先，《印第安营地》中的尼克之父是一个渔夫。《三声枪响》以《印第安营地》姐妹篇的优势为我们提供了这一背景信息：前一天晚上，他父亲和叔叔吃完晚饭拎着手提灯到湖上去打鱼（《尼克·亚当斯故事集》：3）。

其次，尼克之父救治印第安营产妇的情节暗藏着赫拉克勒斯勇斗大鱼怪"克托斯"的神话：产妇与男婴的生命都受困于"腹"的束缚；尼克之父以一个"斗鱼"英雄的形象，从容面对"鱼腹之困"的威胁，用刀剖开"腹"，解救了两条生命。为此，尼克之父深感自豪：

"这个手术真可以上医药杂志了，乔治，"他说，"用一把大

---

① 抽烟也是传统意义上表现男性气概的一种行为。

第五章 "渔"行为与海明威文本世界的男性气概

折刀做剖腹产手术,再用九英尺长的细肠线缝起来。"
(《尼克·亚当斯故事集》: 9)

尼克的叔叔也赞叹不已,称赞尼克之父是一个"了不起的人物"(《尼克·亚当斯故事集》: 9)。

尼克之父的自豪与尼克叔叔的赞叹犹如海明威的喝彩,将这次剖腹产的意义提升至英雄伟绩的层次。而且,尼克之父战胜"鱼腹"的工具还是钓鱼过程中使用的工具——大折刀与细肠线。

这一点再次将"渔"行为与"鱼腹之困"紧密联系在一起,进一步证明了尼克之父"斗鱼英雄"的形象。

此外,海明威还在小说末尾引入基督教文化的隐喻,突出了尼克之父的伟大。我们不妨细读这段结尾:

他们上了船,坐了下来,尼克在船艄,他父亲划桨。太阳正从山那边升起来。一条鲈鱼跳出水面,河面上画出一个水圈。尼克把手伸进水里,跟船一起滑过去。在清冷的早晨,水里倒是很温暖。

清早,在湖面上,尼克坐在船梢,他父亲划着船,他蛮有把握地相信他永远不会死。(《尼克·亚当斯故事集》: 11)

除了已经出现的尼克及其父亲、叔叔外,小说此处出现了一个新的形象:"一条鲈鱼跳出水面。"这段看似偶然的情节其实暗藏着基督教的"文化冰山"。

前文已经分析过"鱼"与基督形象的同一性属问题。因此,鲈鱼的出现可以视为耶稣的再现;耶稣的再现必然带来神迹。这一神迹就是"治好一个流血的女人"(cure of a bleeding woman)。具体内容如下:一个女人流血十二年未愈。遇到耶稣后,只在其斗篷上碰了一下,流血症就得以痊愈。[①]

[①] 参见《圣经·马可福音》5: 21—43、《圣经·马太福音》9: 18—26、《圣经·路加福音》8: 40—56。

《印第安营地》中的产妇就是这样一个流血的女人:"屋里,木板床上躺着一个年轻的印第安妇女。她正在生孩子,已经两天了,孩子还生不下来。"(《尼克·亚当斯故事集》:7)小说虽然没有直接提及产妇流血。但从妇产知识的角度看,难产就意味着出血;文中的印第安产妇很可能已经连续流血两天了。海明威在描写产妇状态时,显然又一次为我们展现了其独特的"冰山风格"。

与之相呼应,尼克之父也就自然成为治愈流血女人的耶稣基督。这一点也圆满解答了文末尼克"蛮有把握地相信"父亲"永远不会死"的原因所在。

(三)男性气概的表征

有了前文对大鱼恐惧以及斗鱼英雄的分析,我们就为《印第安营地》中的"渔"行为找到了存在的依据。既然小说中的"渔"行为依然承载着"勇斗大鱼"的文化信息,我们就有理由在此基础上进一步分析"渔"行为与男性气概的关系问题。

《印第安营地》所呈现的男性气概涉及以下两种人:印第安男性、白人男性。将这两种人联系在一起的就是小说的核心情节——"鱼腹之困"与破"腹"之举。这也正是小说"渔"行为的内涵所在。海明威用这种"渔"行为解构了印第安人的男性气概,同时也建构了白人的男子汉身份。

首先,在"鱼腹之困"面前,印第安男人逆着产妇的尖叫,选择了逃避:"男人们跑到了路上,直跑到再听不见她叫喊的地方"(《尼克·亚当斯故事集》:7);尼克一行的白人则迎着产妇的尖叫,一直"往前"(《尼克·亚当斯故事集》:7)。由此可见,海明威用"逃避"消减了印第安人的男性气概;用"往前"彰显了白人的男子汉身份。

其次,三把"刀"从解构印第安人男性气概的角度建构了白人的男性气概。

第一把"刀"是"斧头":"上铺躺着她的丈夫。三天以前,他把自己的腿给砍伤了,是斧头砍的,伤势很不轻。他正在抽板烟,屋子里气味很坏。"(《尼克·亚当斯故事集》:7)在白人男性进入印第安人家庭的第一刻,海明威就为我们呈现了一个受伤卧床的印第安男

第五章 "渔"行为与海明威文本世界的男性气概

人形象。白人男性的活动状态与这个印第安男人的静止状态形成鲜明的反差。这种反差是白人男性来临的意义所在,也是海明威阉割印第安人男性气概的第一处体现。

第二把"刀"是"大折刀":"这个手术真可以上医药杂志了,乔治,"他说,"用一把大折刀做剖腹产手术,再用九英尺长的细肠线缝起来。"(《尼克·亚当斯故事集》:9)海明威在文中特意凸出了这次破"腹"手术的工具——"大折刀"。如果说大折刀解决了"鱼腹之困",拯救了生命,不如说尼克之父用"大折刀"证明了印第安男人的无能,阉割了他们的男性气概。因此,"大折刀"意象是海明威阉割印第安人男性气概的第二处体现。

第三把"刀"是"剃刀":"他把自己的喉管自两耳之间都割断了。鲜血直冒,流成一大摊,他的尸体使床铺往下陷。他的头枕在左臂上。一把剃刀打开着,锋口朝上,掉在毯子上。"(《尼克·亚当斯故事集》:10)印第安丈夫的自杀当然是其懦弱的表现,但从这一情节的安排来看,海明威显然第三次阉割了印第安男人的男性气概。

最后,我们看尼克在小说中的心智成长。我们有必要注意以下两段文字:

(1)尼克给他父亲端着盆,手术做了好长一段时间。(《尼克·亚当斯故事集》:8)

(2)"瞧,是个男孩,尼克,"他说道,"做实习大夫,你喜欢吗?"尼克说:"好吧。"他把头转过去,不敢看他父亲在干什么。(《尼克·亚当斯故事集》:8—9)

在第一段文字中,尼克给正在手术的父亲"端着盆",意味着尼克也加入到彰显男性气概的"渔"行为过程中;在第二段文字中,"瞧,是个男孩,尼克"其实是个双关语。它既是破"腹"成功的父亲对婴儿性别的认定,也是英雄父亲对尼克男性气概的肯定——是个男孩。英雄父亲随即问尼克是否愿意做"实习大夫"。尼克的肯定回答也因此表达了其成为破"腹"英雄的向往。由此可见海明威让尼克随同父亲前

| 海明威之"渔"与男性气概 |

往印第安营地的目的所在：父亲的"渔"行为（剖"腹"手术）就是尼克变为男子汉的成长仪式。也正因如此，尼克即便在父亲"渔"行为的过程中，从头看到尾，也没有像《三声枪响》中的尼克那样惊恐万分；而是坐在父亲的渔船上，看着"太阳正从山那边升起来"，心中"很温暖"（《尼克·亚当斯故事集》：11）。这样的结尾显然再次肯定了尼克在这次斗鱼之旅中的成长以及白人的男性英雄气概。

总之，《印第安营地》就是一则英雄勇斗大鱼的神话。以尼克之父为首的白人"渔夫"破开"鱼腹"，拯救生命的故事再次诠释了"渔"行为的性属特征与男性文化内涵；为海明威塑造男性英雄形象提供了表演的舞台。

二 "双心"之"渔"

在《大双心河》中猎奇，我们要留意其中的"双心"特点；海明威文本世界中惯用的"渔"行为也不能例外。海明威成功继承了西方文化关于"渔王"传说的共同记忆，以具有双重含义的"渔"行为建构了人物的男性气概。

（一）尼克之"伤"与"渔王"之痛

与《老人与海》类似，《大双心河》也是一个没有女人介入的故事。海明威依旧遵循"渔"行为的男子汉准则，从故事一开始就没有邀请任何女性出场，甚至连水中的鱼都找不到雌性的："两条都是雄。"（《尼克·亚当斯故事集》：196）然而，受邀出场的尼克又是一个"受伤"的男人。作为小说唯一的人物，也作为一个唯一的男性，主人公尼克是一个战后还乡的男孩[①]，一个遭受战争摧残的人[②]。海明威并未在小说文本中提及尼克之"伤"，却将其深藏在八分之七

---

① 海明威在《流动的圣节》中曾提及小说的战争背景："这个故事讲主人公战后返乡，但并没有提及战争。"参见 Ernest Hemingway, *A Moveable Feast*, New York: Scribner, 1970, p. 76。

② 海明威在"短篇小说艺术"（The Art of the Short Story）一文中曾用"beat to the wide from a war"来形容《大双心河》中的尼克。转引自 Bernard Oldsey, "Hemingway's Beginnings and Endings", *College Literature*, Vol. 7, No. 3, 1980, p. 218。

第五章 "渔"行为与海明威文本世界的男性气概

的冰山中,等待我们发掘。

先看尼克出场后在水边见到的一幕:

> 尼克望着被火烧过的那截山坡,他原指望能看到该镇的那些房屋散布上面,然后他顺着铁路轨道走到河上的桥边。河还在那里。河水在桥墩的圆木桩上激起漩涡。尼克俯视着由于河底的卵石而呈褐色的清澈的河水,观看鳟鱼抖动着鳍在激流中稳住身子。他看着看着,它们倏的拐弯,变换了位置,结果又在急水中稳定下来。尼克对它们看了好半晌。
>
> 他看它们把鼻子探进激流,稳定了身子,这许多在飞速流动的深水中的鳟鱼显得稍微有些变形,因为他是穿过水潭那凸面玻璃般的水面一直望到深处的,水潭表面的流水拍打在阻住去路的圆木桩组成的桥墩上,滑溜地激起波浪。水潭底部藏着大鳟鱼。尼克起初没有看到它们。后来他才看见它们在潭底,这些大鳟鱼在潭底的砾石层上稳住了身子,正处在流水激起的一股股像游移不定的迷雾般的砾石和沙子中。(《尼克·亚当斯故事集》: 174—175)

以上这一幕与其说是尼克观鱼,不如说是尼克凝视镜中的自我。"清澈的河水"以及"玻璃般的水面"提醒我们小河犹如一面镜子。海明威让"尼克俯视",却没有描写其在水中的倒影;他让尼克看到的是其下火车后看到的第一个生命——鳟鱼。这只"稍微有些变形"的鳟鱼所处的环境是"激流",所要做的是先"稳住身子",等待时机,跃出激流。"激流""变形"无疑在悄悄地诉说尼克的困境与尼克之"伤"。

再看水边的另一幕:

> 一条大鳟鱼朝上游窜去,构成一道长长的弧线,不过仅仅是它在水中的身影勾勒出了这道弧线,跟着它跃出水面。被阳光照着,这就失去了身影,跟着,它穿过水面回到水里,它的身影仿

海明威之"渔"与男性气概

佛随着水流一路漂去……(《尼克·亚当斯故事集》:175)

在以上这段文字中,海明威再次将尼克与鳟鱼合为一体:鳟鱼一旦跃出水面,就"失去了身影";回到水里时,"身影仿佛随着水流一路漂去"。显然,这是"灵""肉"分离的象征。鳟鱼"朝上游窜去"的这一跃是冒着生命危险的。霍华德·汉南(Howard L. Hannum)甚至认为:这意味着尼克对灵魂离开肉体的恐惧瞬间重上心头。[①] 灵魂离开肉体,不论对鳟鱼,还是对尼克而言,都意味着"死亡"。

随后的一句小说原文更值得回味:"随着鳟鱼的动作,尼克的心抽紧了。过去的感受全部兜上了心头。"(《尼克·亚当斯故事集》:175)由此可见,尼克紧张的原因是恐惧,对灵魂离开肉体、对死亡的恐惧。这也正是他"过去的感受"。海明威的这段描述看似闲谈,却在简短的篇幅中,用影子与躯体的分离,再次暗示了尼克的困境与尼克之"伤"。

此外,海明威在小说开篇部分还借用"渔王"传说暗示了尼克之"伤"。

首先,海明威将尼克出场的背景定在毁于大火的森奈镇;他让森奈镇以"荒原"的形象暗示了"渔王"的存在:

火车顺着轨道驶去,绕过上有烧焦树木的小丘中的一座,失去了踪影。尼克在那扎由行李员从行李车门内扔出来的帐篷在铺盖卷上坐下来。这里没有镇子,什么也没有,只有铁轨和火烧过的土地。沿着森奈镇唯一的街道曾有十三家酒馆,现在已经没有留下一丝痕迹。广厦旅馆的屋基撅出在地面上。基石被火烧得破碎而崩裂了。森奈镇就剩下这些了。连土地的表层也给烧毁了。

(《尼克·亚当斯故事集》:174)

以上引文中的"烧焦""烧过""烧得破碎而崩裂"以及"烧

[①] Howard L. Hannum, "Scared Sick Looking at It: A Reading of Nick Adams in the Published Stories", *Twentieth Century Literature*, Vol. 47, No. 1, 2001, p. 105.

第五章 "渔"行为与海明威文本世界的男性气概

毁"提醒读者：海明威笔下"烧"（burned）的概念，暗合了艾略特笔下的《荒原》：

> 烧啊烧啊烧啊烧啊
> 主啊你把我救拔出来
> 主啊你救拔
> 烧啊①

这种暗合除了体现于"烧"字的互文外，还以"救拔"暗示着尼克之伤。

其次，我们注意海明威在小说开头部分对"鱼狗"（翠鸟）的描写。这是海明威对"渔王"传说的又一次暗示：

> 尼克从桥上俯视水潭。这是个大热天。一只鱼狗朝上游飞去。尼克好久没有观望过小溪，没有见过鳟鱼了。它们叫人非常满意。随着那鱼狗在水面上的影子朝上游掠去，一条大鳟鱼朝上游窜去……（《尼克·亚当斯故事集》：175）

在以上文字中，海明威描述了"鱼狗"（翠鸟），还描述了"鱼狗在水面上的影子"。在英文中，鱼狗（翠鸟）的名称是"kingfisher"；若将这个词投影在水面上，"fisher"就会排在"king"之前；虽然在字母排序上还存在差异，但足以令人产生"fisher king"的感觉。② 因此，海明威在以上文字中所谓的"鱼狗在水面上的影子"其

---

① [英]艾略特：《荒原》，赵萝蕤、张子清等译，北京燕山出版社2006年版，第21页。
② 著名学者赵萝蕤教授就有同感：在《四个四重奏》的中文译本中，赵萝蕤教授曾对诗行"在翠鸟迎着光亮展翅以后，现在是寂然无声，那光亮依然在旋转的世界的静点上"（参见[英]艾略特《荒原》，赵萝蕤、张子清等译，北京燕山出版社2006年版，第54页。）中的"翠鸟"做过这样的译注："英文里的翠鸟（kingfisher），其中两个组合字对调一下位置，就成了渔王（fisher king），这就使人自然地想起艾略特的《荒原》中提到的渔王……"参见[英]艾略特《荒原》，赵萝蕤、张子清等译，北京燕山出版社2006年版，第97页。

实是一种暗示：除了鳟鱼的影子，尼克还看到了鱼狗的影子；这些影子其实就是尼克在水中的影子。一个影子是变形的鳟鱼——肢体受伤的尼克；另一个影子是"fisher king"——"渔王"尼克。不论哪一种影子，都提醒我们尼克是个像"渔王"① 那样受伤的人，一个面临男子汉身份危机的男性。

最后，海明威又以"圣杯"（grail）意象暗示了尼克的"渔王"之伤。在小说开头部分，海明威埋藏了一个破裂的"圣杯"。为此，我们必须从英语的原文"土壤"里将其挖出：

> The *train* went on up the track out of sight, around one of the hills of burnt timber. Nick sat down on the bundle of canvas and bedding the baggage man had pitched out of the door of the baggage car. There was no town, nothing but the rails and the burned-over country. The thirteen saloons that had lined the one street of Seney had not left a trace. The foundations of the Mansion House hotel stuck up above the ground. The stone was chipped and split by the fire. It was all that was left of the town of Seney. Even the surface had been burned off the ground.
>
> Nick looked at the burned-over stretch of hillside, where he had expected to find the scattered houses of the town and then walked down the rail road track to the bridge over the river. ②

参考译文：

火车顺着轨道驶去，绕过上有烧焦树木的小丘中的一座，失去了踪影。尼克在那扎由行李员从行李车门内扔出来的帐篷在铺盖卷上坐下来。这里没有镇子，什么也没有，只有铁轨和火烧过的土地。沿着森奈镇唯一的街道曾有十三家酒馆，现在已经没有

---

① 西方文化中的渔王传说有多种版本，但都具有以下特征：渔王受伤；受伤之后国土荒芜；渔王无事可做，只有在自己城堡（Castle Corbenic）附近的河里钓鱼。
② Ernest Hemingway, *Hemingway on Fishing*, ed., Nick Lyons, New York: Scribner, 2004, p. 3.

第五章 "渔"行为与海明威文本世界的男性气概

留下一丝痕迹。广厦旅馆的屋基撅出在地面上。基石被火烧得破碎而崩裂了。森奈镇就剩下这些了。连土地的表层也给烧毁了。

尼克望着被火烧过的那截山坡,他原指望能看到该镇的那些房屋散布上面,然后他顺着铁路轨道走到河上的桥边。

(《尼克·亚当斯故事集》:174)

如果我们将以上英文中的实义词汇(不含介词、副词、冠词、数词)进行归类,有重复现象的主要有三个词:"town"(3次)、"ground"(2次)、"rail"(2次)。加上"train"及"country"这两个"rail"与"ground"的近义词,海明威在开篇简短的篇幅里,连续三次重复了"ground"和"rail"。如果我们将"ground"与"rail"连在一起,就能得出"g+rail"的词汇粘连结构①;这一粘连结构也就是传说中的"grail"(圣杯)。

也许海明威还担心聪明的读者可能由于粗心错过这一重要的文字游戏。为此,在首段的第三句,海明威再次强调:"There was no town, nothing but the rails and the burned-over country."(town 是不存在的,只有 rail 和 country)。鉴于"country"与"ground"的近义词现象,海明威的这次强调就可以进一步理解为:"There was no town, nothing but the rails and the burned-over ground."(town 是不存在的,只有 rail 和 ground)。

由此可见,用字吝啬的海明威在《大双心河》的开头只突出呈现了"ground"和"rail"两个词②;这两个词连在一块儿就可以形成"grail"(圣杯)一词。这无疑意味着海明威在小说开头对"渔王"传说的借用。然而,海明威并没有完全照搬,而是以"ground+rail"

---

① 在英语中,这种词很多。例如,英国文学家路易斯·卡罗尔(Lewis Carroll)在 1874 年创作的诗歌《猎蛇鲨记》(*The Hunting of the Snark*)中曾经将"snake"(蛇)与"shark"(鲨)两个词连在一块儿,创造了"snark"(蛇鲨)一词。又如,现代英语中的"smog"(烟雾)一词则是"smoke"(烟)与"fog"(雾)粘连形成的。由此可见,"g+rail"("ground"与"rail")粘连成"grail"的可行性是有客观依据的。

② 即便抛开纯粹的词频统计,我们从整体把握的角度看,开篇所呈现的意象也的确"只有铁轨和火烧过的土地"(《尼克·亚当斯故事集》:174)。

的形式部分解构了"渔王"传说；他在开头埋藏的其实是一个破裂的"圣杯"。在森奈镇的大火中，传说中的"圣杯"已"烧裂"成"ground + rail"模样的碎片。因此，"圣杯"虽已烧裂，却同样勾起了人们对"渔王"传说的文化记忆。这一记忆有助于我们感知海明威对尼克之伤的暗示。烧裂的"圣杯"同时也提醒我们："圣杯"已碎，勇士已无法寻回圣杯治愈"渔王"。那么，尼克之伤是否因此无法救治？尼克的家园是否从此无法重建呢？

海明威在《大双心河》中给出的答案显然是乐观的："圣杯"虽已烧裂，尼克却不完全是等待的"渔王"。尼克之伤需要用"双心"之"渔"来救治。

（二）祛妖除魔与自我拯救

"祛妖除魔"与"自我拯救"构成了尼克之"渔"的双重含义。这也正是《大双心河》中"双心"之"渔"的内涵所在。

1. 祛妖除魔

马尔科姆·考利在"海明威作品中的噩梦和宗教仪式"一文中曾指出：《大双心河》中有"阴影"和"鬼魅"[①] 存在。因此《大双心河》中的"渔"行为就像原始民族的宗教仪式一样，是一种"祛妖除魔的符咒"[②]。应该说，马尔科姆·考利指出了尼克之"渔"的第一重含义。然而，考利并未具体指出"阴影"和"鬼魅"的实际内容，也未指出"祛妖除魔"中的"妖""魔"所在。因此，考利只是提出了正确的猜想，却没有用具体的文本例子去论证；这就给本书留下了补充发展的空间。

本书认为：小说最能体现"渔"行为"祛妖除魔"内涵的地方在沼泽地之"渔"这一部分。所谓沼泽地之"渔"，主要指小说中的这样一句："在沼地里钓鱼，是桩可悲的冒险行动。尼克不想这样干。"（《尼克·亚当斯故事集》：195）

[①] 马尔科姆·考利：《海明威作品中的噩梦和宗教仪式》，载董衡巽主编《海明威研究》，中国社会科学出版社1980年版，第113页。

[②] 同上书，第125页。

第五章 "渔"行为与海明威文本世界的男性气概

沼泽地之"渔"为什么是"可悲的冒险行动"（tragic adventure）呢？对此，学界主要有以下两种观点：

首先，菲利普·杨（Philip Young）认为沼泽地之"渔"的"可悲"之处在于小河与沼泽地交汇的狭窄地段会让尼克想起自己曾经的受伤之地，因为尼克（或者说海明威）就曾经在意大利福塞塔（Fossalta）附近的佩瓦（Piave）河受过伤。[1]

其次，威廉·阿代尔（William Adair）认为：尼克不愿意在沼泽地钓鱼的原因不在于那令尼克想起自己的受伤地，而是让尼克想起波多格兰迪克（Portograndec）惨烈的战斗。[2] 因为在沼泽地里钓鱼，要求人在涉水前行时，将鱼竿举得高高的；这一姿势就像人举着步枪在水中前进一样。[3]

菲利普·杨与威廉·阿代尔的观点虽有不同，其实并没有大的分歧。他们都是从海明威的个人经历来解释尼克放弃沼泽地之"渔"的原因。两者的解释为我们提供了不少历史层面的细节，却有过分依赖海明威个人经历之嫌，一定程度上忽略了文本的独立性。

为此，本书从大鱼文化的角度出发，读解"渔"行为"祛妖除魔"的内涵：

> 前面的河道变得窄了，伸进一片沼地。河水变得又平又深，沼地里长着雪松，看上去很严实，它们的树干靠拢在一起，枝丫密密层层。要步行穿过这样一片沼地是不可能的。枝丫长得真低啊。你简直得平伏在地上才能挪动身子。你设法在树枝之间硬冲过去。这该是为什么住在沼地里的动物都生来就在地上爬行的原因吧，尼克想。
>
> 他想，但愿自己带了些书报来。他很想读些东西。
>
> （《尼克·亚当斯故事集》：195）

---

[1] William Adair, "Big Two-Hearted River: Why the Swamp Is Tragic", *Journal of Modern Literature*, Vol. 17, No. 4, 1991, p. 584.
[2] Ibid., p. 586.
[3] Ibid., p. 585.

以上引文中的"住在沼地里的动物都生来就在地上爬行"提醒我们：沼地里有"大鳟鱼"，还有比大鳟鱼更大的"大鱼"。这些"大鱼"就是那些"生来就在地上爬行"的动物。众所周知，在沼泽地中，这种"生来就在地上爬行"的动物往往是鳄鱼这样的两栖动物。因此，尼克不敢前往沼泽地钓鱼的原因不仅是水深，而是担心沼泽地深处鳄鱼那样的水怪。在这些水怪面前，尼克不仅钓不到鱼，还会面临生命的危险。

谈及沼泽地中的爬行动物之后，海明威的话题突然转向尼克想"读些东西"。尼克要读东西的原因显然与尼克对爬行动物的联想有密切的关系。他想知道："阳光照不进来"的沼泽地中的爬行动物究竟什么样？是否会有危险？或者他直接联想到《圣经》中的鳄鱼。在前文的分析中，我们已知道：《圣经》中的鳄鱼（crocodile）与西方龙（dragon）以及大蛇（serpent）是同义的。它们都指向《圣经》文化中的"大鱼"——利维坦或拉哈伯。因此，尼克要"读些东西"是海明威对读者的提醒：快点想想哪种读物曾提及神秘沼泽地中的爬行动物。对西方读者而言，《圣经》无疑是最为普及的读物之一。因此，海明威让读者从《圣经》中寻找共同记忆的企图清晰可见。

在紧接的文字中，海明威继续强调这方面的暗示。例如，他强调了沼泽地的水深："走得两面腋窝下的水越来越深"，"湍急的深水"（《尼克·亚当斯故事集》：195），而后，他又强调沼泽地昏暗的森林："枝丫密密层层""阳光照不进来""半明不暗"。"水深"表面上只会造成行进的困难，实际却暗示着深水底下的庞然大物；"昏暗的森林"不禁令人想起 T. S. 艾略特在《四个四重奏》（Four Quarterly）中的沼泽：

　　在昏暗的森林里，丛生的荆棘中，
　　沼泽的边缘上，这儿无安全的立足处，
　　只有怪物作祟，灵火隐现，

第五章 "渔"行为与海明威文本世界的男性气概

欺骗人的妖雾弥漫一片。①

从艾略特与海明威在描写"沼泽"方面的相似中,我们发现:"沼泽地"的确是"魔怪"藏身的地方。"沼泽地"之"渔"也就因此以"英雄斗鳄鱼"的形式,隐藏着一种伟大、崇高的男性气概。这也正是令尼克向往,又不得不暂时放弃的一个奢望。海明威在小说结尾的文字描述就证明了这一点:"等到他能去沼泽地时,来钓鱼的日子多得很。"②

尼克的这一感叹提醒我们:尼克之伤暂时阻止其以"渔"行为的方式到沼泽地"祛妖除魔";在未来康复的某个时候,他将用更大的"渔"行为证明自己的男性英雄气概。

2. 自我拯救的手段

海明威虽然使用"渔王"典故暗示尼克之伤,却没有让"渔"行为继续沦为传说中的无奈之举③,而是赋予尼克之"渔"以"自我拯救、重整家园"的内涵:

对尼克而言,旧的家园(城堡)已毁,他已无法在故土钓鱼。他所能做的就是用"渔"行为屠宰心灵家园的"混沌之龙",涤清战争摧残带来的"混沌之乱",恢复曾经的男性气概,重整自己的男子汉乐土,实现自我拯救。用艾略特《荒原》中的诗行来表达便是:

> 我坐在岸上
> 垂钓,背后是那片干旱的平原
> 我应否至少把我的田地收拾好?④

---

① [英]艾略特:《荒原》,赵萝蕤、张子清等译,北京燕山出版社2006年版,第61页。
② 笔者所能找到的译本均未能将这一句的真正内涵表达出来,故选译了英文原句"There were plenty of days coming when he could fish the swamp.",译自Ernest Hemingway, *Hemingway on Fishing*, ed., Nick Lyons, New York: Scribner, 2004, p. 209。
③ 传说中的渔王受伤后,只能在自己的城堡附近钓鱼,等待圣杯的救治。
④ [英]艾略特:《荒原》,赵萝蕤、张子清等译,北京燕山出版社2006年版,第21页。

在《大双心河》中，尼克之"渔"主要有三次。

第一次，尼克钓到一只"小东西"（《尼克·亚当斯故事集》：188），尼克"解下它嘴里的倒钩，然后把它抛回河里。"（《尼克·亚当斯故事集》：189）这意味着小鱼不是尼克的目标，大鱼才是他的兴趣所在。

第二次，尼克之"渔"遭受挫折，错过一只"大鱼"："它逃走以前，拉上去就像拉着一块石头。上帝啊，这是条大鱼。上帝啊，它是我听说过的最大的鱼了。"（《尼克·亚当斯故事集》：191）尼克的惊呼也是海明威的强调：尼克要捕的就是这样的大鱼。①

第三次，尼克终于钓到了两只"鲜龙活跳"（《尼克·亚当斯故事集》：194）的大鳟鱼。接着，在小说临近结尾处，海明威特意为尼克安排了一场屠鱼仪式。为了更清楚地把握海明威对个别字眼的强调，我们有必要再次细读这部分的英语原文：

> Nick cleaned them, slitting them from the vent to the tip of the jaw. All the insides and the gills and tongue came out in one piece. They were both males; long gray-white strips of milt, smooth and clean. All the insides clean and compact, coming out all together. Nick tossed the off all ashore for the minks to find.
>
> He washed the trout in the stream. When he held them back up in the water they looked like live fish. Their color was not gone yet. He washed his hands and dried them on the log. Then he laid the trout on the sack spread out on the log, rolled them up in it, tied the bundle and put it in the landing net. His knife was still standing, blade stuck in the log. He cleaned it on the wood and put it in his pocket. ②

---

① 在这里，海明威有意将"上帝"与"大鱼"并置，试图勾起人们对圣经文化的回忆：大鱼是利维坦、拉哈伯那样的"混沌之龙"。

② Ernest Hemingway, *Hemingway on Fishing*, ed., Nick Lyons, New York: Scribner, 2004, p. 23.

第五章 "渔"行为与海明威文本世界的男性气概

参考译文:

尼克把它们开膛,从肛门一直剖开到下颚尖儿。全部内脏和鱼鳃被整个儿取出了。两条都是雄的;灰白色的长条生殖腺,又光滑又洁净。全部内脏又洁净又完整地被挖出来了。尼克把这下脚抛在岸上,让水貂来觅食。

他把鳟鱼在河水中洗干净。当他把它们背脊朝上放在水中时,它们看上去很像是活鱼。它们的血色尚未消失。他洗净了双手,在圆木上擦干。然后他把鳟鱼摊在铺在圆木上的布袋上,把它们卷在里面,扎好,放进抄网。他的折刀还竖立着,刀刃插进了圆木。他把它在木头上擦干净,放进口袋。

(《尼克·亚当斯故事集》:196)

在以上这段引文中,海明威再次使用了文字重复的手段:clean(干净)4次;all(所有)4次;wash(洗)2次。如果我们将wash(洗)也视为clean(干净)的一种形式,那么,海明威在以上引文中,就连续六次强调了"净"的概念。

海明威试图在文字游戏之余,向我们传达这样的信息:这是一场"涤清浊物"的屠龙仪式,大鱼就是传说中的"混沌之龙";如此干净、娴熟的"屠鱼"行为意味着尼克已经驱除战争留下的心魔与阴影,"涤净"内心世界的"混沌之龙",重整好心灵"家园"[①],面向未来,重振昔日的男性气概。

总之,在小说《大双心河》中,尼克之"渔"建立在"渔王"传说的基础上。但是,海明威并没有完全遵循"渔王"传说展开故事情节,而是将"渔王"神话有机融入自己对尼克英雄形象的塑造中:通过一系列巧妙的文字重叠,暗示小说中的"渔王"痕迹,又成功解构"渔王"对"圣杯"的等待,以积极的"渔"行为续写了西方文化关于英雄勇斗混沌大鱼的神话,让尼克重拾男子汉的身份认同。

---

① 小说对尼克有条不紊地安营扎寨的细节描写就是尼克重振心灵家园的一种暗示。

三 "渔"行为与某件事之真相

《某件事的结束》(*The End of Something*)情节简单。海明威用人物的"渔"行为串起小说的叙事主线:主人公尼克与玛乔丽在傍晚时分,来到霍顿斯湾边钓鱼。两人在钓鱼的过程中平静地分手。而后,尼克的男性朋友比尔出场,取代了玛乔丽。

小说留给我们这样一个问题:某件事究竟是何事?

为此,我们得从男子汉身份的表征手段讲起。海明威研究学者托马斯·斯特里查兹(Thomas Strychacz)在评论《某件事的结束》时,曾一针见血地指出海明威塑造人物的一个特点:"是一个男性并不意味着是一个男子汉。"[①] 的确,在海明威的眼中,男子汉的身份需要一些特殊的男性气概行为来表征,否则,男性拥有的只是一身"假、大、空"的臭皮囊。[②]

(一)"锯木厂"之喻

《某件事的结束》中的人物刻画也遵循着这样一个表现准则。对此,海明威在小说的第一段就用"锯木厂"的例子强调了他对这种表现准则的重视:

> 霍顿斯湾从前是一个生产木材的镇子。住在那里的人没有一个不听见湖边木材厂锯木料的声音的。后来有一年,没有木料可以制做木材的了。运木材的帆船驶进湾来,装上堆在场地上厂里锯好的木头。一堆堆木材都运走了。厂子里凡是可以搬走的机器都搬了出来,为厂里干活的人把它们起卸、装运到一条帆船上。帆船出湾驶向开阔的湖上,船上载有两把大锯子,往旋转圆锯上抛木头的活动车,滚轴,车轮,调带和铁器,它们统统堆放在满满一船的木头上面。这上面再罩着帆布,用皮条拴得紧紧的,帆

---

① [美]唐纳森主编:《厄内斯特·海明威:剑桥文学指南》,上海外语教育出版社2000年版,第55—86页。所引原文在第67页。

② 《太阳照常升起》中的科恩以及迈克就是这样的例子。

第五章 "渔"行为与海明威文本世界的男性气概

船张满了帆,驶进大湖,把使工厂成为一个工厂、霍顿斯湾成为一个镇的一切东西统统运走了。

一层楼的集体宿舍、食堂、公司仓库、工厂的办公室和大厂子本身孤零零地矗立在湾边满是木屑的沼泽草地上。

十年之后,尼克与玛乔丽沿岸划船到此,工厂没剩下什么,只见残破的白色地基露在新长出来的沼泽草地上。

(《尼克·亚当斯故事集》:209—210)

以上这段文字充满了暗喻。在深入分析其中的暗喻之前,我们有必要对文中的"锯木厂"做三点说明:

首先,对霍顿斯湾的居民社会而言,锯木厂存在与否往往要通过"锯木料的声音"来体现,否则,霍顿斯湾的居民社会就无法认同锯木厂的存在。

其次,对于锯木厂的男性工人而言,锯木是他们的劳动形式,也是他们养家糊口的手段,更是他们表现男性体力,表征家庭经济地位的重要手段。

再次,锯木厂停业的原因是"没有木料可以制做木材的了"。换言之,锯木厂把该锯的木头都锯了;工人就要失业了。男性工人一旦失业,他们就无法再用锯木来表征自己的男子汉身份了。

由此可见,小说开篇所描绘的锯木厂并非海明威敷衍文字的手段,而是其暗喻男性气质危机与男子汉身份表征手段的重要途径。

在海明威笔下,锯木厂是男性工人表征男性气概的场所。因此,锯木厂的变动关系到男性气概的兴亡。为了给尼克与玛乔丽的出场制造适当的氛围,海明威决定让锯木厂消亡:"帆船张满了帆,驶进大湖,把使工厂成为一个工厂、霍顿斯湾成为一个镇的一切东西统统运走了。"位于首段末尾的以上这句话值得注意。它提醒我们:锯木厂声音的背后,有制造这些声音的木头和机器,还有将这些木头和机器视为劳动对象的男性工人。运货的帆船搬空了工厂,也就将紧附其上的工人的男性气概"掏空"。锯木厂从此丧失表征其属性的锯木声,残留一座空空的外壳:"一层楼的集体宿舍、食堂、公司仓库、工厂

海明威之"渔"与男性气概

的办公室和大厂子本身孤零零地矗立在湾边满是木屑的沼泽草地上"。锯木厂的工人也因此丧失表征男性气概的重要手段,只剩下一副曾经的、锯木工人的臭皮囊。

于是,十年之后,当主人公尼克与玛乔丽出现在锯木厂附近时,曾经残留的空壳更是"没剩下什么了,只见残破的白色地基露在新长出来的沼泽草地上。"我们不禁会问:十年之后,那些锯木厂的工人又身在何处呢?老死?改行?不管怎样,曾经通过锯木声飘荡出来的男性气概眼下已荡然无存——失去了锯木厂,男性气概也随之失去其表演的舞台。

(二)尼克的危机

对于尼克而言,钓鱼就像锯木劳动一样,是其寻求男子汉身份认同的重要手段。距离老锯木厂不远的水域也就是尼克表征男性气概的重要舞台。

然而,因为女伴玛乔丽的同"渔"以及玛乔丽在"渔"技巧上的日趋娴熟,尼克已经感受到女性力量对"渔"行为这一传统男性领域的染指与威胁。

为此,海明威一反常态,没有让其笔下的男主人公逢"渔"必"乐",而是为其制造了压抑、被动的氛围。从人物对话一开始,我们就发现:问话的总是玛乔丽,被迫做出应对的总是尼克。有例为证:

> "那就是我们老来的破地方,尼克。"玛乔丽说。
> 尼克边划船边瞧绿树间的白石头。
> "就是这地方。"尼克说。
> "你还记得过去有一家工厂吗?"玛乔丽问。
> "还记得。"尼克说。
> "看来像一座城堡似的。"玛乔丽说。
> 尼克不作声。他们沿岸边向前划去,后来看不见工厂了。接着尼克划过湾去。(《尼克·亚当斯故事集》:209—210)

第五章 "渔"行为与海明威文本世界的男性气概

在以上对话中,玛乔丽问了三次,尼克只回答了两次。从玛乔丽的问话和尼克应答的字数看,两者间的篇幅悬殊也暗示了尼克的被动与闷闷不乐。

尼克闷闷不乐的原因就像锯木厂锯完木头那样简单又复杂:"我什么都教给你。你知道你是这样。你还有什么不知道的?"既然尼克已把所有的钓鱼技能全都教给了玛乔丽,尼克就无法像以前那样,感受作为男子汉的优越感了。这一点就像锯木厂的工人那样——锯完了所有木头,就不得不面临失业下岗的危机。

为此,危机中的尼克反复强调曾经与玛乔丽共享的同渔之乐如今"已经没意思了。一点也没意思。"(《尼克·亚当斯故事集》:212)尼克所谓的"没意思"提醒我们:对尼克而言,与玛乔丽同渔的"意思"(fun)在于对玛乔丽的指导。这种指导让尼克拥有一种性别的优越感与男性身份的认同感。而今,玛乔丽对"渔"行为的娴熟已经使两人的同"渔"行为变了味。原先隐藏在尼克"渔"行为中的男性优越感此时已被"掏空";就像文中那座被"搬空"的锯木厂一样,早已不是表征男性气概的舞台。换言之,在尼克眼里,有玛乔丽在场的"渔"行为已不再是男性彰显气概的天堂,而是摧残、阉割男性气概的地狱。有玛乔丽在场的"渔"行为已经让尼克产生严重的危机感。

对此,海明威为我们提供了以下三点暗示:

首先,在小说的叙事过程中,尼克的"我不知道"(I don't know)(《尼克·亚当斯故事集》:211)出现多次,和玛乔丽的"我知道"(I know it)(《尼克·亚当斯故事集》:212)形成鲜明的反差。玛乔丽的"我知道"意味着其对事物的把握与控制,体现了传统男性气概中的自信与泰然自若;尼克的"我不知道"意味着对事物的无奈与焦虑,流露出传统女性气质中出的犹豫与茫然。在玛乔丽面前,尼克的男性气概面临阉割的危险。

其次,在尼克与玛乔丽发生争执的过程中,海明威反复强调月亮升起。这是一处别具用心的景物描写。

海明威之"渔"与男性气概

"今天晚上有月亮。"尼克说。他眺望湾那边轮廓渐渐显明起来的山丘。他知道,山后面月亮正在升起。

"我知道。"玛乔丽高兴地说。

"你什么都知道。"尼克说。

"哎哟,尼克,请你别说了!请你别这样!"……

"我什么都教给你。你知道你是这样。你还有什么不知道的?"

"哎哟,你别说了!"玛乔丽说,"月亮出来了。"

他们坐在毯子上,谁也不挨谁,望着月亮升起……

尼克望着月亮从山后面升起。

"已经没意思了。"

他怕看玛乔丽。这时他看玛乔丽。她坐在那儿,背朝着他。他看着她的背。

(《尼克·亚当斯故事集》:212)

在描写情侣生活的文本里,关于月亮的描写往往能为情侣间的甜蜜增添一层浪漫的色彩。在海明威笔下,月光下的尼克却与玛乔丽发生了争吵。尼克说出了心中最大的不满:玛乔丽"什么都知道"的事实已经危及尼克作为一个钓鱼指导者的自尊。在"渔"行为能力上日渐娴熟的玛乔丽,正如山后面正在升起的"月亮",早已把尼克这个"太阳"悄悄推下了山。因此,当尼克说晚上有月亮时,玛乔丽表现出的"高兴"也自然令人联想起其对尼克的男性气概所构成的威胁。尼克也深刻感受着这种危机:当他"望着月亮从山后面升起"时,他以一句"已经没意思了"感叹男性气概的失落。为此,尼克陷入恐惧;他"怕看玛乔丽",即使看,也是"看着她的背"。

最后,在玛乔丽果断离开尼克之际,海明威再次有意识地暗示了两人之间"阴盛阳衰"的格局:

"已经没意思了。一点也没意思。"……

"爱情也没有意思。"玛乔丽说。

第五章 "渔"行为与海明威文本世界的男性气概

"没有。"尼克说。玛乔丽站起来。尼克坐在那里,手捧着头。

"我去取船,"玛乔丽向他喊道,"你可以绕岬走回去。"

"好,"尼克说,"我帮你推。"

"不用了。"她说。她泛船而去,月光洒在船上。尼克回来,蒙头躺在火旁的毯子里。(《尼克·亚当斯故事集》:212)

海明威沿用前文月亮升起的思路,让玛乔丽"站起",让尼克"坐"下。两人间的起、落反差就在"站"与"坐"的反差中表现得淋漓尽致。此外,当玛乔丽"泛船而去"时,玛乔丽的"月亮"依然升起("月光洒在船上"),尼克的"太阳"则已落下("蒙头躺在火旁的毯子里")。

由此可见,《某件事的结束》中的尼克确实在男性气质危机中煎熬。海明威展现其独特的"冰山"风格,以八分之一的文字淋漓尽致地表现了"八分之七"的文本内涵。[①]

(三)尼克的反抗

在危机面前,海明威为尼克选择了反抗。在小说中,尼克的反抗就是让玛乔丽离开同"渔"的现场。玛乔丽的离场体现了海明威对"渔"行为之性属特征的保护。

为此,我们不得不重提海明威与哈德莉在1924年的同"渔"经历。据肯尼思·S. 林恩记载[②]:海明威偕妻子哈德莉及其他友人到西班牙布尔戈特钓鱼。在那次钓鱼过程中,哈德莉钓到了六条鱼。然而,在1926年出版的小说《太阳照常升起》中,海明威却将当年哈德莉所钓的六条鱼自动归到巴恩斯的名下。[③]

海明威的这一做法值得深思:在《太阳照常升起》的扉页,海明

[①] 海明威的冰山理论通常解释为八分之一的冰山一角和八分之七的隐藏部分。

[②] [美]肯尼思·S. 林恩:《海明威》,任晓晋等译,中央编译出版社1997年版,第359—360页。

[③] 有意思的是:海明威在小说扉页中声称,小说是献给哈德莉的。这与海明威将六条鱼归到巴恩斯的名下形成反差。

威曾信誓旦旦地声称小说献给哈德莉①,却又为何在小说中用巴恩斯替换了哈德莉呢?

其中的原因是多样的。但有一点可以肯定:在此之前,海明威早在《某件事的结束》的写作中②,就捍卫着"渔"行为的性属特征。他在《太阳照常升起》中驱逐哈德莉之举,不过是尼克对待玛乔丽的故事翻版。在《某件事的结束》中,海明威就让危机中的尼克将钓鱼高手玛乔丽逐出"渔"行为的现场,而后安排尼克的男性"渔"友比尔出场:

> 他躺了很长时间。他躺着,听见比尔从林间漫步来到这片空地。他感觉得到比尔正走近火边。比尔也不动他。
> "她走了?"比尔说。
> "嗯,走了。"尼克说,脸埋在毯子上躺着。
> (《尼克·亚当斯故事集》: 212)

由此可见,比尔在玛乔丽退场后现身与《太阳照常升起》中的巴恩斯对哈德莉的替代如出一辙。它们共同反映了海明威意识深处的一个准则:"渔"行为是表征男性气概的重要手段,女性没有同"渔"的资格,更不应该主导这一特殊的男性气概行为。

(四)某件事之真相

最后,我们回头看原先的问题:某件事究竟是何事?

有观点认为某件事就是"一段情"③。

不错,《某件事的结束》的确讲述了尼克与玛乔丽这对情侣的分手,但这并不意味着"某件事"指的就是尼克与玛乔丽的恋情。况

---

① 参见〔美〕海明威《太阳照常升起》,赵静男译,上海译文出版社1984年版,扉页部分。

② 《某件事的结束》收录在1924年出版的海明威短篇小说集《在我们的时代里》(*In Our Time*)。因此,《某件事的结束》的出版早于《太阳照常升起》。

③ 有译本将"The End of Something"译为"了却一段情",其实在主观上认定了英文中的"something"(某件事)指的就是尼克与玛乔丽之间的恋情。参见〔美〕海明威《短篇小说全集(上册)》,陈良廷等译,上海译文出版社2004年版,第125页。

第五章 "渔"行为与海明威文本世界的男性气概

且,小说题目中的"something"(某件事)一词在英语中本身就是一个不定代词,充满了不确定性。因此,海明威在小说中为我们呈现的"结束"事件也是多义的:锯木厂关门了,工人的生计"结束"了;天黑了,太阳统治天空的时间"结束"了;玛乔丽离去,昔日情侣之间的默契"结束"了。

然而,"多义性"并不意味着没有答案。要弄清"某件事"的真相,还得看我们阅读小说文本时所采用的视角。

以上分析提醒我们:要理解《某件事的结束》,我们不能忽略海明威对"渔"行为之性属特征的重视。正因为"渔"行为对于男子汉身份建构的重要意义,尼克才将自己对玛乔丽的不满归结为玛乔丽对"渔"行为的驾轻就熟、了如指掌。"什么都知道"(《尼克·亚当斯故事集》:212)的玛乔丽显然以娴熟的"渔"行为,危及尼克作为钓鱼指导者的必要性与身份认同。

因此,如果从"渔"行为与某件事的关系看,小说中的"某件事"显然就是尼克与玛乔丽之间的同"渔"行为。当然,这种同"渔"行为的前提是:玛乔丽已经在尼克的指导下成为一个"什么都懂"的钓鱼高手。在这种前提下,尼克与玛乔丽的同"渔"行为就意味着性属认同的混乱。这种混乱直接导致尼克在同"渔"的过程中,无法感受昔日男性气概的优越,进而导致尼克对自己男子汉身份的认同焦虑。为此,尼克必须采取果断措施,"结束"玛乔丽与其"同渔"的可能性。这也是本书从"渔"行为视角出发,对"某件事之真相"的最终回答。

第四节 其他文本之"渔"

在海明威的其他小说文本里,我们也能见到或多或少的"渔"行为情节。这些情节的主要作用依然如故:体现传统的男性文化内涵,表征性属特征,建构或解构人物的男子汉形象。以下再举几例:

在长篇小说《永别了武器》(*A Farewell to Arms*)中,战争的炮火

海明威之"渔"与男性气概

摧残了亨利（Henry）的男性气概，使他成为一个危机中的男人。面对凯瑟琳（Catherine）的难产之死，亨利呼天抢地，却无济于事。失败的剖腹手术最终夺去了母子两条性命。以上这些故事情节似乎与"渔"行为毫无关系。为此，我们不妨联想一下前文《印第安营地》中的"鱼腹之困"。我们不难发现：在《永别了武器》中，凯瑟琳之难产无疑又是一次"鱼腹之困"的写照；不过海明威这次并没有让凯瑟琳活下来，因为在一个饱受战争摧残的世界里，真正能够剖开"鱼腹"、拯救生命的英雄一直没有出现。亨利曾经失败的"渔"行为就为此提前做了暗示：

> 酒吧服务员划船回去。我们在斯特雷萨那边拖钓，接着靠近湖岸顺流而下。当我拉着绷紧的鱼绳，谛视着十一月黝黑的湖水和空寂无人的岸边时，我感觉转动着的旋转钓鱼器微微跳动。酒吧服务员缓慢而有力地划着桨（小船向前冲去，鱼绳随之颤动。有一次鱼上钩了），鱼绳猛地抽紧而且往回拉。我拉着钓绳感觉到活生生的鱼的重量，接着钓绳又微微颤动了。我失去了那条鳟鱼。
>
> "你觉得它是条大鱼吗？"
>
> "相当大。"[1]

在以上这段引文中，海明威首先支开亨利的女人凯瑟琳，因为"渔"行为是男人的性属身份表征；其次，海明威以"黝黑的湖水"、"空寂无人"渲染了大鱼出现的昏暗与恐怖；而后又以"我失去了那条鳟鱼"和一条"相当大"的"大鱼"提醒我们：这是一次失败的"渔"行为；遭受战争摧残的亨利无法征服神秘的大鱼。

又如《禁捕季节》（Out of Season）。在禁捕季节钓鱼，原本是一件充满男子汉冒险精神的事情，但小说的情节却无惊险可言：一个年

---

[1] ［美］海明威：《永别了，武器（海明威作品集）》，汤永宽译，浙江文艺出版社 1991年版，第217页。

第五章 "渔"行为与海明威文本世界的男性气概

轻先生带着夫人,随向导在禁捕季节冒险去钓鱼,不料钓具不齐,扫兴而归。从故事内容看,"渔"行为是贯穿整篇小说的核心情节,但小说中的人物却一直停留在钓鱼的路上。读者所见识的也只是钓鱼路上的烦恼与不快:年轻夫妻的不和、名酒专卖店的关门、语言的障碍、钓具的不全。

应该说,在建构男子汉形象方面,正面描述的"渔"行为一直处于缺席的状态;间接未遂的"渔"行为倒是在悄然暗示我们:小说中没有真正的男子汉。年轻先生正因为意见不合与妻子闹矛盾,是一个婚姻危机中的男人;向导佩都齐(Peduzzi)表面上是一个钓鱼行家,其实不过是一个骗吃骗喝的小丑,一个形象被矮化的男性。由此可见,在《禁捕季节》中,"渔"行为虽然没有正面建构男子汉形象,却以"钓鱼未遂"的形式打碎了年轻先生"冒险偷渔"的英雄梦想,解构了小说男性人物的伟岸形象。

《弗朗西斯·麦康伯短促的幸福生活》(*The Short Happy Life of Francis Macomber*)中也有一段涉及"渔"行为的描述:

> 他穿着同威尔逊一样的打猎的服装,不过他的是崭新的;他三十五岁,身体非常健康,精通场地球类运动,也钓到过许多大鱼,刚才当着很多人的面,显露出他原来是个胆小鬼。①

在以上这段描述中,涉"渔"文字的篇幅虽短,却清楚地提醒我们:在海明威的文本世界里,"渔"行为是表征男子汉身份的一种重要手段;否则,海明威就不会将"渔"行为与麦康伯(Macomber)的穿衣行为("穿着同威尔逊一样的打猎的服装")并置了。就像穿着"崭新的"猎人装一样,"钓到过许多大鱼"的男子汉行为也无法帮助麦康伯从"胆小鬼"的嫌疑中摆脱解救出来。

---

① [美]海明威:《短篇小说全集·上册》,陈良庭等译,上海译文出版社2004年版,第7页。

海明威之"渔"与男性气概

最后,我们看海明威的两部遗腹稿①——《岛在湾流中》(*Islands in the Stream*)与《伊甸园》(*The Garden of Eden*)。

先看《岛在湾流中》。由于小说"遗腹稿"的特点,我们没有必要综述整部小说三个部分的"渔"行为。何况"小说的三个部分只在时间上和地点上隐约相关联,颇像断断续续的记忆激流之中的几个固定海岛"②。在三个部分中,最集中描述"渔"行为的段落在小说的第一部分。阅读之余,我们会惊讶地发现,《岛在湾流中》第一部分关于托马斯·赫德森(Thomas Hudson)的二儿子大卫(David)与海中大鱼的搏斗的描写堪称《老人与海》中圣蒂雅各之渔的翻版。以至于有学者惊呼大卫之渔"简直像《老人与海》里桑提亚哥的学徒一样"③。由此可见,海明威在《岛在湾流中》中依旧遵循"渔"行为之男性气概表征原则,以"英雄勇斗大鱼"的叙事母题,刺激读者关于英雄屠龙文化的记忆。例如,在描述大卫之"渔"时,海明威笔下的大鱼依然是"从来没有见到过这样大"④的大鱼,人与大鱼之间的搏斗依然是那样的惊心动魄。唯一的区别是:老人失去的只是"鱼肉",大卫手下的大鱼则逃之夭夭。大卫之"渔"虽以失败告终,却依然博得他人的认同与称赞。其中,大卫的兄弟小汤姆(Tom)就一语道破海明威在大卫之"渔"上的形象寄托——"圣徒的风范,殉道者的气概"⑤。所谓"圣徒",就是《老人与海》中的老

---

① 伯纳德·奥德斯(Bernard Oldsey)在《海明威的开头与结束》("Hemingway's Beginnings and Endings")一文(参见 Bernard Oldsey, "Hemingway's Beginnings and Endings", *College Literature*, Vol. 7, No. 3, 1980, pp. 213 – 238.)提醒我们:在作品发表之前,海明威对文稿的改动频繁。这些改动体现了海明威对作品文字的不满,同时也意味着其中某些思想表达的不足。因此,即使海明威夫人玛丽与斯克布里纳(Scribner)出版社坚持"只删不增"的原则出版海明威的遗腹稿,《伊甸园》与《岛在湾流中》中也无法作为一个完整的海明威原著进入文学评论的视野。这也是本书未将这两部遗腹作品列入主要分析对象的原因所在。但是,鉴于这两部小说中有较长篇幅的"渔"行为,我们又有必要在此简单提及。

② 董衡巽主编:《海明威研究》,中国社会科学出版社1980年版,第302页。

③ 同上。

④ [美]海明威:《岛在湾流中》,蔡慧译,上海译文出版社2004年版,第178页。

⑤ 同上书,第162页。

第五章 "渔"行为与海明威文本世界的男性气概

人圣蒂雅各那样的使徒渔夫;所谓殉道者更是暗示了英雄为"渔夫"之使命而义无反顾的男性气概。在小说后面的文字中,海明威让赫德森的三个儿子因不同原因一一死去:两个死于车祸,一个牺牲于战场。这一情节安排也暗合了"殉道者"的身份。我们甚至可以大胆猜想:赫德森的三个儿子在勇斗海中大鱼的过程中,已经成为上帝的渔夫使徒;赫德森则以"父"的形象暗合了上帝的存在。

再看《伊甸园》。这部小说中的"渔"行为依然与主人公的男性气质危机有关。小说的主人公依然是"大卫",却不再是一个小男孩。海明威为这个名叫大卫·伯恩(David Bourne)的青年作家安排了一场严重的男性气质危机:他的妻子凯瑟琳(Catherine)不仅在发型、着装上日趋男性化,还要求大卫在两人的性爱游戏中互换角色:大卫扮演女角——"我的姑娘凯瑟琳"①;自己则为男角——驾驭姑娘的"彼得"②。性爱角色的互换显然意味着大卫男性角色的失落;不仅如此,凯瑟琳还对大卫的写作横加干涉:一怒之下,焚毁了大卫费尽心血的书稿,阉割了大卫书稿之"父"的男性气概。如果说《太阳照常升起》中的勃莱特是"食日之龙"的话,凯瑟琳只有过之而无不及:

"我属于破坏型,"她说,"我要破坏你。人们将在房间外面楼房墙壁上装一块表明我身份地位的牌子……"③

为拯救危机中的大卫,海明威让大卫在危机中觉醒,重写失去的文稿,并与传统女性玛丽达(Marita)重归传统的性属格局,不再忍受性属错乱之苦。"食日之龙"凯瑟琳则发了疯,离开了大卫,太阳照常升起。

故事至此,我们回头讨论"渔"行为与小说的关系。《伊甸园》

---

① [美]海明威:《伊甸园》,许其鹏译,作家出版社1988年版,第19页。
② 同上。
③ 同上。

海明威之"渔"与男性气概

中的"渔"行为集中出现在小说开头部分：首先，海明威再次将女人驱逐出场，让大卫放弃"去房间里看看姑娘"①的想法，转念去钓鱼；接着，海明威开始故技重演，突出斗鱼之艰难："一条力量很大的鱼正拼命挣扎往回拉，弄得鱼线出水时发出嘶嘶的响声"②；而后，海明威开始描绘鱼之大："这可是了不起的鱼种。我见到过的数这条最大"③；最后，海明威为主人公庆祝胜利："这次捕获量不小，全城一片繁忙欢乐景象。"④

由此可见，大卫之"渔"依然遵循着海明威世界中的"渔"行为原则："渔"行为是男人的性属表征，因此女人必须离开；"渔"行为是男性气概的体现，因此必须用鱼之大而有力来衬托；"渔"行为是男子汉身份认同的制造场，因此必须有其他人群的庆祝与认可。除此以外，在小说开头，海明威还以大卫之"渔"暗示了其在小说后续部分度过男性气质危机，成功驱走"食日之龙"凯瑟琳的结局。

总之，以上分析说明："渔"行为以其特有的男性文化内涵，确实已深入海明威的文本世界。就像现实世界中的海明威一样，其笔下的人物往往也要面临各种类型的男性气质危机，而后才有"渔"行为的出现。海明威用"渔"行为手段，为笔下的人物寻找出路、解决危机；建构心目中的男性英雄，也解构讽刺了一批危机中的伪君子。

---

① ［美］海明威：《伊甸园》，许其鹏译，作家出版社1988年版，第7页。
② 同上书，第8页。
③ 同上书，第10页。
④ 同上。

结　语

　　从美国路边汽车尾部的基督鱼图案，到欧洲天主教堂的鱼头门，到主教们的鱼头帽，手上的渔夫戒指，再到影视作品中的狰狞水怪以及勇斗水怪的英雄主人公，我们发现西方社会处处留有"渔"文化的遗迹。从古老史诗《贝奥武甫》到阿尔弗雷德·丁尼生的《海中怪兽》，到赫尔曼·梅尔维尔的《白鲸》，到朗费罗的长诗《海华沙之歌》，到路易斯·卡罗尔的诗歌《猎蛇鲨记》，再到叶芝的《鱼》，以及玛丽安·莫尔（Marianne Moore）和毕肖普（Elizabeth Bishop）的同名鱼诗，我们看到西方文化中的神秘"大鱼"若隐若现，生生不息。西方文化中的这些大鱼形象与涉"渔"行为，为后续的文化记忆研究提供了丰富的研究对象和广阔的思考空间。

　　关于"大鱼"，著名学者诺斯若普·弗莱曾说："白鲸不会滞留在麦尔维尔的小说里：他被吸收到我们自《旧约》以来关于海中怪兽和深渊之龙的想象性经验中去了。"①

　　关于"钓鱼"，著名作家海明威曾说："这种事让人背疼、肌腱紧张，是男人才能做的事情……你会感觉到一种心灵的涤荡。"②

　　关于"海明威"，著名评论家马尔科姆·考利曾说："他的故事接近于古老神话新编。"③

　　本书的主要内容就是对以上三句话的具体阐述与跨学科延伸。

---

　　① 叶舒宪主编：《神话——原型批评》，陕西师范大学出版社1987年版，第153页。
　　② Ernest Hemingway, *Hemingway on Fishing*, ed., Nick Lyons, New York: Scribner, 2004, p. 90.
　　③ 董衡巽主编：《海明威研究》，中国社会科学出版社1980年版，第126页。

首先，大鱼非鱼。本书漫溯西方文化长河，从文化记忆的角度，以多重文化史证据论述了西方文化中的"海中怪兽"与"深渊之龙"的大鱼原型。

其次，"渔"行为与西方男性气概的书写。本书还原历史，在海明威的现实世界里，发掘"渔"行为的性属特征与"心灵涤荡"所承载的文化记忆；本书深入文本实据，细看海明威世界中的西方文化遗迹，具体论述记忆深处的海明威现象及其文化成因。

在阐述过程中，本书发现西方文化语境中的"渔"行为在异质文化（尤其是中国文化）语境中的接受问题与他者误读现象；本书系统发掘了"渔"行为在西方文化中的男性气概内涵与文本表现形式，以跨学科研究的方法，从"渔"行为之文化记忆与男性气概表征的双重视角，重新考察大鱼文化语境中的海明威现象，让海明威研究不再拘泥于文学研究的"老树"，让跨学科的视角为其添加新土，使其再度枝繁叶茂。

在海量的海明威研究面前，有人说海明威可能是一个老套的话题。然而，视角的转换以及不同学科领域的介入，却可能让老话题进入一个多姿多彩的研究空间。

除了前文提及的基梅尔和曼斯菲尔德，其他学科领域还有一位大家也讨论过海明威的问题。他就是著名学者弗雷德里克·詹姆逊（Fredric Jameson）。在《马克思主义与形式》（*Marxism and Form*）一书中，詹姆逊用 machismo①（大男子气）评价海明威，带着几分批评的味道。虽然与本书褒扬的"男性气概"大相径庭，却正好休现了海明威研究的在多维空间展开的可行性。

为此，本书也努力实践这样一种多维空间的跨学科讨论。

从社会学层面看，本书讨论的是男性气概的性别研究问题。从坎德斯·韦斯特、唐·兹莫曼、哈维·曼斯菲尔德、麦克尔·基梅尔、朱迪丝·巴特勒到麦克尔·施瓦尔贝，本书精心梳理各家观点，并寻

---

① Fredric Jamerson, *Marxism and Form*, Princeton: Princeton University Press, 1974, p. 412.

结　语

找能与本书契合的社会科学领域的理论灵感。

从文化人类学角度看，本书讨论的是大鱼原型和渔神崇拜的文化记忆在艺术史及文化史上的痕迹与留存，并从跨文化传播的角度，指出了异质文化的语境中文化记忆的误解与误读问题。在这个领域，本书遇到了卡尔·荣格、诺斯若普·弗莱、扬·阿斯曼及阿莱达·阿斯曼。

从文学角度看，本书充分发挥了文本细读的长处，从虚构作品、人物传记以及历史文献中提取文本证据，避免一些理论框架之下的主观臆断与笼统评价。在这个领域，本书遇到海明威的小说、书信、传记和各式各样的评论。

具体而言，本书的写作在西方文化的历史长河中追溯"大鱼"形象及"渔"行为现象。以神话传说、雕像、绘画、电影及文学作品为田野考察的对象，探寻其中的"渔"文化遗迹，系统论述西方文化语境中的"大鱼"形象、"大鱼"恐惧、"渔神"崇拜等问题，从文化记忆的角度夯实本书关于"渔"行为蕴含男性英雄气概的判断。本书还从海明威所处时代的特征及其家庭环境两方面，具体分析海明威在现实生活中遭遇的男性气质危机并结合三部重要的海明威传记，系统分析海明威如何使用"渔"行为彰显男性气概，构建男子汉身份的问题。此外，本书还以海明威的书信选集以及若干海明威散文为研究对象，深入挖掘海明威的大鱼情结及屠龙精神，进而更全面地阐述现实世界中的海明威与"渔"行为之间的关系，为"渔"行为的男性气概及文化记忆寻找文本证据。

在文化记忆与男性气概行为的双重视角下，本书发现：中西文化对"渔"行为有不同的理解。在中国文化中，"渔"行为让人想起文人雅士的鱼钓情结，一种超脱隐逸的出世生活。在西方文化中，"渔"行为往往让人想起一场"力"的博弈，一种战胜对手而积极入世的行为。因此，在海明威的作品中，姜太公式的空钓并没有出现。在他的现实生活以及文本世界中，"渔"通常要和"鱼"（往往是大鱼）一块儿出现。否则，那就意味着一种反常甚至失败。《老人与海》中的老人就曾因为连续八十几天一鱼未得而焦虑诅咒。在海明威的笔下,"渔"的过程往往充满艰辛与磨难。从表面看,海明威文本世界中的"渔"行为只是现实世界中的渔民生计或娱乐休闲之形式;从深层看,其文本世界中的"渔"行为承载着深厚的文化记忆以及海明威对男性主人公的热切期盼。为此,我们必须以西方大鱼文化为线索,以"渔"行为的性属表征手段为参考,在"双心"的海明威文本大河里寻找、漫溯,才能真正理解、感悟"渔"行为与男性气概的特殊关系。

本书还指出异质文化语境对西方"渔"行为内涵的他者误读现象,突破国内研究在接受西方"大鱼"形象以及"渔"行为方面所存在的跨文化障碍。对于身处中国文化语境的读者而言,"渔"行为往往是文人雅士对于出世理想的一种表达。"姜太公"式的空钓以及"孤舟蓑笠翁,独钓寒江雪"所表达出来的自得其乐,与西方文化语境中的能够"祛妖除魔"的"渔"行为大相径庭。在西方社会关于男性气概的认同中,"渔"行为更是一种独特的性属文化表征以及身份认同方式。身处西方社会的海明威自然也离不开这种文化的熏陶,也会不可避免地在自己的文本世界以及现实世界,使用这一重要的行为手段,来表征人物的性属取向,寻求男子汉的身份认同。

总之,厄内斯特·海明威不是一般的作家。他有丰富的传奇经历、有鲜明的个性特点,是性别运动活跃时期的社会个体。他不仅生产作品,也反思自己的身份建构和男女性别的社会问题。也正因如此,海明威研究完全可以摆脱传统的束缚,大步走入更开阔的跨学科研究的新天地。

参考文献

《新牛津英汉双解大词典》,金山词霸 2009 年版。

[德] 阿莱达·阿斯曼:《回忆空间:文化记忆的形式和变迁》,潘璐译,北京大学出版社 2016 年版。

[德] 汉斯·比德曼:《世界文化象征辞典》,刘玉红等译,漓江出版社 2000 年版。

[德] 扬·阿斯曼:《交往记忆与文化记忆》,管小其译,《学术交流》2017 年第 1 期。

[德] 扬·阿斯曼:《文化记忆:早期高级文化中的文字、回忆和政治身份》,金寿福、黄晓晨译,北京大学出版社 2015 年版。

[法] 儒勒·凡尔纳:《海底两万里》,邓月明、郭丽娜译,青海人民出版社 1997 年版。

[法] 西蒙娜·德·波伏娃:《第二性》,陶铁柱译,中国书籍出版社 1998 年版。

[美] 阿瑟·林克等:《一九零零年以来的美国史》,刘绪贻等译,中国社会科学出版社 1983 年版。

[美] 丁尼生:《丁尼生诗选》,黄杲炘译,上海译文出版社 1995 年版。

[美] 海明威:《岛在湾流中》,蔡慧译,上海译文出版社 2004 年版。

[美] 海明威:《短篇小说全集·上册》,陈良廷等译,上海译文出版社 2004 年版。

[美] 海明威:《老人与海》,董衡巽等译,漓江出版社 1987 年版。

[美] 海明威:《老人与海》,黄源深译,译林出版社 2007 年版。

［美］海明威：《老人与海》，李锡胤译，四川人民出版社1987年版。

［美］海明威：《老人与海》，吴劳译，上海译文出版社1999年版。

［美］海明威：《太阳照常升起》，赵静男译，上海译文出版社1984年版。

［美］海明威：《伊甸园》，许其鹏译，作家出版社1988年版。

［美］海明威：《永别了武器：海明威作品集》，汤永宽译，浙江文艺出版社1991年版。

［美］赫尔曼·梅尔维尔：《白鲸》，成时译，人民文学出版社2001年版。

［美］杰弗里·迈耶斯：《海明威传》，萧耀先等译，中国卓越出版公司1990年版。

［美］卡罗斯·贝克：《迷惘者的一生》，林基海译，湖南人民出版社1987年版。

［美］肯尼思·S.林恩：《海明威》，任晓晋等译，中央编译出版社1997年版。

［美］朗费罗：《海华沙之歌》，王科一译，上海译文出版社1981年版。

［美］里奥·布劳迪：《从骑士精神到恐怖主义：战争和男性气质的变迁》，杨述伊等译，东方出版社2007年版。

［美］唐纳森编：《厄内斯特·海明威：剑桥文学指南》，上海外语教育出版社2000年版。

［瑞士］荣格：《心理学与文学》，冯川、苏克译，生活·读书·新知三联书店1987年版。

［苏］阿斯塔菲耶夫：《鱼王》，夏仲翼等译，上海译文出版社1982年版。

［英］艾略特：《荒原》，赵萝蕤、张子清等译，北京燕山出版社2006年版。

［英］威廉·莎士比亚：《莎士比亚全集》（下卷），梁实秋译，内蒙古文化出版社1995年版。

[英] 维克多·特纳：《仪式的过程——结构与反结构》，黄剑波等译，中国人民大学出版社2006年版。

陈子善：《张爱玲译〈老人与海〉》，《文汇报·笔会》2003年9月8日。

戴桂玉：《后现代语境下的海明威生态研究以及性属研究》，中国社会科学出版社2009年版。

邓天中：《〈老人与海〉中圣地亚哥与老人的区别》，《国外文学》2008年第1期。

刁绍华：《漂浮在大洋上的冰山——试论海明威作品的艺术特点》，《学习与探索》1979年第4期。

董衡巽：《海明威浅论》，《文学评论》1962年第6期。

董衡巽主编：《海明威研究》，中国社会科学出版社1980年版。

樊锦鑫：《海明威在西方文学发展中的历史地位》，《长沙水电师院学报》（社会科学版）1986年第1期。

关少锋：《试谈硬汉子桑地亚哥——读海明威的〈老人与海〉》，《郑州大学学报》（哲学社会科学版）1982年第1期。

桂敏海：《世界文化史知识：第五卷3》，辽宁大学出版社1996年版。

侯晓艳：《试论海明威〈老人与海〉中大马林鱼形象的象征意义》，《宜宾师专学报》（社会科学版）1998年第3期。

金寿福：《扬·阿斯曼的文化记忆理论》，《外国语文》2017年第2期。

李兵：《〈老人与海〉原型分析》，《南京社会科学》1993年第4期。

李启光：《〈老人与海〉赏析》，《外国文学研究》1983年第4期。

刘一红：《从捕鱼情节看海明威自然观的两面性》，《大庆师范学院学报》2006年第4期。

柳鸣九：《性格描写中的"冰山"艺术与象征艺术——海明威〈老人与海〉》，《名作欣赏》1995年第6期。

陆建德：《大写的渔夫与"做作的男子气概"——读海明威的〈老人

与海〉》,《英美文学研究论丛》2001年第1期。

马云霞、郝佩宇:《从〈老人与海〉看海明威生态观的矛盾性》,《世界文学评论》2009年第1期。

彭兆荣:《人类学仪式的理论与实践》,民族出版社2007年版。

邱平壤:《海明威研究在中国》,黑龙江教育出版社1989年版。

戎林海:《海明威作品中的存在主义思想——兼论海明威的人生哲学》,《南京师大学报》(社会科学版)1986年第1期。

隋红升:《跨学科视野下的男性气质研究》,浙江大学出版社2019年版。

覃承华:《论海明威对文艺的批判:从两部核心作品说起》,《国外文学》2018年第3期。

陶思炎:《中国鱼文化》,东南大学出版社2008年版。

万培德:《海明威小说的艺术特点》,《文史哲》1980年第2期。

王立:《东亚海中大蛇怪兽传说的主题学审视》,《唐都学刊》2003年第1期。

王霄冰:《文化记忆、传统创新与节日遗产保护》,《中国人民大学学报》2007年第1期。

吴然:《海明威神话:一种充满道德意蕴的批评心态》,《小说评论》1990年第3期。

吴然:《海明威:现代悲剧意识的探寻者》,《外国文学评论》1989年第2期。

肖四新:《解救之途的追寻——论海明威创作的潜在主题》,《四川外语学院学报》2002年第6期。

徐劲:《〈老人与海〉与海明威之死》,《外国文学研究》1997年第2期。

许怡:《永恒的悲剧与昂扬的生命力——从〈老人与海〉看海明威作品主题的双重性》,《上海大学学报》(社会科学版)1986年第Z1期。

杨仁敬:《论海明威的小说悲剧》,《厦门大学学报》(哲学社会科学版)2012年第1期。

杨仁敬:《论海明威与象征主义》,《外国语言文学》2012年第1期。

叶舒宪:《英雄与太阳》,陕西人民出版社2005年版。

叶舒宪主编:《神话——原型批评》,陕西师范大学出版社1987年版。

佚名:《贝奥武甫·罗兰之歌·熙德之歌·伊戈尔出征记》,陈才宇等译,译林出版社1999年版。

于冬云:《海明威:作家、传媒、大众共同制造的经典作家与文化偶像》,《山东师范大学学报》(人文社会科学版)2019年第2期。

余志森主编:《美国通史第4卷》,人民出版社2001年版。

袁珂主编:《中国神话传说词典》,上海辞书出版社1985年版。

张德明:《朝圣:英国旅行文学的精神内核》,《浙江大学学报》(人文社会科学版)2010年第4期。

张国申:《死亡与升华——析海明威小说悲剧思想》,《外国文学》2003年第2期。

张合珍:《海明威与自然主义》,《外国文学》1988年第4期。

张军:《一场没有胜负的战斗——海明威〈老人与海〉新析》,《贵州社会科学》2007年第3期。

郑孝萍:《海明威小说的情节结构》,《齐齐哈尔师范学院学报》1987年第1期。

周保国:《海明威式主人公的天路历程》,《外国文学研究》1997年第2期。

朱蔓:《〈老人与海〉:生命活力与自然法则的对话》,《辽宁大学学报》(哲学社会科学版)2000年第28卷第3期。

邹溱:《〈老人与海〉中的圣经隐喻》,《国外文学》1993年第4期。

Adair, William, 1991, "Big Two-Hearted River: Why the Swamp Is Tragic", *Journal of Modern Literature*, Vol. 17, No. 4, pp. 584–588

Assmann, Jan, 1995, "Collective Memory and Cultural Identity", trans. John Czaplicka, *New German Critique*, No. 65, pp. 125–133.

Beal, Timothy K., 2003, *Religion and Its Monsters*, New York: Routledge.

Beaver, Joseph, 1953, "'Technique' in Hemingway", *College English*, Vol. 14, No. 6, pp. 325 – 328.

Bederman, Gail, 1995, *Manliness & Civilization: a Cultural History of Gender and Race in the United States, 1880 – 1917*, Chicago: the University of Chicago Press.

Browning, Mark, 1998, *Haunted by Waters: Fly Fishing in North American Literature*, Athens: Ohio University Press.

Butler, Judith, 1988, "Performative Acts and Gender Constitution: An Essay in Phenomenology and Feminist Theory", *Theatre Journal*, Vol. 40, No. 4, pp. 519 – 531.

——, 1999, *Gender Trouble*, New York: Routledge.

Carroll, Bret E., 2003, *American Masculinities: a Historical Encyclopedia*, New York: the Moschovitis Group Inc.

Connell, R. W., 1995, *Masculinities*, Berkeley: University of California Press.

Day, John, 1985, *God's Conflict with the Dragon and the Sea*, Cambridge: Cambridge University Press.

Eisler, Robert, 1921, *Orpheus the Fisher: Comparative Studies in Orphic and Christian Cult Symbolism*, London: J. M. Watkins.

Frost, S. W., 1934, "Ancient Fish Admirers", The Scientific Monthly, Vol. 38, No. 6, pp. 574 – 578.

Frye, Northrop, 1990, *The Great Code: The Bible and Literature*, New York and London: Harcourt Brace Jovanovich Publishers.

Gennep, Arnold van, 1960, *The Rites of Passage*, trans. Monica B. Vizedom and Gabrielle L. Coffee, Intr. by Solon T. Kimball, Chicago: University of Chicago Press.

Gunkel, Hermann, 1997, *Genesis*, trans. Mark E. Biddle Macon, GA: Mercer University Press.

Gurko, Leo, 1955, "The Old Man and the Sea", *College English*, Vol. 17, No. 1, pp. 11 – 15.

Hannum, Howard L., 2001, "Scared Sick Looking at It: A Reading of Nick Adams in the Published Stories", *Twentieth Century Literature*, Vol. 47, No. 1, pp. 92 – 113.

Hegiger, Ryan, 2008, "Hunting, Fishing, and the Cramp of Ethics in Ernest Hemingway's *The Old Man and The Sea*, *Green Hills of Africa*, and *Under Kilimanjaro*", *The Hemingway Review*, Vol. 27, Issue 2, pp. 35 – 59.

Hemingway, Ernest, 1926, *The Sun Also Rises*, New York: Scribner.

——, 1970, *A Moveable Feast*, New York: Scribner.

——, 1970, *Islands in the Stream*, New York: Scribner.

——, 1981, *Ernest Hemingway: Selected Letters 1917 – 1961*, ed., Carlos Baker, New York: Scribner.

——, 1986, The Garden of Eden, New York: Scribner.

——, 1993, *The First Forty-Nine Stories*, London: Arrow Books.

——, 1994, *A Farewell to Arms*, London: Arrow Books.

——, 2004, *Hemingway on Fishing*, ed., Nick Lyons, New York: Scribner.

Hemingway, Hilary and Lindsay, Jeffry, 2000, *Hunting with Hemingway*, New York: Riverhead Books.

Herlihy, Jeffrey, 2009, "Eyes the same color as the sea: Santiago's expatriation from Spain and ethnic otherness in Hemingway's *The Old Man and the Sea*", *The Hemingway Review*, Vol. 28, No 2, pp. 25 – 44.

Jamerson, Fredric, 1974, *Marxism and Form*, Princeton: Princeton University Press.

Johnson, Paul M., 1990, *Intellectuals*, New York: Harper Perennial.

Kimmel, Michael S., 2006, *Manhood in America: a Cultural History* (2nd edtion), Oxford: Oxford University Press.

Kippola, Karl M., 2012, *Acts of Manhood: the Performance of Masculinity on the American Stage, 1828 – 1865*, New York: Palgrave Macmillan.

Kroupi, Agori, 2008, "The Religious Implications of Fishing and Bullfighting in Hemingway's Work", *The Hemingway Review*, Vol. 28, No. 1, pp. 107 – 121.

Leuchtenberg, William E., 1958, *The Perils of Prosperity, 1914 – 1932*, Chicago: The University of Chicago Press.

Mansfield, Harvey C., 2006, *Manliness*, New Haven: Yale University Press.

Matthews, Washington, 1898, "Ichthyophobia", *The Journal of American Folklore*, Vol. 11, No. 41, pp. 105 – 112.

Michael Schwalbe, 2005, "Identity Stakes, Manhood Acts, and the Dynamics of Acoountability", *Studies in Symbolic Interaction*, Vol. 28, pp. 65 – 81.

Mills, Donald H., 2002, *The Hero and the Sea: Patterns of Chaos in Ancient Myth*, Wauconda, IL: Bolchazy-Carducci Publishers.

Morgan, Kathleen and Losada, Luis, 1992, "Santiago and *The Old Man and the Sea*: A Homeric Hero", *Hemingway Review*, Vol. 12 Issue 1, pp. 35 – 51.

Oldsey, Bernard, 1980, "Hemingway's Beginnings and Endings", *College Literature*, Vol. 7, No. 3, pp. 213 – 238.

Pittman, Frank S., 1994, *Man Enough: Fathers, Sons, and the Search for Masculinity*, New York: Perigee Books.

Raeburn, John, 1984, *Fame Became of Him: Hemingway as Public Writer*, Bloomington: Indiana University Press.

Ransley, Jesse, 2005, "Boats are for Boys: Queering Maritime Archaeology", *World Archaeology*, Vol. 37 (4), pp. 621 – 629.

Schrock, Douglas and Schwalbe, Michael, 2009, "Men, Masculinity, and Manhood Acts", *Annual Review of Sociology*, Vol. 35, pp. 277 – 295.

Schwalbe, Michael, 2014, *Manhood Acts: Gender and the Practice of Domination*, Boulder: Paradigm Publishers.

Simonton, Deborah, 1998, *A History of European Women's Work*, New

York: Routledge.

Simpson, Jacqueline, 1978, "Fifty British Dragon Tales: An Analysis", *Folklore*, Vol. 89, No. 1, pp. 79 – 93.

Sojka, Gregory, 1985, *Hemingway, the Angler*, New York: Peter Lang Publishing Co..

Stoneback, H. R., 2003, "Pilgrimage Variations: Hemingway's Sacred Landscapes", *Religion & Literature*, Vol. 35, No. 2/3, pp. 49 – 65.

Strychacz, Thomas, 2003, *Hemingway's Theaters of Masculinity*, Baton Rouge: Louisiana State University Press.

Sugai, Daichi, 2017, "Pastoral as commodity: Brautigan's Reinscription of Hemingway's Trout Fishing", *Hemingway Review*, Vol. 36, No. 2, pp. 112 – 23.

Tackach, James, 2015, "Project Healing Waters Fly Fishing and Hemingway's *Big Two-Hearted River*", *Hemingway Review*, Vol. 35, No. 1, pp. 102 – 105.

Thompson, S., 1993, *Motif-index of Folk-literature: a Classification of Narrative Elements in Folktales, Ballads, Myths, Fables, Mediaeval Romances, Exempla, Fabliaux, Jest-books, and Local Legends* (CD-ROM), Bloomington: Indiana University Press.

Wallace, Howard, 1948, "Leviathan and the Beast in *Revelation*", *The Biblical Archaeologist*, Vol. 11, No. 3, pp. 61 – 68.

Watson, Rebecca S., 2005, *Chaos Uncreated: a Reassessment of the Theme of "Chaos" in the Hebrew Bible*, Berlin: Walter de Gruyter.

Weeks, Robert P., 1962, "Fakery in *The Old Man and the Sea*", *College English*, Vol. 24, No. 3, pp. 188 – 192.

West, Candace and Zimmerman, Don H., 1987, "Doing Gender", *Gender and Society*, Vol. 1, No. 2, pp. 125 – 151.

Wilson Jr., G. R., 1977, "Incarnation and Redemption in *The Old Man and the Sea*", *Studies in Short Fiction*, Vol. 14, Issue 4, pp. 369 – 373.